NF文庫
ノンフィクション

新装版

重巡「最上」出撃せよ

巡洋艦戦記

「丸」編集部編

潮書房光人新社

沖縄特攻作戦で奮戦中の「矢矧」。周囲に落とされた多数の爆弾により海面はまるで沸き立っているようだ。猛攻にもめげず、すべての対空兵器は敵機にむいている。

巡洋艦「矢矧」は阿賀野型の一艦で、日本海軍が完成した最後の軽巡。基準排水量6652トン、水雷戦隊旗艦。井上芳太見張員長は上部見張所で決死の任務についた。

魚雷と爆弾の命中により沈没寸前の「矢矧」。味方機の援護をえられなかった戦艦「大和」
軽巡「矢矧」を中心とする第2艦隊はつぎつぎと舞いおりる米艦上機の餌食となった。

魚雷を投下した瞬間のグラマンTBFアベンジャー雷撃機。

「矢矧」沈没後、重油の海を漂流していた井上兵曹長は、大火柱が天に冲し黒煙が
噴き上がるのを見、凄絶な爆発音を聞いた。戦艦「大和」の悲壮な最期であった。

第5戦隊旗艦の重巡「那智」。萱嶋浩一大尉は
主砲発令所長の任務につき、測的指揮官と照
射指揮官の兼務という1人3役をつとめた。

豪勇の名高い英重巡エクゼター。ス
ラバヤ沖海戦における最後の瞬間。

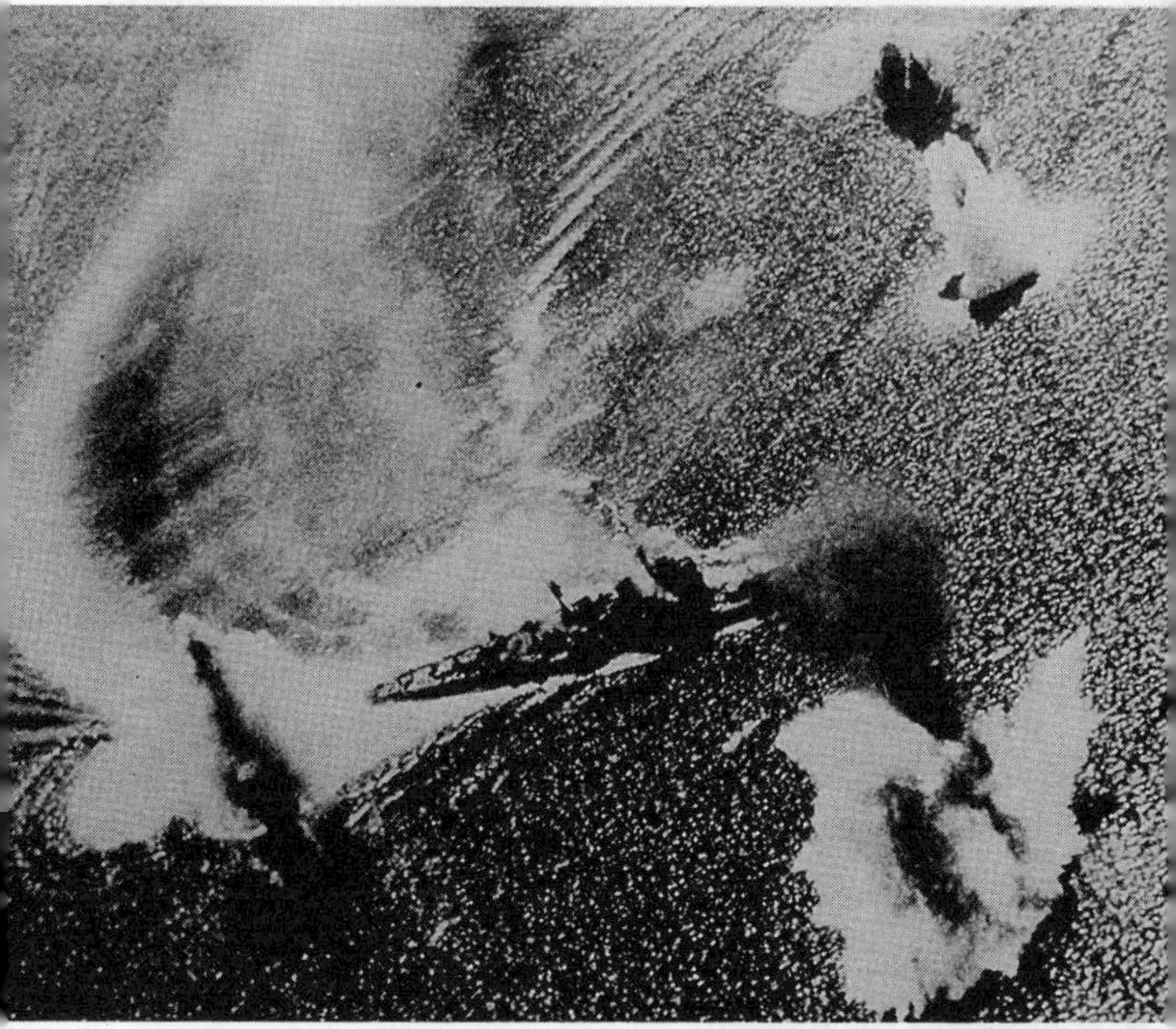

昭和19年11月5日、マニラ湾に停泊中の「那智」は、米機動部隊の艦載機の攻撃を
うけた。攻撃回避のため全速航行中で、周囲には大きな水柱が立ちのぼっている。

足摺岬南方洋上の訓練水域で戦技訓練を行なう重巡「熊野」。左近允尚敏中尉は若き航海士として乗り組む。

昭和11年10月15日、神戸川崎造船所で建造された「熊野」は、建造中に設計、工程の変更が続出して、造船所側の苦労は大変なものがあった。

ガダルカナル島へむかって荒天のなかを急行する「熊野」。艦橋にはスプリンター防御のロープが垂れ下がっており、海戦前の緊迫感を伝える。

左の写真と同じくガダルカナル島へむかっている「熊野」。高角砲は仰角をかけて、来襲する敵機にそなえている。

うねりのある洋上を高速で航行する「熊野」の艦尾は4基の推進器によってかきたてられた白波が渦巻き、後続する「三隈」の姿も白いシブキでかくれがちである。

南方攻略作戦に参加した「熊野」は、ベンガル湾で僚艦と協力して商船7隻を撃沈した。「熊野」の手前に見えるのは零式水上観測機で、翼下には30キロ爆弾を搭載。

ウルガン湾に停泊していた左近允中尉のもとに、父親が艦長として乗艦していた軽巡「鬼怒」(写真左)沈没の報がとどいた。右の「島風」には兄が砲術長として乗艦。

軍事上の要所、ミッドウェー島。周囲は、美しい珊瑚礁にかこまれている。

連合艦隊司令長官山本五十六大将──ミッドウェー作戦は山本長官の発意、計画により実施された。

重巡「最上」──左舷艦尾付近から見たもので、3連装主砲群、小高い三脚後檣や航空機揚収用のクレーンなどがよくわかる。

重巡「最上」艦長の曾爾章大佐。昭和16年9月14日に着任した曾爾艦長は転任になる日まで「最上」乗員たちとともに激烈なる海戦を戦いぬき、奇跡の生還をはたした。

ミッドウェー海戦で損傷した「最上」後甲板付近。爆弾5発が命中し艦内にもかなりの被害があった。

ミッドウェー沖に接近した母艦より日本艦隊をめざすヘルダイバー。

昭和17年６月６日、ミッドウェー海戦に参加した「三隈」は、僚艦「最上」と衝突したが損傷は軽微だった。翌日、敵機の連続攻撃をうけ大火災をおこし沈没した。

日米開戦の決定的瞬間 —— 真珠湾奇襲。昭和16年12月8日朝、井上団平教官は江田島海軍兵学校でこのしらせを聞いた。

口絵写真提供・雑誌「丸」編集部

昭和17年7月10日、井上団平少佐は巡洋艦「五十鈴」の航海長兼分隊長として乗り組んだ。「五十鈴」は長良型のトップを切って起工され、大正12年8月15日竣工。

昭和19年3月12日、井上少佐は重巡「摩耶」に転勤になった。10月23日6時53分にパラワン水道で敵潜の魚雷4本をうけ、急速に左舷にかたむくと沈没していった。

『重巡「最上」出撃せよ』目次

重巡「最上」出撃せよ

巡洋艦戦記

生命ある限りを国に捧げて

赤道の海を奮戦した軍艦「矢矧」の壮絶なる最後――井上芳太

1　憤怒の臍《ほぞ》をかみつつ

敵艦隊の跳梁がつづいていた。米海軍の第三十八機動部隊が、比島沖に出動し、ついに沖縄、台湾の近海までも荒らしまわったというニュースが、しきりに伝えられていた。

昭和十九年十月十七日、連合軍は、レイテ湾口のスルアン島に上陸を開始し、翌十八日には、わが連合艦隊も「捷一号作戦発動」の命令を、麾下艦隊に飛ばした。

私の乗艦である軽巡「矢矧」の属する第一遊撃部隊は、命令によって、その日、リンガ泊地を出撃して北上し、二十日には、ボルネオ島北西のブルネイ湾にはいった。

ここに集まるもの――「大和」「武蔵」「長門」の第一戦隊。「扶桑」「山城」「最上」の第二戦隊。「榛名」「金剛」の第三戦隊――あわせて戦艦七隻。第四戦隊の「鳥海」「摩耶」「高雄」「愛宕」。第五戦隊の「妙高」「羽黒」。第七戦隊の「熊野」「鈴谷」「利根」「筑摩」、「矢矧」の率いる第十戦隊。「能代」の率いる第二水雷戦隊――あわせて約四十隻の艦が、ここブルネイ湾に勢ぞろいしていたのである。

そして、急速燃料補給のかたわら、一部は早くもスル海より北上進攻する気勢を示すかのような陽動作戦行動を開始したのであった。

十月二十二日、準備なった第一遊撃部隊はブルネイ湾を出撃し、進路を比島に向け、パラワン島の西岸を北上するコースをえらんだ。

あたかも帯のように細く長いパラワン島は、北々東に伸びて、蜿蜒約五百キロのつらなりを見せて洋上に浮かんでいる。

第一遊撃部隊は、翌朝未明、その中ほどにさしかかった。パラワン島のビクトリヤ山が右手にそびえ、まだ眠りからさめきっていない。艦隊は、対潜見張りを厳重に、明けはなたれていく払暁の警戒配置についていた。

そのとき——時間的にみて、警戒配置から、航海配置に変更されようとしたときだった。

突然、グォーンと、異様な爆発音が、左側を航行していた第四戦隊の「愛宕」の右艦橋下付近におこった。みるまに、一大円柱状の水煙が、たちまち湧雲のように盛り上がり、昇天して飛び散った。あきらかに、敵潜水艦群の暁の魚雷攻撃だった。

あまりのみごとさに、私はしばらく呆然としていた。が、それも一瞬のことで、つぎには、わけもなく腹が立ってきた。いちか、ばちか、乾坤一擲の出撃で出鼻をくじかれたようないやな気分である。

私は、水面見張りを強化した。すると見えるではないか。

「雷跡。左三十度一〇〇〇〇（一万メートル）、右に進む」

私は、暁の海原に白い波頭を立てて突っぱしってくる雷跡を、じっと見て、さけんだ。と、

「いまの雷跡、確実か！」

艦橋から聞きおぼえのある参謀の声がはねかえってきた。

「左三十度の雷跡、確実」

「いま、雷跡どうなったか？」

「いまの雷跡、左十度、第四戦隊の一艦左舷前部に命中！」

「摩耶」であろう。私の報告が終わらぬうちに、左舷前部付近から巨大な水煙が、するすると天に昇っていった。とみるまに、前甲板上の構造物が、まるで前歯を折るように、ぐわぐわと飛び散った。そしてつづけざまに、後部、中部、やや前部の三ヵ所から、大火柱が上がり、水煙が湧きおこった。

グォン、グォン、グォーン！

一大音響とともに、水柱がバラバラッと、中空で拡大し飛散していく……。

後につづいていた「高雄」の左舷艦尾にも、またしても一大火柱と水煙が舞い上がった。まったく第四戦隊は周章狼狽である。一瞬にして、四艦編成の第四戦隊中の三艦までが、魚雷命中という致命的な大損害をうけてしまったのだ。

〈敵潜水艦をつかまえろ！〉

私は、怒りにぶるぶるとからだをふるわせていた。敵潜をとっつかまえ、空中に振りとばし、足で踏みにじってやりたいほど、ぎりぎりと腹が立ってくる。

が、「愛宕」は、すでに艦首を水中に逆立てはじめている。そして、つづいて「摩耶」が航行不能となり、たちまち前甲板が、ぐぐっと急に低くなった。後甲板の構造物が、もうほとんど吹っとんでいる。

艦橋が、しだいに水中に没しはじめた。後部マストが海水に呑まれはじめた。またたくまに、艦影が水中に引きずりこまれていく。

「愛宕」の姿が、ついに海上から消え、「摩耶」も見えなくなった。「高雄」だけが勢力半減となりつつ、のろのろとうごいている。まったく一瞬の出来事だった。

だが、この出来事のために、艦隊は大きな時間を割いていることはできない。目的は一つ、比島への殴りこみだった。

第一遊撃部隊は、憤怒の臍《ほぞ》をかみつつ、一路、予定コースを北上した。そして、ミンドロ島西方で急に右折し、同島の南西岸沿いに、しゅくしゅくとして南下していった。

2　レイテ海空戦の序曲

十月二十三日が暮れ、二十四日の朝がやってきた。艦隊は、ミンドロ島の東南端を迂回し、フィリピン諸島の中部を横断する水路を進航していた。戦艦部隊は先航している。

午前八時ごろ、第三戦隊の「榛名」が、敵機発見の旗旒信号をかかげた。

信号の方向に十二センチ双眼鏡を向けると、ダグラスSBDが一機、反転して遠ざかっていくところだった。

敵機を発見したということは、こちらも見られた証拠である。敵機の来襲はもう避けることはできない。味方艦隊の位置は、敵が使用中のレイテ島タクロバン航空基地から直距離にして約四百キロ。敵偵察機が打電報告して、それから攻撃準備を発動したとしても、あと一時間後には対空戦闘が開始される。

が、この作戦中、上部見張所には見張士が欠員のままだった。私が最高の見張指揮官である。〇番見張りに専念し、見張り督励ばかりではすまされない。

「〇八四〇ないし〇八五〇には、敵先発機が視界内にはいる。レイテ、タクロバン航空基地は、いま右五十度方向。対空見張り油断をするな」

私は自己独得の計算見張り法で敵機来襲の方位と時間を算出して、部下に伝えた。すでに時刻は午前八時三十分をさしている。

気のはやい接触機か、あるいは敵機の出動がはやければ、視界内に敵機を捕捉することができる時間である。私は計算を精密にし、右五十度を中心にして、十二センチ双眼鏡を活躍させた。

はたせるかな、先発部隊であろう。約十五機の敵機が、はるかな雲の切れまから出現し、堂々と編隊を組んで接近してくる。さらに私は、機数をたしかめて報告した。

「敵機十五機。右二十五度。高角三度、三五〇向かってくる」

私の報告が、各見張員を刺激するところとなった。俄然、各見張員の報告が開始された。

「敵機三十機、右三十五度、高角三度半、三五〇向かってくる」

「敵雷撃機らしきもの二十機、右五十度、高角三度、三五〇向かってくる」

各見張りからの報告機数を総合してみれば、来襲機数の大よそが計算された。高度はあんがい低い。約千五百メートルていどである。離陸しつつ編隊を組んで来襲してきた、いわゆる押っ取り刀の来襲であろうか。

「対空戦闘、撃ち方はじめ！」

命令がとんだ。

いよいよ敵機は接近し、戦機は熟してきた。先発の約三十機がそしらぬそぶりで艦隊の左上空を反航で通過していく。

後続機がしだいにかずを増してきた。

はじめの三十機は五十機となり、ついには約百二十機の堂々たる空中艦隊の威容となった。戦闘機、爆撃機の順にならび、しんがりはグラマン雷撃機だ。さすがに〝持てる国〟の大空中艦隊、相手にとって不足はないといいたいところだが、こっちにも、大いに不服がある。なにしろ世界の巨大艦「大和」「武蔵」の出撃なのだ。百二十機ぐらいの敵機では、まだ物足りない。もちろんこちらには、上空掩護機は一機もない。しかし、みくびられてたまるものか……。

私は、激しい敵愾心をもえたたせた。と、見るまに、敵機の隊形が変動しはじめた。

「反航の敵機大群、攻撃開始！」

間髪をいれず、私はそう報告した。艦長、航海長は、上部見張指揮所に移転して操艦中である。

百数十の雷鳴がいっせいに耳朶を衝《つ》く。

グォン、グォン、グォーン。

「大和」と「武蔵」の四十六センチの巨砲がうなる。相手こそちがっても、四戦隊の弔《とむら》い合戦だ。意気まさに衝天。各艦がこれにつづく。「矢矧」もおくれてはいない。

しかし、場所が比島の内海であり、充分に艦隊を散開することができない。それが一番不利だった。

さすがに敵は、攻撃の主目標を「大和」「武蔵」に集中してきた。数十、数百の爆弾、数十本の魚雷が、海面に青い水線を曳いて肉薄する。が、そのたびに両艦は、たくみに転舵回避する。そして、敵編隊めがけて零式撒弾を豪勢に浴びせかけている。そのさまは、まさに天空に咲く花火だ。おそろしい光景である。

数機の敵の戦闘機と爆撃機が、木の葉のようにとびちった。敵機は、右往左往しつつ狼狽し避退する。するとこんどは代わって、別の編隊が攻撃をしかけてくる。なかなか執拗で勇敢だ。タクロバン基地からは、つぎつぎと敵機が飛来した。

が、それでも、空襲はどうやら終末にちかづいていた。

そのとき、「大和」につづく「武蔵」の右前部に、一大円柱状の水煙が昇騰し、つづいて、数発の航空魚雷が命中し、爆発した。海がせまく、充分に散開できない不利が、ここに結果となってあらわれたのだ。

「やられたっ」

だれもがそう思った。だが、当の「武蔵」は平然としている。なんの痛痒《つうよう》も感じないという恰好だ。そして、前にもまして砲座、機銃陣が火を吐いている。

「さすがに『武蔵』だ。数発の空雷ぐらい、屁《へ》のカッパだわい」

戦闘最中ながら、「武蔵」を案ずる顔がそう語っている。おおむね、敵機群は打ち払われた。しかし、この第一波攻撃だけで、敵が断念するはずはない。「武蔵」は、そのまま航海を続行していた。

空中、水上、水中発射の別を問わず、魚雷は命中公算によって発射される。三艦編成の戦隊なら中央の二番艦前部が目標だ。目標がはずれても、一番艦か三番艦かのどれかに命中する。「武蔵」は、第一戦隊の二番艦である。だから目標にされたのは無理もない。だが、平然と航海している。まさしく不沈戦艦だった。

北東の風に送られた層積雲の先端が、艦隊上空をおおいはじめた。つぎの空襲が、この雲を利用して行なわれるとすれば、第一遊撃部隊は、不利な立場におかれる。第一遊撃部隊は、栗田健男中将の指揮だ。ゆえに栗田艦隊とも言われた。

引き揚げていった敵編隊が、爆弾、魚雷、燃料などを補給したうえで、再来襲してくる時間を一時間と計算すれば、艦隊上空に到達する時間はすぐにくる。急いでタクロバン方向を探索すると、敵機群は、二十機あまりの編隊群を、いくつにも分散しつつ接近してきた。

「雲がかかっている。上空見張りはとくに注意せよ」

艦長が直接、上部見張指揮所でさけぶ。艦の上空は、噴霧された蒸気のように白雲がもうもうとひろがり走っていた。

その濛雲をおかして、バテレン秘伝の姿よろしく敵機影二、三が、チラリ、チラリと隠顕してきた。すぐ直上だ。私は、あッとおどろいた。

「敵戦闘機三機、左上空、急降下っ」

私の報告は、咽喉をひきさくようにほとばしり出た。その瞬間、黒いものが三個、「矢矧」の艦上めがけて落下してきた。

航海長が面舵を令し、真剣な眼で落ちてくる爆弾をにらんでいる。見上げる爆弾は、やや長めである。

〈わずかだが、どちらかに抜ける〉

私はそう判断して対空見張りに専念した。

グォン、グォン、グォーン！

爆弾は、左前部の左側海面数十メートルの地点に二個と、右前部の至近に一個が落下し、数十メートルの高さに水柱と水煙と、硝煙の臭いとを湧き昇らせた。崩れた水柱が、バラバラ、バラバラッと「矢矧」の艦上に落下してきた。真っ黒い硝煙くさい水が遠慮もなく、からだ全体に降りかかってきた。

前甲板の右前部に、火焰がペラペラと顔を出した。

〈すこしやられたぞ〉

無言のささやきが、おたがいに顔を眺めさせた。右舷前部の至近弾が、爆発の際のその圧力で直径二メートルあまりの穴をあけた。同時に、高熱が燃焼物を発火させたらしい。

その破孔《はこう》は、吃水線よりやや上部である。そのために、浸水条件が軽い。まさに天の助けだ。

いますこし、転舵が遅かったならば、左舷に二個落ちた爆弾は、至近弾か直撃弾となっていたはずである。そして、逆に早ければ、右舷の至近弾は、完全に直撃弾になったはずだ。まさに危機一髪、私の報告が間に合ったのかもしれない。だが、航海長の処置は最大の殊勲である。艦長の注意はそれを上まわる。本当に危機一髪――。

至近弾は受けたが、この奇蹟。

〈ついている現象だ〉

「矢矧」の乗員はかえって勇気百倍した。

〈おかげで穴ふさぎに、内地帰港ができるぞ〉

冗談の一つもでてくる余裕が湧いてきた。

浸水防止のため「矢矧」は、一時、勢力は半減となった。

われの全速二十二ノット、の報告は、ちょっと寂しい。しかし、すぐに応急処置を終わった。速力を復活し、もとの隊列にはいる。

ところが、先航したはずの第一戦隊に「武蔵」の姿がない。一応、「矢矧」自身の憂慮が去ると、「武蔵」の安否が気にかかった。四周に注意をくばる。と、さすがの大艦も、大なる痛手に艦首を前方に傾斜し、駆逐艦二隻をしたがえて傷つける巨象のごとく戦場から引き返していた。

その遅々たるあしどりに、思わずホロリと涙の湧く思いがする。

「武蔵」の姿が見えなくなった。午後の三時ごろだった。さらに敵機群が偵察をかねて来襲してきた。

このとき、栗田艦隊は謎の行動をとった。

「艦隊反転」の命令がとぶ。全艦隊は、ただちに一斉回頭して反転し、全速力で、いまきた方面へ避退しはじめた。

群鳳、群鯨を走らすの景観である。いささか腑に落ちない。至妙の作戦かも知れない。

だが、この作戦は、みごとに効を奏した。日本艦隊が遁走すると見た敵機は、凱歌を奏しつつ基地へ引き揚げて行った。

約一時間後、栗田艦隊は、ふたたび攻撃進路へ反転した。

比島へたどりついたばかりの敵機は、疲れたのであろう。その後、空襲もなく、哨戒機の姿もない。

二十四日夜半、ルソン島とサマール島の水道サンベルナルジノ海峡を通り、午前三時ごろ、完全に太平洋海面へ進攻した。

3　ついに敵空母を発見

ブルネイ湾から別行動した「扶桑」「山城」を主力とする西村艦隊は、スル海、ミンダナオ島北西海岸を北上して、本朝六時、レイテ湾内突入の予定である。栗田艦隊は、おなじ時刻にホモンポン水道から侵入する作戦だった。だが、この作戦は、一部が変更された。

それは、マニラ北東百カイリの地点に、空母六隻を主軸とする巡洋艦、駆逐艦によって編成された約二十隻の有力機動部隊が游弋中、との「矢矧」偵察機からの報告があったからだ。戦艦はいない。レイテ湾内に集結しているのであろうか。

昭和十九年十月二十五日の未明、サマール島を背景にして栗田艦隊は、索敵行動に散開した。

着弾距離の短い第十戦隊は左側の外面に。つぎには第七、第五戦隊。内部列に第三戦隊。最内部に第一戦隊——先導は第二水雷戦隊で、その散開距離は約四キロだった。

雨に明けた海上はガスをしいて、水平線が定かでない。ひとしきり、ふたしきり、大驟雨が寸尺の透視をゆるさず来驟してはまた霽《は》れた。過ぎてゆく一分間が一時間にも思われる重圧の時間がつづき、午前六時ごろとなった。

西村艦隊から、レイテ湾突入の報がはいり、さらに駆逐艦二隻を血祭りにあげたという情報もながれた。

だが、まだまだ、栗田艦隊のねらう敵機動部隊は片影だに見えない。ふたたび、大驟雨模様の暗さとなった。

「マスト一つ。左三十度、三五〇、動静不明」

艦橋二番見張りの西平兵曹が発見し、報告した。同時に私も、同一方向にマストを発見した。同一のマストであろう。さっそく、「矢矧」は敵発見の旗旒信号をかかげた。

大驟雨の中に、マストはまもなく消えた。驟雨が去って霽れ上がった海上の、左三十度、三万メートル沖合に、駆逐艦のマスト三本が見えた。進航方向は右。マニラ北東海面からレイテ湾へ引き揚げ中の敵機動部隊の前衛であろうか。

「駆逐艦のマスト三つ。左三十度、ななめに反航」

私はそう報告し、マスト列の後方を索敵した。「矢矧」はしだいに取舵変針し、マスト群は艦首を右にかわった。そして、先行のマスト群の後方に、直立の一本マストが浮き上がってきた。航空母艦のマストだ。そのかずはふえるらしい。私は報告をいそいだ。

「空母らしきマスト一つ、右二十度、三五〇動勢不明」

「空母らしきマストは三つ。空母確実」

「空母のかず、すくなくとも四隻以上。甲板上に敵機待機中」

「左十度の空母、敵機発艦。各空母とも発艦開始」

私の順次報告する情勢は、そのまま戦闘への道標だった。コンパス方位百二十五度——。

グォーン。

なにを狼狽したか、勲功高き鬼「金剛」が、巨砲の火を吐いた。「金剛」は佐世保鎮守府配属。乗員は九州、四国出身だ。佐鎮男児は、あんがい気が短い。

この一弾は敵機動部隊を仰天させた。

「ワレ、僚艦に砲撃をうく」

びっくり仰天、周章狼狽の報告電文が、キャッチされたという。つづいて、つぎの電文は、

「ワレ、B四C八の日本艦隊の攻撃をうく」

いささか落ちついたらしい。

参謀連が上部見張所に登ってきて、私の十二センチ双眼鏡をとり、かわり番にのぞいた。いちばん最後に、悠々と南六右衛門先任参謀がのぞく。

「今日のお客さんを見せてくれ」

急がず、迫らず、悠然たる体さばきはよかったが、対空戦闘で「矢矧」は変針し、航空母艦群は双眼鏡の視野外にそれてしまった。

先任参謀は呆然となった。まったく、あっけらかんの顔つきである。どうも気の毒だった。

「金剛」の放った初弾は、たしかに功を奏していた。あわてふためいた敵機群は、日本艦隊を航空母艦に接近させまいと、編隊さえととのえずにわれさきにと離艦し、突入してきた。

航空母艦をともなわない栗田艦隊は、味方機の掩護もなく、昨日につづく対空戦闘の連続だ。

二十三日の第四戦隊、昨二十四日の「武蔵」と、悲憤を血涙を耐えてきたが、いままた襲いかかる敵機に機銃弾を撃ちまくった。

敵機は、やみくもにつっこんでくる。空母遁走の時間をかせぐつもりらしい。

まもなく敵機は、そのままタクロバン方面の基地へ飛び去った。

ホッと、ひと息つく暇もない。いざ、敵空母襲撃だ。

ところが、なんと、艦影いずれにも見当たらず、視野にはやや濛気一望の海原《うなばら》のみ。ただ水煙漠々。敵を求めて、「矢矧」の艦速だけがはやりにやはり、いきり立っている。

私は、空母発見当時の方位百二十五度方面を探索した。水平線は遠く、水天一碧の感。右前方に煙幕展張の地帯が浮き上がってきた。

敵空母の遁走所在地点は、この煙幕地帯ではないか！　十二センチ双眼鏡を左右に移動して注視した。

艦影が見えた。ダンラップ型駆逐艦が、さかんに煙幕を展張している。なにをかくすための煙幕展張か、私の推理は、すぐに敵空母が所在すると判断した。

「敵空母の位置。いま右十度、煙幕中の予定。駆逐艦煙幕展張中。空母発見時の方位百二十五度」

艦橋からは、寂として反応の声はない。吐かれた煙幕がすこし途切れて、方位百二十度に空母一隻が見えた。

「空母一隻、方位百二十度。三〇〇左へ進む」

「先の空母向こう側に、もう一隻、現在、空母計二隻」

「先の空母面舵旋回中、目測二五〇」

私の動勢報告を裏づけて、空母は二隻に分離した。まさに良き今日の大獲物。好餌をえた「矢矧」は急にピッチを上げた。

昨日、至近弾受傷時に報告したわが速力二十二ノットは、一躍返上した。駿足三十二ノットだ。後続の駆逐艦列が猛然と波涛をけってつづく。

見はるかす水平線に、ニュッとマストが現われてきた。最大戦速で接近してくる。艦影が持ち上がるように浮上する。ダンラップ型駆逐艦だ。目測二〇〇。にわかに、敵機の来襲が激化した。第十戦隊を空母に近づけない意図らしい。

「空母目測一五〇」

「矢矧」が、八本の魚雷を空母に向けて発射した。

距離遠く、目標接近分速一千メートル。命中確認まで、あと十四、五分。手に汗にぎる瞬間がつづく。

だが、じつは、この魚雷発射までが大変だったのだ。

左舷のダンラップ型駆逐艦がさかんに発砲してきた。遠弾、近弾がしだいにうまくなり、挟叉、挟叉の弾着となった。まもなく命中弾が到来だ。危ない、危ない。

キューン。キューン。通りぬける遠弾が、気味わるい音響を発する。

ブルブルブルブルブル。ブルブルブルブルブル。至近距離弾がふるえては小さい水煙の柱を上げる。

ドドン。ようやく「矢矧」の主砲が火を吐いた。結果を見る。もう、弾着時間だ。と、そのとたんに、敵駆逐艦の艦橋付近で、爆発火線が十字をきった。初弾命中。急に敵の砲火が終息した。電纜が断たれたらしい。第二、第三斉射が命中した。たちまち艦尾が水中に沈み、前甲板がそりかえって浮いた。すばやいのがボートで脱出している。

右二十度一〇〇付近から、日本駆逐艦に似たホーター型駆逐艦が、砲門をひらいて接近し、魚雷を放った。

「矢矧」の主砲が、右旋回し、第一斉射はやや遠弾。第二斉射が命中。第三斉射で完全に致命傷をあたえた。みるみるうちに沈没。「矢矧」は、この駆逐艦の魚雷を紙一重の差で転舵し、避退した。このように虎歯を折り砕き、ようやくにして、全艦執念の魚雷を発射したのだ。命中してくれ。たのむ！

魚雷発射までの進撃中、艦橋に立ちはだかり、突っ込め、突っ込めの一点張りだった第十戦隊司令官木村進少将の待望の時間が到来した。

「グォン、グォン、グォーン！

「矢矧」の発射した魚雷が、右側敵空母の地点に、数十メートルの高さに大水煙柱を昇天させたのだ。この大水煙柱のために空母の姿は見えない。昇天しつくした水煙の柱は八方にくずれおちた。そのときすでに空母の艦影はなかった。

まさに、ものすごい轟沈。

左側の空母は、艦橋付近に火を吐いてのたうち、にわかに艦首が海面へ低く傾斜した。かえるべきねぐらを失った敵機群が、右往左往して、「矢矧」を猛襲する。グラマン雷撃機が、魚雷がわりに爆弾を持ち、「矢矧」に向かって、バラバラバラ、と撒きちらした。その数は、一度に七、八個だが、つぎつぎに反復される。

「矢矧」は、その爆弾のジャングルを必死に転舵し回避した。回避された爆弾が、海面に激突し、爆発する。その水煙柱が、つぎつぎと数十メートルの高さに昇天した、閉じこむる硝煙臭い水煙柱群の中を「矢矧」はようやく脱出した。

どこからともなく、砲弾が飛んできた。

キューン。キューン。遠弾が耳底をえぐり、飛び過ぎてゆく。遠弾で幸いだ。命中したら「矢矧」の寿命はない。だから、気味わるい音響ぐらい我慢できる。

第十戦隊司令部の気象員上野上水は、私のすぐ右前上部の一番見張り双眼鏡についていた。戦時中の志願兵で、数え年ようやく十六、七歳。遠弾音響ごとに、頭を叩かれた亀のように首をちぢめ両肩を上げる。

そんなしぐさで、遠弾がふせげる道理はない。しかも、遠弾は「矢矧」の上空か前方、あるいは後方の通過音だけのこして飛び去るのだ。弾音の聞こえる人間に、弾丸が直接、命中する心配はない。

戦闘中ながら、のびたりちぢんだりする上野上水の首や肩の恰好がおもしろい。双眼鏡をはずさない本人は夢中のようだが、なんとも不憫な気がしてならない。身体護衛神経の反射作用であろうか。

「おい、上野上水。敵さんの砲弾にそう頭を下げなくていいぞ」

「はい。そんなことしてはおりません」

上野上水が笑いながら振りかえった。笑いが出る元気があればいい。それでも気味わるいと見えて、砲弾音がきこえるたびに、遠慮しいしい首をちぢめている。

爆弾を投下しつくしたグラマンの機銃掃射も、なかなか熾烈だった。いり豆のように、ぱちぱちと物すごい。しゃくにさわった私は、〇番双眼鏡で敵機の機銃装備をのぞいて見た。ウワーッ、なんと、前方に八門、後方に向けて八門、合計十六門の機銃が両翼前後にはりねずみのように突き出している。これで前射来襲し、後射避退する。ちょっと手がつけられない。なかなか考えたものだ。

上空の敵機が去り、いささか小康をえた。

「井上兵曹。右腕をやられました」

見れば、伝令の村上保兵曹だ。おそらくグラマン機の弾丸であろう。私の足もとで飛び上がり、上部二番見張り黒岩肇兵曹の足もとに跳ねかえってとまった。村上兵曹は、傷口をしっかりおさえていた。

「傷は痛むか」

「は、すこし」

「よし、いまのうちに、西兵曹と上野上水二人で、治療所に連れて行け、途中を要心せい。ラッタルまで、二、三人加勢してやれ。他は休養のままよろしいが、便所を、おたがい早くすまし、配置のものと交替してやれ。配置の者はしっかり見張れ」

見張士兼務はなかなか忙しい。村上伝令の負傷は士気操艦に支障のないときを見はからって、伝声管で航海長に報告した。

そこで、やっと配給の紅茶をすすった。飯は今朝から、戦闘食の握り飯を半分ほど食べただけである。見張指揮のすきまをおそれた私は、便所がよいの必要ある食事を遠慮していたのだ。

4　栗田艦隊三たび反転

ふたたび、暗雲の中に敵の機影群のあることが、電波探信儀で捕捉された。その機数約二百機。層積雲の上端付近を隠顕しつつ来襲する。だが、まだ遠い。

治療をうけ、包帯をしてかえってきた村上兵曹は、しばらく休養させ、伝令には西兵曹をつかせた。

私は、もういっぱい紅茶をすすった。とてもうまい。

時は刻々と過ぎた。

上部見張所には三番西兵曹、四番黒岩兵曹。最重要の配置五番は大城兵曹。六番は石川兵曹という顔ぶれだった。ふたたび村上伝令は配置についた。

前後左右から、煎豆《いりまめ》のようにぱちぱちと機銃掃射をさかんにうけた。見ると、五番見張りの大城兵曹がデッキ（甲板）をはいまわっていた。私はおどろいた。

「大城兵曹、どうした？」

「はい、いま機銃弾が、防火用の満水ドラム罐を撃ちぬいて、私の横腹をかすりました。七倍双眼鏡でけっこう見張れます」

ドラム罐の破孔からふきだした水を背後からふいに浴びせられ、そのうえ勢力の半減したひょろひょろの弾に横腹を撫でられて、さすがの大城兵曹も腰をぬかしたらしい。とたんにひっくりかえり、デッキの上をはっていた、というのが実情らしい。

顔が紙のように白い。気の毒だが、ちょっとおかしくなった。七倍双眼鏡が十二センチ双眼鏡より優秀なんて、とても考えられないのに……。戦闘中にこんな恰好はあまりよろしくない。だが、武士の情けである。私は叱咤激励のかわりに命令した。

「上部五番見張り。受け持ち区域の雷撃機に注意せよ」

私の眼が大城兵曹の眼を射た。大城兵曹がゴソゴソと架台にはい上がり配置についた。いささか気の毒な気もしたが、負傷はなかった。

すぐ近くに大森高射指揮官がおり、木金電探分隊長がいる。しかし、いずれもこの様子に気づいていない。

そのころ、第一戦隊の「大和」と「長門」は左手遠く航空母艦に砲火を送っていた。そして、左前方では、第三戦隊の「榛名」と「金剛」が敵の巡洋艦を追いまくり、さらに、左二十度一〇〇付近では、第二水雷戦隊の旗艦「能代」が、数隻の駆逐艦をひきいて肉薄している。

右十度方向、水平線はるかに、「鳥海」の雄姿が見えた。「鳥海」は、第四戦隊残存の代表艦である。

第七戦隊は、「矢矧」の右舷はるか遠方で、対空戦闘のまっ最中だった。

第五戦隊の「羽黒」は、「鳥海」と同方向で、上甲板以下が水線下にかくれるほどの全速力で敵に肉薄していた。

敵の機動部隊の艦艇は、順次、火煙をあげつつ消えていったが、まだまだ水平線はるかには、煙幕を展張しつつ右往左往している艦がいる。

水上決戦も、いまや終わりに近づいていた。

第七戦隊の「熊野」が、傾斜しながら列外に出た。そして、このとき「鈴谷」であろうか、数十の直撃爆弾をうけ、船体が裂けて沈没していった。「筑摩」が火を噴きつつのたうちまわっている。

水上の決戦は終わった。そして、対空戦闘が一段落すると、栗田艦隊は、いよいよレイテ湾内へ殴り込み戦を敢行しようとして変針した。

「矢矧」は、相変わらず先頭だ。かねて図上研究していたホモンポン島が見えてきた。ここはレイテ湾に通ずる水道のはずだ。左五度に見えるのはスル島の灯台であろう。もう、レイテ湾が指呼の間にせまってきた。そのときである。栗田艦隊はふたたび沖へ反転した。こんどは、どんな妙手作戦の反転であろうか。

ふたたび敵機が来襲してきた。そのための反転らしい。まだ沖には有力な空母部隊が残存しているらしい。すでに戦闘を重ねること十回にあまる。緊張してはいるが、身体はくたくただ。

　味方の零戦四十機あまりが、沖へはばたいていく。空母攻撃であろうか。「矢矧」は、いささか疲労気味にローリング航海していた。

　川添航海長が上部見張所に上がってきた。昨日、「矢矧」が至近弾をうけた後は、艦長も航海長も艦橋から発令操艦していた。そのほうが、私たちも助かった。

「今日は長い戦闘で御苦労。村上兵曹以外は、みなぶじだね」

「はい、ぶじです。上部見張りの奮闘は、下部見張りが対潜見張りに熱中してくれた賜《たまもの》です」と私。

「うーむ。それもある。いずれにしても御苦労。これからがまた一苦労だ、しっかりたのむ」

「はい」

　各人の顔を、眼でたしかめるようにゆっくりと見まわしてから、航海長は降りていった。

　すでに太平洋は暮れようとしている。西の空は火のごとく燃え、海上の暮色は、しだいに灰色を加えていった。

　比島沖海戦は、ここに終結を告げた。栗田艦隊は三たび変針し、殴り込み戦は中止の謎を胸中に秘めたままサンベルナルジノ海峡へ引き揚げていった。

5　巨艦「大和」は強かった

「今日は、『矢矧』誕生の十月二十五日だ。その日に、戦果を挙げえて嬉しい」

吉村艦長が、艦橋から艦内令達器へ、そう叫ぶように令達した。「矢矧」の艤装員長から引きつづいて初代の艦長となった吉村真武大佐の、心の底からの嬉しい叫びであったろう。その真意が、艤装員付時代から引きつづいて乗り組んできた私たちの心をとらえ、涙を誘った。

しかし、これしきの戦果に酔ってはならない。おごってはならない。私たちは、ぶじに引き揚げるため、さらに見張りを強化した。

こうして二十五日は暮れ、やがて二十六日の朝をむかえた。左手に見えるサマール島は、すでに後方に去っていたが、未明は、敵潜水艦や哨戒索敵機のかき入れどきである。

どこからともなく、暁の海面を青い水線が走ってゆく。敵潜水艦の発射した魚雷の航跡である。そしてその発射点が、ときに十二センチ双眼鏡に捕捉されることがある。それはちょうど、大きく広い泡皿を水面にのぞかせた河童《かっぱ》の頭みたいに見える。ちょっとユーモラスでもあるが、飛んでくる魚雷は、物すごい代物なのだ。油断はできない。

敵の偵察機が飛来してきた。そして、その報告をうけてか、SB2C数機が、接触してきた。空襲は、午前八時ごろから、本格的にはじまった。第一、第三戦隊の戦艦群は先航し、その背後に、第二水雷戦隊の旗艦「能代」が進航している。

　二十四日の「武蔵」に対する攻撃に味をしめてか、敵の雷撃機は、「大和」に攻撃を集中してきた。その魚雷のかずはなんと十七、八本。青白い水線が、むちゃくちゃに走りぬける。しかし、「大和」は微動だもしない。すべてを巧みにかわしている。

不幸は、別なところからおこった。後続していた「能代」が、「大和」のかわした魚雷のお流れを数本もちょうだいする羽目に立ちいたったのである。

たちまち、「能代」の左舷各部に円柱状の水煙と猛火が噴煙した。鉄でつくった軍艦が、こうも燃えるかと思うほど火の手は早く物すごい。浸水は上甲板まで洗っていた。「矢矧」はその側を通った。

二水戦の駆逐艦が、「能代」の乗員を救出しに接近していた。やっつけるのは勇ましいが、やられるのはいやだ。見張り強化のほかはない。

そのころから、敵も無航跡の魚雷を使用しはじめたらしい。圧搾空気で航走する魚雷は、どうしても泡をたてて走る。だから、見張る方では発見するのに有難い。ところが、日本海軍使用の無航跡魚雷は、酸素燃料で走る。だから排気は、すぐに水に同化してしまうので、異様な魚雷の物体だけが走ることになる。こいつはなかなか発見するのがむずかしかった。

私が見張っている前方の海面を、このとき左の方から右前方ななめへ重油の泡粒が点々とつらなって浮き条となりつつ走って行くのが見られた。その向かっていく先を見ると、駆逐艦がしずかに之字運動をしている。ぼんやりしていると判断しにくい航跡だった。

「無航跡魚雷。右三十度の駆逐艦方向へ走る。雷跡は、点々と重油の泡粒が浮いて走る」

私はすぐに見たままを参考報告した。いよいよ油断ができない。

右六十度の方位はマニラ方面にあたる。艦隊は、やがて第二警戒配備にかわった。その直後、分隊の見張員太田兵長が上部五番見張りの十二センチ双眼鏡で、巨大な航空機の編隊を発見した。いままで見たことのない巨大機である。

確認した私は、はじめはＢ29と判断した。分画目測しても、まだ六十キロから七十キロはある。だが、眼鏡内の機影は大きい。さっそく艦橋へ報告した。そして、さらに注視した。

ところが、方向舵が二枚ある。Ｂ29なら、巨大な方向舵が一枚あるだけだ。とすると、発動機四基、前翼幅約四十メートル、機長約三十メートルのＢ29と大差ないＢ24の雄姿だ。機数二十九機の大編隊である。

「先のＢ29らしき大型機はＢ24確実。方向舵二枚。高角四度。六〇〇、方位角左七十度」

私は、そう確認報告した。距離六十キロの高角四度は、高度四千メートル。マニラを空襲して悠々と引き揚げてくるところらしい。つらにくいほど堂々の編隊である。

大編隊は、距離四十キロ地点から急に取舵となり、目測一五〇の地点で上空から「大和」を爆撃した。

Ｂ24は陸軍機だ。陸上攻撃爆弾しか持っていない。「大和」の右舷海面に、煎《い》り胡麻《ごま》のように陸上爆弾が炸裂した。だが、「大和」は、ちゃらっとしている。

B24は四機、六機、九機で一群となっていた。第一群六機が、「矢矧」の左上空を通過した。そして、第二群の九機が、またも、第一群につづいて面舵に転じようとした。そのとたんに、「矢矧」三番砲塔の零式撒弾と左舷高角砲が火を噴き、敵の第二群の中央で炸裂した。

みんなの目が、上空にじっとそそがれる。と、四機のB24が、子供に叩き散らされる玩具の飛行機のようにこなごなになってとび散った。

パチ、パチッ。空中分解から再分解の音が聞こえ、ニュース映画でも見ているように海面へ突入した。

派手な水煙を上げて海中につっこむ一機。また、他の一機は、翼が分解焼失して、胴体だけが火を噴きつつ水中に突入し、さらに一機が、火を噴き錐揉みになりつつ海の中に突入した。

そして、爆風に噴き飛ばされた一機から、白い落下傘が飛び出した。みごとな技術だが、頭はくらりと垂れ下がっている。すでにこときれているらしい。

私は、瞬時、頭を垂れた。目前に見る死は、敵も味方もない。

あわてたB24編隊の残りの二十五機は、ほうほうのていで避退していった。方位百六十度から百七十度。基地はビアク方面らしい。

つぎにまた、別動のB24の九機編隊が現われた。だれでも前人の轍は踏みたくないらしい。日本艦隊には見向きもせず、スタコラと遠ざかってしまった。

6 「矢矧」ブルネイを去る

栗田艦隊は、南シナ海に航路をとり、出発地ブルネイ湾へ引き揚げてきた。

ブルネイ泊地も油断ができない。ビアク基地からは、B24の空襲圏内にある。在泊中の見張りは極度に強化された。

ブルネイ湾泊地から、七十度方位に富士山によく似た山がある。図上では集合体の山であるが、遠望には荒けずりの富士山だ。

私はこの山嶺群を、見張りの作戦上、ブルネイ富士と呼んだ。その方がだれにもわかりがいい。

白雪こそいただいてはいないが、周囲にそれと比肩する高山はない。突兀《とっこつ》とそびえて、航空目標には、もってこいの好都合な存在である。

ブルネイ湾をうかがうものは、敵も味方も、この山影を目標に接近してくる。

十一月七日のことだった。遠望がセミクジラによく似た双発のコンソリデーテッド機が、ブルネイ富士の右側に姿を現わした。分画目測一二〇（一万二千メートル）。敵機は、日本艦隊がいるかいないか、自信のない偵察行だけに悠々とした動作で近づいてくる。

まさか日本艦隊が、すぐ足もとのブルネイ湾に安座していようとまでは考えていないらしい。ひょっとすると、いるかも知れないという程度の軽い気持で偵察にきたらしい。敵機がかなり遠方にいるのに、はやくも発見、捕捉して報告したから当直将校が泡をくった。

「距離一〇〇とは、なにから割り出したか」

当直将校が、わざわざ上部見張所へ上がってきた。

「はい。相手が大きいので、分画目測一二〇に計算しましたが、びっくりされると思って一〇〇に遠慮しました」

「なにい。一二〇」

艤装員付時代からの顔なじみの山本多加太分隊長だから、説明するのに私も気が楽だ。

「はい、ただいまの目測八〇、どうぞ」

私は当直将校とかわった。

「肉眼では、見にくいが、なるほど大きいね。見張りはしっかりたのむぞ」

当直将校もにが笑いしている。ラッタルを下りる足がいそいそとしている。

そのセミクジラは、ひょいと湾内をのぞきみて、とたんにあわてたらしい。

「大和」「長門」「榛名」「金剛」の四戦闘艦。第七戦隊の「利根」、第四戦隊の「高雄」、第五戦隊の「羽黒」、第十戦隊旗艦「矢矧」、ほかに「足柄」「大淀」の甲乙巡洋艦六隻。多数の駆逐艦群がひしめいている陣容だ。

比島沖海戦に満身傷痍といえども、日本艦隊ここに健在なり。あえてセミクジラなどの近寄るところではない。敵は倉皇として避退していった。

だが、敵の索敵偵察行は成功したのだ。日本艦隊は、B24の来襲を覚悟したが、艦隊は体をかわしてスル海方面に出撃し、十一日、ブルネイに帰着した。

十一月十五日、ふたたびPB2Y一機が偵察にとんできた。ブルネイ湾を一周しおわり、まさに帰航の途につかんとしたところへ、ラバン島基地から零式戦闘機が一機、すーっと忍び寄るように接近し、日本独特の体当たり用空中爆弾を、鈍重機の右肩付近に、ボイーンと爆発させた。

そのとたんに、PB2Y双発機の巨体が、よろりとよろけた。つぎは、鈍重な錐揉み落下を想像したが、なんのことはない。よろけながら遁走してゆく。

すぐに零戦が喰い下がったが、まるで〝巨象に蜂〟の恰好である。とうとう巨象は逃げのびた。

その翌日、午前十時ごろ、敵はP38の双胴機二十三機を先頭に、B24が四十機、計六十三機の戦爆連合の大編隊で来襲してきた。

その日、ブルネイ湾の上空は雲一つない。一挙に全姿をあらわした敵機の編隊は、まず、「大和」を第一の目標として攻撃してきた。先頭機からただちに急降下にはいってくる。

「大和」の零式撒弾が、天空に花火のようにひらいた。先頭のP38機がパッと火を噴き、火だるまとなって海面へ激突する。

さらに「大和」の零式撒弾が、五機のB24の上空に炸裂した。と、みるまに、五機が同じように白煙の尾を曳きはじめた。そして、五機がいっせいに錐揉みになり落下していく。

ブルネイ湾は案外に広い。各艦は散開して、各自に円形をえがきつつ対空戦闘をつづけている。

「矢矧」は八千五十トンの軍艦だが、戦艦に目をつけた敵機群は、「矢矧」には鼻もひっかけない。

爆弾を投下し終わると敵機の編隊は、ブルネイ上空から引き揚げていった。

白煙を曳いて翔けるもの十八機。二度かぞえたが、やっぱり十八機。来襲六十三機のうちで引き揚げていった機は、全部で五十五機をかぞえた。残る八機は姿がない。これが戦果らしい。そのままを艦橋へ報告した。

私が一人でかぞえるのではない。各見張員に、同時に、各自の見張区域内の機影を報告させる。だから、まちがいはない。あてずっぽうの計算報告ではないのだ。

白煙を曳いた機は、燃料が途中できれて墜落するものが多いというが、搭乗員の助かる率は高いらしい。

これは、少年航空兵から「矢矧」の飛行長になっている航空中尉が、上部見張所の私の○番双眼鏡でのぞきながら、私に話した内容である。

その飛行長の証言は、その日の夕刻、第二次空襲で実証された。B24はたった十七、八機しかやってこなかったのだ。

しかし、そのころ「矢矧」は、内地への帰港路についていた。

7　鬼「金剛」無念の最後

内地にかえる味方艦隊が南シナ海を北上している。その陣容は、第一戦隊「大和」「長門」、第三戦隊「金剛」、先導護衛には「矢矧」の率いる第十戦隊があたっている。台湾の高雄港の近海で、数十隻からなる輸送船団とすれちがった。マニラ方面へ兵員物資などを送る輸送船であろうか。

月日のたつのは早く、十一月もはやなかば過ぎ——。冬の台湾海峡は波が荒い。艦側に打ち寄せる波浪が荒れくるい、大きなうねりが、太平洋のかなたから巨大なしわのようにおしよせてくる。

十八日の午前二時ごろ、艦隊は、基隆沖を遥かに通過して沖縄に近づいていた。速力のおそい「長門」に船あしを合わせて、艦隊の航海速力は十六ノット、之字運動を暗夜に反復しながら、内地に近い海の香りが懐かしく胸をふくらませていた。

ちょうど私は、交替して見張り当直に立ったばかり。前直からの申しつぎをうけ、眼も痛いばかりに暗い海をにらみ、心眼を集中していた。

と、急にかたわらの伝声管がさわがしくなった。

「『金剛』に魚雷命中。付近の潜水艦に注意を怠るな」

当直将校がわざわざ上部見張所に上がってきて、悲壮な声でどなった。まもなく、水中音波が振動し、「矢矧」をゆるがすようにゆすった。

ゴゴ、ゴゴーッ。

「金剛」に命中した魚雷爆発の水中波及であろう。そのとき、

「『金剛』は駆逐艦を率い基隆に回航すべし」

との電令が飛ばされたと、艦橋がまたもさわいでいる。

〈鬼「金剛」が、いったいどうしたことだろうか。すでに内地も近いのに、ついていなかったのかな〉

私は呆然としていた。それにしても、「矢矧」が「金剛」の二の舞いをしてはならない。眼の痛いほど見張り、悲痛な声で私は、見張員を督励した。それから一時間もしたころだった。

「金剛」の方位に一大火柱が打ち上がった。「金剛」の最後らしい。ちっぽけな潜水艦の餌食にされるようでは、「金剛」もさぞ無念であったろう。だが、運命はどうすることもできない。

やがて、夜が白々と明けはじめた。右手に奄美大島群島がぼんやりとかすんで見える。艦隊は、吐噶喇《とから》列島西岸を北上している。

さすがに日本近海は雲が多い。そして海上に濛気が多い。日本海流の暖気から生ずる現象であろう。

ところどころの空に、まるで穴があいたように青い空が見える。その空を背景にして味方の哨戒機群が右に左に飛んでいる。

ほっとした気持といっしょに、戦線がいまや刻々と内地に迫りつつあるのを感じていた。

8　呉軍港の惨劇の日

十一月十五日、第三艦隊第十戦隊は解隊された。しかし、「矢矧」は、すでにブルネイ在泊中に第二艦隊第二水雷戦隊に編入されることにきまっていた。

内地に帰港した後、木村司令官とともに第十戦隊司令部は退艦し、「矢矧」初代艦長であった吉村真武大佐は、二代艦長原為一大佐と交代になった。

十一月二十一日、第二水雷戦隊司令官古村啓蔵少将は、その少将旗を「矢矧」にうつし、ともに司令部も移乗してきた。

艦内の各分隊の人事移動も多かった。退艦を希望していた大城兵曹が呉工廠行きで留守のため転勤にまにあわず、かわりに平上等兵曹が退艦していったが、のちマニラ方面の戦闘で戦死した。

かえられた大城兵曹は、「矢矧」の沈没のとき海中に放り出されたが、戦後ぶじ復員していた。

いずれが幸福であるか不運であるかは、両方とも棺にふたをしてみないとわからない。

豊村見張員長は、兵曹長に進級し、准士官教育に退艦した。あと釜は、ふたたび私である。

昭和二十年三月十九日、四国沖を遊弋しているという敵の機動部隊から発した百二十余機の大編隊が、岩国飛行場の攻撃に来攻したが、位置不明のまま東方に移動し、ついに呉軍港内に蝟集《いしゅう》していた日本艦艇に対して空襲をしかけてきた。

当時、「矢矧」は呉工廠岸壁の大クレーンの下に繋留されていた。

その日、払暁の警戒配備が終わるころ、呉を囲繞する連峰から陽光がさしはじめた午前七時すぎ、

「艦載機らしいもの、約二十機！」

と、上部四番見張りの西平二曹が、けたたましい叫び声を上げた。

「すわっ！」

艦内は、にわかに緊迫感につつまれた。

私も報告された敵機群を確認したが、脚の短いSB2Cの一隊である。たしかに艦載機だ。だが、たった二十機ぐらいで、日本本土の奥ふかく進攻してくるはずがない。

「まだ、いるぞ！」

静かに右へ、十二センチ双眼鏡を移動してみた。

〈うわーっ。いるわ、いるわ〉

二十機どころではない。まだ、散開もせずに編隊飛行中だ。克明にかぞえた。総計百三十

機！

〈うーん〉

私はちょっとうなった。敵地での対空戦闘なら、そうまで感じないが、祖国にこんな空襲をうけては、なんとなく物悲しい寂寞感さえ感じられてならない。

上空では、敵の編隊が旋回をつづけたのち、まっしぐらに呉軍港めがけて突進してきた。軍港をかこむ峰々の砲台から、ポッ、ポッと黒い煙と火線が怒り出したように火を吐きはじめた。

呉港内には、大小百隻近い艦艇が入港していた。艦爆搭載艦に改造された戦艦「伊勢」と「日向」は、「矢矧」の左艦首近くのブイに繋留され、その近くには空母「千歳」、さらにその先に新鋭の空母「天城」「葛城」。戦艦「榛名」は、工廠内の繋船池につながれ、工廠の屋根ごしにマストの尖端が見える。巡洋艦「利根」も、「大淀」も、いずれも修理中なので、身軽に出港できない。

幸いなことに、「矢矧」の属する第二艦隊の旗艦「大和」と他の数艦が、かなたの柱島水道に在泊中であった。

陸上砲台につづいて、これらの在泊艦船が、いっせいに砲門をひらいた。轟然たる発射音が耳を圧しつづける。

いうまでもなく、敵機の狙いは空母だ。港内奥ふかくひそむ「千歳」に、どっと殺到してきた。その道づれとなって、「伊勢」「日向」にも、つぎつぎに敵機が急降下してゆく。その濃緑なカモフラージュが、ことさらにぶきみだ。

三艦のまわりには、奔騰する白い水柱の絶える時がない。

「榛名」から轟然たる音響とともに黒煙が噴き上がった。爆弾が命中したらしい。

「天城」「葛城」の噴進砲から、シューッ、シューッと二十四発のロケット弾がほとばしり出る。それが命中したのか、敵の二、三機から、ボーッと黒煙が噴き出された。そして、その勢いのまま海面に激突して大きな水しぶきをあげた。

「矢矧」の横手の岸壁では実戦をはじめてまのあたりに見る工廠の工員たちが、

「わあーッ、やったやった!」

と歓声を上げている。

すると、その歓声を聞きつけたかのように、五、六機の敵の戦闘機F4Uが三十メートルほどの低空で、まっしぐらに「矢矧」に向かって突進してきた。工員たちは、

「わあーッ」

と悲鳴を発しながら、あわてて物かげに逃げこんだ。

どこから駆けつけたのか、友軍の戦闘機が現われた。すぐさま上空で空中戦が開始される。

対空砲火の邀撃もあって、敵の整然たる攻撃隊形も、いまや、がらりとくずれた。乱戦――その敵機群の中から、SB2C艦爆一機が飛び出した。そして、抜け駆けの功を争うように、「千歳」に向かって急降下してゆく。

距離二千メートル、千五百メートル……。

「千歳」の機銃が、そのSB2Cに対して、どっと火箭《かせん》を集中する。千メートル！　──やられる。六百メートルほどに迫ったとき、敵機の尾部から火焔が流れた。

〈よかった！〉

そう思ったのは一瞬だった。敵機は、火を曳きながらも、なおも「千歳」から機首をそらそうとしない。

「あっ！」「あっ……」と低いうめき声が、「矢矧」の見張指揮所にもれるうちに、火だるまとなった艦爆が、グワーッと「千歳」の飛行甲板に激突した。甲板は、一瞬、大きく波打った。褐色の煙と火焔が「千歳」の中央部をつつみこむ。尾翼やエンジンが、ふわっと空高く舞い上がった。

敵も勇猛だ。まったく、日本の特攻機の体当たりを、まのあたりに見せつけられた思いだった。

爆煙のうすれたあと、「千歳」の飛行甲板には、うねりのようなゆがみが生じていた。使用不能は明らかだ。

「伊勢」も「日向」も直撃弾を食らった。軽巡「大淀」は火災をおこした。艦内に誘爆を生じて、膚を接して在泊する僚艦に、被害をおよぼすおそれがある。そこで「大淀」は港外に出た。

損害の有無ははっきりしないが、「天城」「葛城」の両艦も、さっそく泊地を変更した。狭い港内に止まっていては、対空砲火の指向も思うようにできないからである。

やがて、敵機は去った。二十機ほどが叩き落とされて、港内の水面に突入し、その他で撃墜されたものを合わせると、撃墜敵機は約三十機に達した。

工廠内にも、数十発の爆弾が落とされていた。多数の建物は屋根を吹き飛ばされ、鉄骨がむき出しになっている。いたるところから、ゆらゆらと黒煙が立ちのぼっていた。海兵団にも投弾され、数十名の死傷者を生じた。防空壕にじっとしておればよいものを、こわさのあまり逃げ出した女子挺身隊員四名が、機銃掃射のためにたおれた。

まったく、わが機動部隊の真珠湾攻撃をしのばせる光景であった。

それでも、岸壁のクレーンが敵の視認を妨げたものか、「矢矧」はかすり傷一つうけなかった。もとより乗員にも異状はなかった。

9　最後の出撃命令下る

昭和二十年四月三日は、神武天皇祭で休養が許可されていた。だれもが書信でにぎやかだった。いつもは葉書に〝おせん泣かすな、馬肥やせ〟式の手紙しか妻のもとに送ったことのない私が、その日は珍しく便箋に書きはじめた。私のいつもの文面は、判で捺《お》したように、

一、長男は元気ですか、貴方も元気でしょう。

　お陰で私も元気に御奉公しています。　　さよなら

たったこれだけのことを、便りのたびに書くのだ。ちがうところは、月日がちがうだけだ。だから、かぞえどし五歳の長男でさえ、妻に聞かされているうちに暗記してしまった。私の便りが投げ込まれると、すぐ長男が真っ先に拾い上げて読んで聞かせる。文面が横でも、縦でも、さかさまでも、さしつかえはない。一句もまちがえない。それでも、子供は喜んだが、妻は同じ文句でうんざりしたらしい。

　そこで、たまには長文をと心がけて書きはじめた便箋だったが、急に身体じゅうから力が消えていくようだった。不思議な脱力感ではある。

〈「矢矧」に、変わったことでもおこるのかな〉

私は性にあわない手紙かきを思いたったばかりに、急に気になりだしてきた。そこで私は便箋は止めて、また葉書に書きかえた。そして、いつもの文面で投函したばかりの耳もとへ、艦内拡声器が、とつぜんブーンとうなり出した。

「本艦は、水上特攻隊の命令をうけた」

居住区はたちまち水をうったような静寂につつまれていった。私は息をのんでいた。拡声器はふたたび同じ言葉をくりかえした。つづいて、

「第二艦隊は、沖縄に突入する。終わり」

と、一句一語を句切りながら伝えた。

室内は、なおも沈黙がつづく——。

ふーっと、深い息が、私の口から洩れるのをおさえることができなかった。圧倒的な航空兵力——先日の呉空襲が思い出される。そのうえ、沖縄にたどりつけば、敵の戦艦群との戦いがある。

〈なるほど、こりゃ、うかつにすると長文の便りは即、遺書になりかねない命令だ〉

しかし、私の覚悟はすぐにきまった。

おもわず、無言で居住区を見まわしてみた。だれの顔からも、先刻のやかましい書信気分は雲のように消え失せていた。

「こりゃちょっとあわ喰ったばい」

だれかが、この場の息苦しさをやわらげるように、ことさら軽い調子で口をひらいた。

「ふーむ。特攻隊ちゅうやつは、航空隊の専売特許じゃなかですたい」

私がつけ加えた。あまりの強烈なショックに、押しつぶされたのでは士気はあがらない。

「そうですたい。軍人は、国家第一の消耗品ですけん」

上等兵曹が相づちをうった。と、室内には急に、うつろな笑い声がおこった。

10　くよくよするなかれ

四月五日、「矢矧」は柱島を発して徳山に回航した。春である。徳山の桜は満開だった。

いまや爛漫と咲きほこっていた。

花は桜木、人は武士――。

古武士の感傷が、ちょっと胸に湧いてくる。

入港した徳山燃料廠は、海軍燃料の総元締である。ところが、その巨大な重油タンクが、底を見せるほど少ないという。

なるほど、祖国は危急存亡の時機に立たされているのだ。

軍艦があっても、燃料節約で戦闘はできない。航海出撃がやっとだ。渡辺分隊長の言った、「もう『矢矧』は出撃なんかはせんぞ」の言葉が、急によみがえってくる。そのほうがりこうな燃料作戦かもしれない。

だが、こんどは、沖縄急援の水上特攻隊だ。重油燃料はタップリ配給があるだろう。みんなはそう思っていた。ところがなんと、満載の半量にも満たない。

片道分の燃料はあるのだろうか？　私はびっくりして自分で計算してみた。なんとか戦闘はできそうだった。

なんでもいい、優秀な速力が出て、満足な戦闘ができる燃料であればいい。あまり心配していると自分自身の神経戦でまいってしまうかもしれない。

たった一つ残っていた水かめさえも叩き割って一滴も呑まず、城外に討って出て、長い籠城の圧迫を一掃したという柴田勝家の故事が胸に浮かんでくる。人は心の持ちようだ。われわれも、この故事にあやかろう。そう思うと胸がすうっとしてくる。なんとなく、大きな戦果が待っているようだ。

しかし、不必要なものはなにもかも陸揚げした。対潜見張り演習器ももう未練はない。ついでに人間さままで陸揚げした。これはけっして燃料節約のためではない。もったいないからだ。

春秋に富む未来の海軍提督候補生数十人と、子だくさんの身ながら応召参戦していた大塚一水を艦からおろしたのだ。尊い人命であり、人にはそれぞれ天職がある。適材適所があるはずだ。本人には気の毒だが、そういう理由で陸揚げした。

岩壁に立って、残念そうに手を振って別れを告げていく人々を見ていると、内心ちょっとうらやましい気もしないでない。が、その一方では、なにかほっとしていた。心にかかることがなくなったのである。

燃料補給を終えた「矢矧」は、集合地点である三田尻沖に向かった。

そして、進級した豊村時信兵曹長が、ふたたび「矢矧」に来艦し、見張士の配置に就任した。

先着艦は駆逐艦三隻しかいない。

かつて、あ号作戦当時の集合地であったタウイタウイ泊地には、約六十隻の艦艇が所せましとばかりに泊地を埋めていた。また、レイテ沖海戦の集合地点であったブルネイ湾では、約四十隻をかぞえるにぎやかさだった。

「『矢矧』をくわえて、たった四隻か」

見張所では、がっかりした呟きがあちこちで洩れた。おそろしく減ったものだ。

だが、水上特攻隊の気構えは勇ましい。

一隻の駆逐艦の鼠色の煙突には、中ほどに白で菊水のマークがくっきりと描かれている。他の駆逐艦でもマーク書きの最中だった。煙突に板をかけて、二、三人の兵がしきりに刷毛を動かしている。特攻という現実を、あらためて感じさせられる光景である。

ほどなく、われわれの濃い落胆の色はうすめられた。

「『大和』が入ってきたぞ」

嬉しそうな声がきこえる。その方に目をやると、「大和」が三隻の駆逐艦をお供にしたがえて、しずしずと島かげから姿を現わしてきた。

こうして集合したものは、戦艦「大和」をはじめ、防空駆逐艦「冬月」「涼月」、駆逐艦「朝霜」「初霜」「雪風」「霞」「磯風」「浜風」「槇」、その他の一隻、それに、「矢矧」の十二隻であった。これが特攻隊の全貌である。

半年前の捷号作戦の威容は、たしかにない。しかし、「大和」が中心だということが、ふしぎな安堵感をあたえる。

速力の出ない「槇」は除外された。そして、その後さらに、B29の投弾で艦尾に負傷した駆逐艦は、呉へ引きかえしていった。結局、残るは戦艦「大和」、防空巡洋艦「矢矧」、防空駆逐艦「冬月」「涼月」。駆逐艦「朝霜」「初霜」「雪風」「霞」「磯風」「浜風」。総計十隻が日本艦隊最後の出撃の陣容だった。

11　不吉な謎のジンクス

出撃時刻が艦内に伝えられた。明六日の午後六時である。

出撃を明日にひかえて、航海士の松田中尉は、海図へ航路を記入し、図書を整理し、いそがしく動きまわっていた。艦内居住区では各自の身のまわり整理がつづいている。

「武人のたしなみだ。頭髪、ひげぐらいはきれいにしておけよ」

突然、居住区にはいってきた掌航海長の浜野少尉が、そう言って室内を見まわした。まるで靖国神社へ直行だぞ、といわれているような気がする。当然の覚悟だが、敵をやっつけることだけしか考えていなかった私は、内心すくなからずびっくりしていた。顋《あご》をなでてみると、ザラザラと手当たりがひどい。

ひげをきれいに剃っても剃らなくても、戦死したら、靖国神社は受け付けないこともあるまいに――。

そう思いつつも、私は、見張り計算を頭の中のソロバンではじいてはいたが、手はいつのまにか顋のひげそりにかかっていた。

そこへ、当直を交替した穂満信号員長が居住室へ降りてきた。室内を見まわすと、自分のジャングルひげを、右手でザラリと撫でながら、

「みな、いい男になりおるのう。そんなに戦死したいのか。戦死したら戦争はできないぞ。俺の体験では、出撃直前にきれいになったヤツは、みんな戦死したぞ。俺は沖縄へ戦闘に行く。だから、この針金のようなひげづらでたくさんだ。だいいち、にらみがきく。見張員長も、死にたいですかな。あんた、死ぬ準備より、よく見張ってくださいよ。は、は、は」

しゅんとしていた居住区が、いちどに明るくなった。大いに同感である。

とはいうものの私は、半分だけ剃り上げた顔では、どう考えても始末がわるい。やめるわけにいかない。

顔は剃ったが頭髪整理はやめた。

掌航海長の申し分と、信号員長の説明を半分ずつ履行した恰好が、自分でおかしかった。

戦争は死ぬことよりも勝ちぬくことが大切である。その戦闘力の有無は各人の精神が左右する。

死ぬことはいつでもできる。だが、勝ちぬくのは非常にむずかしい。私はその目的を両方とも、いつでも可能な身だしなみとなったのである。

気の毒だったのは、くりくり坊主になった司令部信号員長の籔川兵曹と上釜上曹、その夜の整髪組であった。かれらは、みんないやなことを言うな、という顔つきをしていた。ところが、その連中は、この出撃で全部死んでしまったから、なんともふしぎである。掌航海長も、もちろんその例に洩れなかった。

「矢矧」の二代目の艦長原為一大佐は、新免二刀流の開祖・宮本武蔵研究の第一人者である。

それも、ただたんに、その精神、神技の研究ではない。その神技行為の間髪を実戦に即応せしめた豪傑だった。

「矢矧」に乗艦してまもなく、艦長から武勇伝の披露があった。

艦長は、元水雷戦隊の司令官だった。

その話の中で、ソロモン群島方面での海戦時に、濃霧の中に発見した敵艦隊に向かって、発見、即、魚雷発射をやった。宮本武蔵の、一定位置に接近した相手の体を横に一せんする間髪刀法であろうか。

結果は、三隻の敵駆逐艦を瞬時に沈没させてしまった。ものすごい、間髪瞬間の戦果である。

確認、熟狙の魚雷発射でさえ、容易にこのような戦果は生まれない。その戦機捕捉こそ、宮本武蔵を研究してえた収穫だったそうである。

私は、その話をうかがいつつ、一つの疑問をもった。たしかに、そのときは成功だったにちがいないが、敵発見、即、魚雷発射では、いつ照準したかが問題である。

敵味方が水平線以内に接近し、濃霧の中でおたがいに隠顕し出没する戦闘であれば、だいたいの目標や方位角はわかっていることであり、魚雷航走距離を適宜に調整しておきさえすれば、特別に目標照準の必要はなく、命中公算発射で、敵影確認、即、魚雷発射だけでじゅうぶんに事たりる理論ではある。

そのかわり、命中率はもっとも低いことを覚悟しなければならない。

だが、考え方をもう一歩すすめれば、敵艦発見、即、魚雷発射では、よほど技量抜群のものが見張り捕捉しないかぎり、その目標艦は、やっと濃霧をぬけ、ほっと安堵した時にはすでに、公算発射の魚雷が、その数だけ分散航走して接近しつつあるのである。下手をすると、海面にはいまわる濃霧の中を突っ走ってくる。これでは、魚雷発見、即、命中である。まったく、転舵回避のいとまはない。だから、もっとも巨大な安定目標であるとも言える。偉大なこの戦果の瞬間を、宮本武蔵は示唆《しさ》したらしい。そして、それを会得された原艦長はさすがにりっぱである。

私は話をきいているうちに、そう悟った。そこで質問した。

「艦長。うかがいます。そんな場合の見張り報告は、目標、方向、距離、動勢の全部が必要でありますか？」

「おまえ、見張員長か。面白い質問だ。うむ。目標、方向だけでよろしい。場合によっては、目標だけでよろしい」

ちょっと禅問答のようだが、私はそれで得心した。まったく同感である。艦長要望の見張り報告だけでじゅうぶんであろう。

そのかわり、公算発射で命中させられる艦は、よっぽど不運な餌食艦である。

初代艦長吉村真武大佐は、熊谷次郎直実タイプの武人一途の風格だったが、二代目の艦長原大佐は、硬肉長身無髯、眼は鋭いが、口もとに微笑らしいものが、いつもただよっている戦略家的風貌だった。

12　無念！ 敵潜を逸す

四月六日。霧がはれて、曇りがちの朝がやってきた。午前十時過ぎ、西平二曹がまず手柄をたてた。

「B29、一機。三〇〇（三万メートル）」

敵機を真っ先に発見するのは、新聞記者が特ダネを入手するのにひとしい。

B29は、白い飛行雲の長い一線をひきながら、ぐんぐん艦隊上空に接近し、断雲の間から投弾した。敵機の爆撃手は運のいい男だ。あの高空にもかかわらず、爆弾水柱が一隻の駆逐艦の艦尾にかたまって立ちのぼった。直撃弾ではないが、場所が悪い。推進器と舵を傷つけ、この駆逐艦は出陣不可能におちいった。

さて、これでわが特攻隊の全貌は明確に、B29のカメラに写しとられた。しかも、この海面は、三十メートル前後の水深である。夕闇にまぎれて、敵機から機雷でもばら撒かれたら、それこそ一大事である。急遽、出陣準備にとりかかった。予定の午後六時を少し繰り上げて、午後三時には、各艦が錨をあげた。

駿速を誇る「矢矧」は、全艦隊の先頭に立つ。艦の檣頭には、第二水雷戦隊司令官の少将旗がひるがえっている。

「大和」の前檣にも、第二艦隊長官伊藤整一中将の将旗が、高々と掲げられていた。菊水のマークを描いた第四十一駆逐隊の「冬月」「涼月」、第十七駆逐隊の「磯風」「浜風」「雪風」、二十一駆逐隊の「朝霜」「霞」「初霜」の各駆逐隊は、わが「矢矧」の後から整然と航進してくる。

軍艦「矢矧」が、日本本土から直接に目的地へ向けて出撃したのは、昭和十九年二月六日の淡路島洲本沖泊地からシンガポールへ向け、航空機を輸送する「翔鶴」「瑞鶴」の護衛任務に従事したのが最初である。そのときには、地球の表面を、一気に三十三度も南下した。その航海は約四千キロ。その当時の戦技訓練地は、赤道直下のリンガ泊地の近海だった。今度が二回目の本土からの直接出撃だが、目的地は同じ日本本土の南西部沖縄である。集合地点である三田尻沖は、北緯約三十四度、目的地の沖縄は同じく北緯二十六度。東経百三十二度から、百二十八度までを斜めに南西に向けて航海すれば足りる。その航程はわずかに千二百キロあまりでしかない。戦線もずいぶん収縮されたものだと感じずにはいられない。

その日は、どんよりした花曇りの空を映して、内海もまたべた凪ぎであった。中国山脈の姿がしだいにうすれ、前方から国東《くにさき》半島（九州）が大股に近づいてくる。さらにその先には四国の佐田岬がかすんでいる。

やがて日が暮れた。これが内地の見納めかもしれない。艦橋の周囲にも、上甲板にも、非番の乗員がずらりと立ち並んで、外界の風景を見まもっていた。

艦は滑るように走りつづけた。艦は若い。竣工して一年半の新艦である。たびたびの海戦に参加しながら、傷といえるほどの傷は負わなかった。

「矢矧」は、高速で肉薄突撃する水雷戦隊の旗艦として設計された艦だった。そのために、艦型は極力小さくまとめられ、斬新な艦橋も、公試状態で七千七百トンの艦にしては高さがかなり低い。「大和」から見れば、排水量は約八分の一、まったく少年のような巡洋艦だった。だが、「大和」に欠ける俊敏さをもっている。河豚《ふぐ》のような艦底を基準に、くるりと転舵するから、他艦の三分の一秒時ぐらいで回頭できる敏捷艦であった。

この夜、豊後水道を出るとまもなく、司令部付の渡辺見張長が暗黒の海上に異様な白波を発見した。見張所には俄然、緊迫感がみなぎった。折りあしく、艦は之字運動をしていた。そのために確認するいとまもなく、白波は黒一色の世界に吸い込まれていった。

ベテラン見張員の渡辺兵曹長の眼力に驚嘆しながら、私は、十二センチ双眼鏡にかじりついていた。このレンズには、夜間の見張り能力を増すために、特殊な光線吸収液が塗られている。それが心だのみだ。

双眼鏡を左へゆっくりとまわす。――チラッ、チラッと白いものが網膜の端にかすかに映じた。ごくりと唾をのみこむ。じいーっと瞳をこらす。たしかに白波だ。ときおり奔騰するようだ。曖昧な水平線下――横にかなり長く伸びている。方向からして、先に見失った目標にちがいない。

「敵潜らしい白波、左三十度！　同航」

見張所、艦橋は騒然となった。ただちに、左舷の二連装八センチ高角砲がごーっと右に動きはじめた。と、左三十度で停止し、ぴたりと砲口を水平線に向ける。

見張所の高さは十七メートル。水平線視達距離は一万五千メートル。そこで、水平線と白波の開きから、一万三千メートルと目測する。

敵潜撃沈のまたとない機会だ。敵は水上に浮かび上がっている。ところが、かんじんの高角砲はこの目標を捉えてくれない。じれったいがどうしようもない。

敵潜は、七千メートルの距離まで接近したが、ついに高角砲は発砲しなかった。そのうちに艦隊は大きく右に変針し、敵潜の危険を避けた。あたら、せっかくのチャンスを逸し去ったのだ。

その後、ふたたび敵潜らしい白い航跡を、艦首方向に発見した。航跡は、しだいに左舷方向へ移動する。と、ほとんど同時に、右舷十度、二万メートル付近に黒い艦影を発見した。時をおかず、艦の主砲、高角砲が艦影に狙いをさだめた。

が、それは味方の哨戒艦だった。よし、それならば、敵潜を退治させよう。だが、それも残念。惜しいことに、この艦に対して敵潜の存在を発光信号で教えてやることができない。

いまいましい敵潜は、左舷を同航しながら、六千メートルぐらいまで接近した。この距離になっても、船体の視認は困難だ。が、艦首と艦尾に盛り上がる白波は、はっきりと見える。

艦隊は二十ノットで突っ走っている。敵潜は懸命に好発射点に占位しようと努めたらしいが、ついにふり落とされてしまった。

というものの、彼らが、「日本艦隊十隻、豊後水道より出撃す！」と、狂気のように電鍵を叩くのは明らかであった。全軍あての緊急信を……！

果たして、数分後には、わが艦の電信室に、高感度で敵の無電がとびこんできた。午前はB29、いままた潜水艦によってはっきりと所在を発見された。

大きな艦隊の忍び足は、どうもあてにならない。こまったものだ。わが艦隊の行動を、いまや敵軍は手にとるように承知している。くやしいながらも、そう判断するよりほかはなかった。

13 刻々と迫る血戦の時

四月七日が、ほんのりと明けてきた。

右手に、うず高く盛り上がった山容が暁闇の中に現われてきた。海図を見るまでもない。大隅半島である。形のよい霧島の峰が、明けきらぬ曇天のもとに、はるかに浮かび出る。一幅の墨絵だ。めざす沖縄は、はるか南方にある。

沖縄に到着するのは、明八日早朝の見込みである。したがって、今日一日――約十二時間がんばり通せば、命じられた嘉手納の上陸地点に巨砲を撃ち込むことができるのだ。

夜も明け放たれたころ、大隅半島の南端、佐多岬を通過し、九州の南西海面へ進出した。

種子島がしだいに左後方に遠のいていく。薩摩半島の開聞岳が、北東の雲の中に、その美しい姿態を没し去った。

高空は層積雲におおいつくされ、海上には淡い濛気がただよっている。そのもやの中から箱のような形をした船が忽然と現われた。三隻である。南方から反航してくる。

近づいてみると、戦時急造の小型輸送船である。いかにも浮き足だった物腰だ。さっそく信号で問い合わせた。奄美大島方面への輸送におもむいた帰途だった。六隻が派遣されたが、この三隻が任務を果たし、他の三隻は分離して、目下いずれかを退避中の模様という。

それにしても、奄美大島はすぐそこだ。それほどまで、敵は進出してきたかと、腹が立つまえにあきれた。油断ができない。いまはもう目的地沖縄へ着くことさえが大変なようだった。

まもなく、零戦十数機が上空直衛に飛来した。鹿屋基地から出てきたものであろう。

艦隊は、戦闘機掩護のもとに南西へ進みつづける。

午前七時。味方偵察機から緊急電報が入った。

「敵機動部隊、沖縄東方海面にあり」

われわれは粛然とした。予期していたこととはいえ、優勢な空母群が、艦隊の行く手で爪をといで待っているのである。

そこで、一時的ににせの航路をとることを余儀なくされた。艦隊は、西方に変針した。

雲におおわれた空からは、薄日もさしてこない。心さびしい情景である。もはや、視界内に陸影は一片も見えない。

すぐる明治三十八年の五月二十六、七日ごろ、バルチック艦隊がとってきた航路を、日本艦隊が逆に航行していく。遠路はるばる一万千余カイリを、日本海めざして来攻したバルチック艦隊は、まだ機動部隊の怖さを知らなかった。日本艦隊を赤児の手をひねるぐらいに考えていて、その赤児の手に撃沈されてしまった。

水上特攻隊も、水上艦艇同士ならちっともおそろしくはない。望むところだ。だが、空からの攻撃力をもつ機動部隊は、苦手なのだ。

午前十時近く、零戦は上空を去っていった。いくら待っても交代機はもうやってこない。鎧《よろい》も兜《かぶと》もなしに、敵の制空圏下を水上艦艇だけで進撃する。それは、「矢矧」にとって、かならずしもはじめての行動ではない。栗田艦隊の一艦としてレイテ沖に突入したときもそうだった。それでも、あのときは、まだ、味方の基地が点々とあるフィリピン諸島の間を縫っていくという心強さがあった。

それだけでなく、「大和」「武蔵」をはじめ、「長門」「榛名」「金剛」の戦艦戦隊、「羽黒」「利根」「熊野」などの重巡戦隊など、大兵力だった。

そのうえ、北方には空母「瑞鶴」以下の機動部隊、南方には、「山城」以下の別働隊が、それぞれレイテをめざして強行進撃をつづけていた。

いまや、わが艦隊は栗田艦隊の三分の一を下まわる兵力であり、しかも数群の敵機動部隊の攻撃を一身に引き受ける立場に置かれている。

しかし、降りかかる火の粉は払わなければならない。私は覚悟を新たにしていた。護衛の零戦が去って、まもなくしてからだった。

「大型水偵一機、右十度！」

上部一番見張りの木村一水（応召）が、かん高い声を発した。こんど乗艦してきたばかりで、はじめての実戦参加らしい。語尾がうわずり、かすれている。

「二〇〇《ふたまるまる》（二万メートル）、右に進む」

あまりあわてたのか、飛行機発見報告にいちばん必要な高角は忘れてしまっている。

敵機は、交代機のこない上空に頑張っている。艦首方向の層雲の下にひょっこり姿を現わし、艦隊の進路を横切って、のっそりと九州の方へ飛んでゆく。雲から出たばかりで、わが艦隊の存在に気づかないらしい。にせの航路は成功していたようだ。

確認すると、マーチンPBMだ。双発の飛行艇で、動作緩慢の超デラックス。木村一水があわてたのも無理はない。おそらく、慶良間の水上基地から飛び立ってきたのであろう。ただちに本艦マストに、信号旗「航空」一旒がするすると掲げられた。

「敵機見ユ」の合図である。

大きな目標である艦側のほうが発見したからには、敵も気づかないはずはない。やにわに旋回にうつり、われわれの方に機首をふり向けた。

接近――。とたんにPBMは仰天した。

眼下には日本艦隊が堂々と航進している。いくら数が少なくても、世界の超弩級戦艦「大

「大和」の出陣だ。防空巡洋艦「矢矧」を先導に、左右を駆逐艦が護衛し、威風四海を圧して、東シナ海の波涛を一気に真っ白く蹴飛ばしている姿は、すさまじかったにちがいない。

敵機は、一瞥発見して、あわてて上昇、ゆっくりと雲中に姿を没した。

「『大和』ヨフクム日本艦隊見ユ」

もう、にせの航路をとる価値はなくなった。時をうつさず、沖縄の東方海面を行動中の敵機動部隊から、攻撃隊が一機、また一機と甲板を蹴って空中に集合を開始することだろう。艦は総員配置で来襲にそなえる。

海上の濛気は、すでにはれ上がっていた。海はゆったりとうねりつづける。時おり、そのうねりに、雲の間から薄い陽光がさしこんでくる。各艦の艦首や艦尾から蹴上げられる飛沫の白さが、ことさらに目にしみる。のどかな光景だ。それは、嵐の前の静けさだった。

艦隊は戦闘隊形をひらいた。「大和」を中心にして、各駆逐艦がそれぞれ二千五百メートルの間隔をたもって両側に占位する。わが「矢矧」は、「大和」の直前を航行し、「大和」の前方直衛についた。

しばらくすると、遠距離にグラマンF6F戦闘機二十数機が出現した。艦隊は、全対空火器を敵編隊の方向にふり向けた。われわれは緊張したが、敵の戦闘機はいっこうに近づいてこようとしない。遠まわりに旋回をつづけるばかりだ。わが航空掩護の有無をさぐりにきたものらしい。

こうなると、一息つける。ちょっと司令塔横の旗旒甲板におりてみた。見張士配置の豊村兵曹長も、そこで煙草をくゆらせていた。

「『大和』を見ていると、ほんとに頼もしくなりますね」

と話しかける。豊村兵曹長はF6Fの方向へ視線を向けた。

「もうすぐ対空戦闘だな。そうなりゃ、『大和』が被害担任艦になるかな。でも、『大和』が沖縄にとどきさえすれば、大戦果は確実なんだが……」

私の思っていることを、そっくり先に言う。そこで、私は仕方がないから、

「そう、存分に敵さんをやっつけて佐世保に入港でもしますかな」

と景気をつけた。

燃料が片道であろうと、少なかろうと、そんなことにノイローゼになる必要はちっともない。持てる国の敵さんだ。沖縄にとどいたら、燃料船を撃沈しなけりゃいい。そっくり頂戴すれば、燃料はたっぷりあるだろう。そんなふうに考えているから、私は至極、天下太平だった。

だが、被害担任艦は、豊村兵曹長の見解とすこしちがっていた。軍艦は、「大和」と「矢矧」だけ、あとはみんな駆逐艦だ。大挙して来襲した敵の攻撃隊が、目標の配給不足を感じるのは当然だろう。そうしたら「矢矧」は、大獲物の列にはいる。「大和」が被害担任艦などと、とても安心していられそうにない。駆逐艦でも配給がたっぷりあるにちがいあるまい。数多くの爆弾、魚雷の御馳走ぜめは、どう考えてもあまりありがたくなかった。

私の見張り計算では、あと十分もすると、攻撃隊の先陣が見える頃合だ。急いで見張指揮所に引き返した。はやくも昼食がとどけられていた。レイテ沖海戦時には、食事ぬきで戦闘指揮して四、五日、便秘に悩んだ体験から、今度は遠慮なしに大きいやつを三個平らげた。朝食ぬきで見張りについていたから、とてもおいしかった。

いよいよ、決戦のときは近づいた。急いで武装した。艦内帽の上から鉄兜をかぶる。頭がおさえつけられるようで、気持はよくないが、なんとなく心丈夫だ。防毒マスクを肩から斜めにかける。そして、あらためて、十二センチの望遠鏡のレンズをガーゼで磨き上げる。

F6Fは、相変わらず、低い雲の中を見え隠れに飛んでいた。

「どうだ、食事は終わったか」

そういいながら、豊村兵曹長は見張り指揮所に上がってきた。

背後の電波探信儀は、視覚見張りに先に発見されて、いささかやけ気味に電探器を旋回させている。だが、まだなにも発見報告していない。

その電探器室から、ひょっこり、元の航海士池田武邦中尉が顔を見せた。いまでは、測距儀、探照灯、電探器指揮の第四部隊長だ。私は、ある日、ことばをかけたことがある。

「分隊長。航海士から、即航海長に格上げ転勤はできませんか！」

「そうだな、それでは航海科専門だ。なんでも体験しておくと、艦長になったときに都合がいいんだよ」

とボソッとそういった。なるほど、未来の提督は、艦長になったときのことを考えている。

中肉というより骨太長身で、寡言実行の士であり、疑うことを知らない好人物である。前の旭見張士とは同期生で、大の仲良しだった。旭見張士は、音声高く弁説さわやかで、動作敏捷である。いささか大宮人の大人的動作の池田分隊長とは、長短相おぎなう性格同士だが、二人はよく馬が合ったらしい。陸上散歩は同一歩調で、並列行動、右折、左折する帽子のうごき、肩のゆすり具合まで揃っていたから微笑ましい。

その、人のいい池田分隊長も、今日ばかりは御機嫌が悪い。すこし、ぶすっとしている。おもわず、にたっとした私の視線が、分隊長の眼とかちあった。と急に顔がくずれた。

「見張員長、ありま電探をいじめるなよ」

「ははァ、どうも、さきほどは。でも、いじめると思わないで、さきに発見してくださいよ」

うむ、負けるもんか。うちの電探員も優秀だからな。それよりも、見張りが先手をうつから、電探員が気の毒だ。今度はそうはいかんぞ。だが、電探に負けないよう、見張りも頑張れよ」

「はい。どうもありがとさん」

私は、そう受け流した。部下思いの池田分隊長は、直属の電探員をうまく激励している。そのくせ、元同じ分隊の部下だった見張員も、やはりかわいいらしい。両方を督励する指導ぶりはもう艦長級だ。

私は電探をいじめるつもりはないが、電探器につきっきりで督励している池田分隊長と同じように、敵の攻撃隊の本隊を早く発見捕捉したい。豊村兵曹長も、背後のほうでさかんに見張りを督励している。

私の計算予定時間より、五分前に、私は〇番双眼鏡にしがみついた。

敵の攻撃隊の来襲方向は、いま接触行動しているF6Fの方位だと私は推断した。

F6Fの接触は、日本艦隊の電探をそらし、味方攻撃隊の来襲を容易ならしめることにあるらしい。

万一にも艦隊が、あしの短い艦上機をはずすために、急に北上して遠く変針したとしたら、F6Fは、およばずながら嚙みついてきたにちがいあるまい。

だが、腹をすえた日本艦隊は、堂々と航進している。F6Fも虎視眈々とにらんだまま羽ばたいている。まことに静かである。だが、その向こう側のはるか遠方では、はやくも、敵の攻撃隊がプロペラに大旋風を起こし、万雷を天空に爆発させて来襲しつつあるはずだ。相変わらず層雲がかかっている。視覚見張りには一番ニガ手だ。こんな状態こそ電探の領域だ。

こんどは負けないぞと、りきんだ池田分隊長指揮の電探器は、どうしているのであろうか。まだなにも発見報告してくれない。

それよりも、之字運動で変針して急に方位が変わるから、その調節に大童《おおわらわ》のようだ。

この状態では、とても電探に花をもたせるわけにもいかない。

やや左正横より下がりぎみのF6Fの位置から前方へ向けて、十二センチ双眼鏡を移動させる。

層雲の底部は、高度二千メートルぐらいに漂流している。

距離二万メートル、高角六度、飛翔中のF6Fの高度は、ちょうど二千メートルの計算だ。

あたかも、層雲の下部を縫いながら、攻撃隊が接近するものと、私は判断していた。

今日の雲形では、三万メートルの遠距離で発見することはむずかしい。高度二千メートルの飛行機は、三万メートルで高角四度、六万メートル遠方では、高角二度で発見できる。三万メートル以内の発見をあきらめた私は、高角五度を双眼鏡の中心に置いて、操作し探索した。

ちょうどそのころ、「浮上潜水艦、右百六十度」と後部見張りが報告してきた。真っ昼間に浮上潜水艦だ。大胆不敵な敵というよりも、味方潜水艦の追随ではないかと、私でさえ疑った。ところが、正真正銘の敵の浮上潜水艦だという。わが艦隊をなめた行動である。

腹は立つが、見張りを忘れてはならない。精神を眼鏡に集中する。あまり眼をくっけていたので、眼の周囲が痛い。その熱心さに神が獲物をさずけてくれた。

ぽろり、ぽろり。二つの黒い物が断雲からつづいてうまれた。見おぼえのある形状だ。

〈あッ。艦爆のSB2C二機らしい〉

〈距離はずいぶん遠い。分画目測三万メートル。高角は眼鏡中心よりやや下、高角四度！〉

「敵機二機、左三十度、高角四度、三〇〇反航」

双眼鏡に目をつけたまま、私はのども裂けよ、と声を張り上げた。

敵機は、あとからあとから、無制限にうみ落とされる。二十、三十、四十……。が、まだ砲撃距離に入っていない。

「敵機はいままで確認したもの、約七十機。機種はＦ６Ｆ、ＳＢ２Ｃ（艦爆）、ＴＢＦ（艦攻）」

下の艦橋に、命令と報告があわただしく飛びかう。ときに四月七日、午後十二時三十分……。

魚雷の誘爆をさけて、発射管が旋回して舷側につき出される。

速力二十六ノット。白波を艦尾にゴォーッと盛り上げ、全艦隊はまなじりを決して驀進する。

南へ、南へ。沖縄まで——。すでに、決然と水がめを割った艦隊なのである。

艦隊は、またたくまに数百機の敵機に包囲された。しかし、いまさら驚くことはない。敵軍の重囲を突破しなければならないことは、出撃のときからわかっていたことだ。

敵機の大群は、藻の間をくぐる池の魚のように、雲の間をつっきり、あるいは、雲をはね上げ、艦隊の上空を一周する。

敵の編隊は二手にわかれた。そして、「大和」と「矢矧」の二艦に向かって突撃を開始した。

案の定、配給が多い。多すぎるようだ。ゆうに百機ぐらいはいる。これでは、空母か、「大和」か「武蔵」級の特別待遇だ。

〈うへーっ！〉

いくらのんきな私も、いささかこれは面くらった。「榛名」「伊勢」「日向」という大艦が、この行動に参加しないのが、少なからず恨めしい。

〈これは、ひょっとすると沖縄まで行けそうにもないぞ〉

14　白銀水柱の並木路で

「砲撃はじめーっ！」

まず、主砲の十五センチ砲が火を吐いた。高角砲もおくればせに撃ち上げられる。砲撃のショックで、グワッ、グワッと艦が激しく震動する。

「大和」でも、巨砲が空に向かって咆吼している。モックモックと、前部や後部から、褐色の発射煙が吐きだされている。その煙が、ほとんど形を崩さぬうちに、艦の後方へ流れ去る。

周囲の駆逐艦も、いっせいに射撃を開始した。

相手が同じ水上艦艇なら、堂々と四つに組んだ戦闘で張り合いもできるというものだが、飛燕のような飛行機が相手では何としてもやりにくい。たちまちにして、敵編隊の周囲が炸裂煙の黒い斑点で埋めつくされていった。

その斑点群をつきぬけ、敵機の編隊がぐんぐん接近してくる。そして、ぱっと編隊をひらいた。

距離五千メートル。満を持していた「矢矧」の機銃群が、ぐおーっと火蓋をきった。

単縦陣だ。一本棒になった艦爆十数機が、左三十度から突進してくる。先頭のSB2Cが、ひょいと右翼をもち上げたかと思うと、ぐらりと機首を落として急降下に入った。機首が、右、左に、二度、三度ふれたかとみるまに、「矢矧」めがけてまっすぐに突っこんできた。

両翼を張り、高速回転するプロペラをすかして、太い胴体が黒々と見える、その胴体の下に、小さな黒い円形の物体がある。――爆弾だ。

艦の機銃から、すい、すいと敵機に向かって赤い火線が上昇してゆく。十数本の火線の束だが、敵機はかまわず猛然と突っこんでくる。

「あたれ！　おとせ！」

必死に撃墜を念じつづける。

敵機の姿が、ぐーっとふくれ上がった。

ついに、爆弾と機体が分離した。敵機が、ゴオーッとエンジンをとどろかせて、機首をあげた。その轟音が、むき出しの見張所のわれわれに身体をすくませる。

高射指揮官の木金大尉が、あわを食って、黒白に染め分けた高角目測用の指揮棒で、その敵機の尻を、とどかないと知りつつ叩こうとしている。爆弾はひゅーっと鋭くうねりを発して、みるみるそのまるい輪廓を大きくふくれ上がらせた。

そばにいた機銃群指揮補佐の太田尾上等兵曹が、その爆弾を迎えるように胸をそらせてあおぎ見た。顔色があまりよくない。

〈あたるか?〉

みんなは一瞬、呼吸をつめた。と、爆弾の円形にゆがみが生じてきた。円の下面の尾部の羽が現われた。

〈それる! 遠弾だ!〉

果たして爆弾は左舷の後部に落下し、真っ白い水柱を轟然と奔騰させた。

ほっとしたが、敵機の動きがあまりにも見えすぎる。

この状態の御馳走を、どれほどいただいたらいいのだろう。ちょっと有難くない御馳走である。

つづいて、二機、三機と、先頭機と同じ動作で爆弾を投ずると、さっと艦の上空を去っていく。仰ぎみる翼に、白と青の星のマークがあざやかだ。流星のように頭上を斜めに突っきってゆく。

機銃の曳痕弾がそのあとを追う。

目はそれを追って走るが、両手はかたく〇番見張りのコンパスを握りしめている。

ズッシン!

水柱が、舷側に高々とあがる。水面から見張指揮所までの高さの二、三倍である。水しぶきが、一瞬、さっと甲板を薙《な》ぎはらう。

「あれを撃て!」

「左舷のあいつ！」

高角砲機銃群の直接指揮の指揮官たちが、黒白の高角目測棒を振りまわして、来襲する敵機へ砲火をふり向ける。砲員、機銃員たちは、鉄兜の下の白鉢巻に汗をにじませつつ、血走った眼で装塡し、発射している。

きなくさい硝煙が、前部の主砲や機銃の先端から湧き上がって、見張指揮所に吹きつけてくる。主砲の強烈な音響と、多数の機銃の間断ない叫び声とが、見張所に殺到して、号令も見張員の報告も、容赦なくおしつぶしてしまう。

急降下してきた艦爆が、グオーンとエンジンをうならせて引き起こした直後、その胴体からポーッと真っ黒な煙を噴き出した。

「やった！」

「あたった！」

短い歓声の中に、ぐーっと右に傾いた。そして、右翼を海面に向けて、横泳ぎの姿勢で頭上を通過していった。そして、さらにふわりと回転して、背面になった。つぎの瞬間、がくりと頭を下げて海面に突っ込んだ。幅ひろい水しぶきが海上にあがった。艦は、その水しぶきをぐんぐん後ろに引きはなして、つっ走っていく。

水しぶきもうすれていったあとは、翼も胴体も、飛行機が突っこんだことを示す何ものも残っていなかった。

なぜだか、溜飲の下がる気がした。だが、敵機は息つくひまもなく高空から降下してくる。

状況は、いやがうえにも切迫している。今回も、艦長、航海長は艦橋で命令し操艦している。転舵回避に急を要する事態だ。いちいち村上伝令を通じて艦橋へ報告していては、とうてい間に合わない。私はかたわらの艦橋への伝声管にしがみついて、ありったけの声を伝声管にぶちこむ、それくらいにしないと、とても砲火の音響で聞きとれない。伝声管をにぎりしめる手の内はじっとり脂汗で濡れている。

来襲する敵機をみて、艦は急転舵する。急降下する敵機を、舷側にもってくるように懸命に回頭している艦に対する爆弾の命中率は、敵機が艦の首尾線上から進入してくる場合にもっとも大きいのだ。川添航海長は、艦橋で声をからして操舵している。

敵機の空襲には、宮本武蔵研究家の原艦長も、水上艦艇への魚雷攻撃のようにはいかないらしい。

いささか、手をやいたかっこうで艦は突っ走る。

「大和」の舷側にも、しきりに水柱が立ちのぼる。白銀水柱の並木路だ。そこを「大和」は悠然と突っきってゆく。舷側から発砲煙が流れでる。乗員たちは必死の対空砲戦をしているのだろうが、遠くから見るかぎりでは、さすがに海の王者だと思わせるものがある。

護衛の駆逐艦も、右に左に回頭して、敵機を迎え撃っている。曳痕の赤い奔流が空へ逆流し、かなたの上空は、つぎつぎに黒い花が開きつづけていた。

どうやら、第一攻撃隊は去り、ふたたび、第二攻撃隊がおし寄せてきた。だが、最初の熾烈な弾幕にこりたのか、こんどの艦爆は高度が高い。一機、また一機、急降下にうつる。そのたびに艦の機銃が一斉に、ダイブする敵機に火をそそぐ。

戦いにばかり気をとられてはならない。ことに私の眼は、四周に走っている。接近したら肉眼見張りにかぎる。全般が一目でわかる。あやしい機影は、さっそく十二センチ双眼鏡で確認する。

何やら黒いものが、左正横の水平線の付近にチラリとした。さっそく、十二センチ望遠鏡を向けると、視野内にTBFが二機飛び込んできた。魚雷をむき出しにしないで、カンガルー式に、腹部の袋に納めている艦上雷撃機である。

「TBF二機。左正横。同航、距離一万メートル!」

私の報告をききつけた豊村兵曹長が、

「ああ、あの飛行機——。あれは距離が遠いから、そう心配することはないでしょう。報告はもっと、あとでいいですよ」

と、自信ありそうに言った。現在の態勢に関するかぎり、実際、そのとおりだった。

しかし、その楽観は、やがて裏切られることになったのである。

敵機は一万メートル前後の距離をはなして、本艦の前程へと進む。

このとき、ドドーンと、にぶい爆発音が鼓膜をうった。はっとして、双眼鏡から眼をはなす。一隻の駆逐艦の中央部に、真紅の大火柱が奔騰している。さきほどまで、輪型陣の左翼に占位していた「浜風」らしい。黒煙が点にとどくように勢いよく噴出する。艦は急速に傾きはじめた。

「あっ！」

「あっ……」

見張所の押し殺した悲鳴の中に、その駆逐艦のマストが、横倒しになって水面につかった。駆逐艦の沈下の勢いははげしく、みるまに水面にその姿を没した。沈没したあたりに蒸気のような水しぶきが、しばし立ちつづけた。

「左五十度の雷撃機、魚雷発射！」

西兵曹の声に驚かされて、その方向に視線を走らせる。いつのまにか、TBFは千五百メートルに迫っていた。その腹から、二枚の板が左右にひらいてたれ下がっている。

もう一機も魚雷投射だ。小さなしぶきをあげて、魚雷が、どぼーんと海面につきささった。

「伝令。艦橋へ報告！　急げ！」

七倍双眼鏡に眼をあてたまま、豊村兵曹長が絶叫する。異様にすさまじい指示ぶりだ。気になる。ふりかえると、彼の口元は、唇から血が噴き出すばかりにくいしばられていた。

すなわち、敵から見れば、「矢刻」の方位角は五十度。魚雷発射では、まず七十点の射点である。

〈小癪な！〉とばかりに、機銃曳痕弾が放物線を描いて雷撃機に向かって飛んだ。低空で水面を這う飛行機の前に、しゅっ、しゅっ、しゅっと小水柱がつらなる。

「取舵いっぱい！」

艦首が左にぐんぐん振れてゆく。

二本の白い雷跡が、生きもののように、こちらに伸びてくる。ツラ憎くも、まっすぐに伸びている。数梃の機銃が、雷跡に向かって弾丸を撃ちこむ。

艦が雷跡をかわしきるか。左舷の乗員は、棒をのんだようにつっ立ち、声もなく雷跡を見つめている。

斜めに航走してくる二つの雷跡を、紙一重の差で通過するかに見えた。

が、それは甘い期待にすぎなかった。この日の「矢矧」は運がなかった。――というより、むしろ敵の雷撃がすぐれていた。転舵回避もおよばぬほど内ふところに飛び込んでいたのである。

ゴクン！　まず、異様な軽いショックが左舷艦尾からやってきた。と感じると同時に、艦尾水面が、むくむくと盛り上がった。つづいて、グォーン！　強烈な音響と激震が、艦をゆすぶった。水柱が高々と伸び上がる。火薬のせいかうす黒く汚れている。艦尾付近に、その鼠色の水がふりかかった。

艦はぐーっと左舷に傾いた。約十五度――。

「おい、へんだぞ。いやに行き脚がなくなったぞ」

「機械室がやられたのかな？」

「それでスクリューが止まったんだな。こりゃ、大変なことになったぞ……」

見張所で、そんなひそひそ話がささやかれる。

この見張所にいる高射指揮官も、だれもが、身体をのりだして、しきりに左舷艦尾をのぞきこんだ。忙しいはずの高射指揮所員に余裕がある。それをみて空を仰ぐと、敵機の来襲も一時中断されてきた。

艦は、のめるようにして直線で走りつづけたが、それはいつまでもつづかなかった。惰性であった。

やがて、艦は洋上に停止した。うねりのままに、揺すられるだけである。予期していたこととはいいながら、もはや、嘉手納への砲撃は不可能の状況に陥ってしまった。まだ燃料重油は、艦底の油庫の幾つかにたっぷりあるというのに、もったいないことだ。人ばかりか、艦の運命まで一寸先は闇である。

島は何ひとつ見えない。「大和」以下の各艦は、依然として、南へ南へと進んでゆく。その「大和」も心なしか、右舷に傾いているようだった。

あの艦はまだ戦えるはず。「大和」の沖縄突入を心から祈る。

先ほどは、「朝霜」が、機関故障のために置き去りにされた。そして、いままた、「矢矧」が洋上に漂う身となったのである。

付近に、駆逐艦二、三隻が、傷ついた親の身を案ずる子のように「矢矧」を見まもっている。

艦橋の横から上半身をのり出して艦長が何やらどなっている。艦の傾きは刻々と増大する。放置すれば、「浜風」のように横転するかもしれない。傾いた前甲板へ、四、五人の応急班員が走り出て、錨にとりついた。艦長がこんどは前甲板へ大声を投げた。

「急げ！　左舷の錨を捨てろ！」

応急員がコン、コンと錨鎖を叩いていたが、そのうち、ガラ、ガラッと大きい音を立て、主錨がどぶんと海中に落ちた。錨孔から青い海面が見すかせる。それが、にわかに空虚なものを感じさせる。

主錨投棄のほか、右舷の空積への緊急注水がきいたのか、ほんの少し傾斜は復元した。

敵機群がふたたび近づいてきた。

「こん畜生！」

「弾丸のあるかぎり、撃って、撃って、撃ちまくれ！」

高射指揮所の伝令たちがりきんでいる。艦は動かない目標であった。敵機はかっこうの獲物とばかり襲いかかってくる。

だが、動かなくても、浮いている艦には魂がある。うねりに揺られて、ぬらり、くらりと爆弾をかわす。そう簡単に止めの一刀を刺されない。

敵機は、最後の止めに業をにやして、雷撃を熾烈にしてきた。

どうも、配給が多い。もうたくさんなのに、海底への土産まで背負わせるつもりらしい。

まったく、徹底的な止めの刺し方だ。

おかげで「大和」も、残存する駆逐艦も、それだけ配給が緩和《かんわ》される。「矢矧」の各砲、機銃群は、艦が浮いているかぎり、言葉どおりに、撃って、撃って、撃ちまくった。

いよいよ業をにやし、頭にきた敵機群は、つづけざまに空雷を放つ。

それでも、その幾本かは、艦の前後、横腹をこするように敬遠して行った。

いくつかの爆弾を直撃されて、高角砲が吹き飛んだりした。

爆風にはね飛ばされて、一分隊長が空中飛行をやり海面へ突入したが、生命に別状ないと見えて泳いでいた。幸運な人だ。

第二水雷戦隊司令部も、旗艦をうつしたいであろうが、配給の多い対空戦闘で、移乗すべき駆逐艦が「矢矧」に寄りつけなかった。

移転に準備されたカッターは、ダビットに吊るされたままだ。そこへ一人、二人と乗り込む、重傷者が運び込まれる。航海士の松田中尉が天皇の御写真を背負ってカッター内に入った。司令部付の信号員長籔川上曹が、荷物を片手にたずさえて乗りうつった。そのあとから、信号兵が一人カッターによじのぼった。

沈没寸前の艦から去る人々に、なんとなく羨望を感じる。

このとき、黒い爆弾が、こうもりのように上空から、さあっとうなりを立てて落下してきた。一大音響と爆煙！　炸裂の赤い火線が、四方八方にひゅーっと放射する。噴き飛ばされた破片が、遠くの海面へ、ポチ、ポチ、ポチと水しぶきを上げて落下する。白い肉片が、見張所の甲板に、ぴしゃりと音を立てて打ちつけられた。

「む……」

私たちは呆然と見まもるだけだった。

それと同時に、ほんのいまさっき、別れをいいにきた渡辺見張長を思った。

渡辺兵曹長は、豊村兵曹長から奥さんの住所氏名を聞き、メモしていた。私もついでに妻子の住所を告げ、伝言をたのんだ。だが、考えてみると、本当に生存するのは誰であるのかわからない。私が死んだら、国もとに生存している母と佐世保の妻子の枕頭にだけは、ちょっと立ち寄ってから靖国神社にまいろうと思い諦めていたので、渡辺兵曹長への伝言が、妻子にとどくとは、あまり期待はしなかった。

ところが、いま、目前で粉砕されたカッターの中に、その渡辺見張長が乗っていたとしたら、先刻の伝言も吹っとばされてしまったのだ。

あまりのことに、私は呆然として念仏をとなえることさえ、忘れていた。

「矢矧」が浮いているかぎり、敵機は攻撃をゆるめない。

せっかく積んだ爆弾、魚雷であるが、持ちかえっても、そのままでは母艦に着艦できない。としたら、自由を失って漂泊している艦に命中させても、やっぱり命中弾だ。人に聞こえもいいし、あわよくば、その一弾、一魚雷が、最終の止めとなって爆発し、水柱が奔騰し分散して、みるまに艦尾を上にさかだちにして沈没するというスリルが味わえるかもしれない。

そんなつもりであろう。またも、数本の魚雷が流れてきた。「矢矧」はすでに、爆弾だけでも、十一、二個は頂戴している。魚雷も、左右両舷合わせて五、六本命中している。残念ながら、沈没は時間の問題なのだ。

それほど、「矢矧」は最後の最後までがんばっていた。火薬の誘爆もない。破孔浸水による転覆もしない。乗員一同が本当によく頑張った。

敵機が業をにやしたのも、ほんとうだろう。だが、「矢矧」にも終焉の時期は近づいてきた。

右舷の艦橋下に、またも魚雷が命中し、爆発して黄色いガスが発生した。呼吸すれば窒息死させる塩素ガスの発生だ。

マスクをつける。風上に避ける。とても忙しい。ガスが消え、マスクをとり、〇番配置を眺めると、あっとおどろいた。

あの重たい十二センチ双眼鏡が、いまさっきの激震ではねとび、コンパスの根元に落とされていた。そのかたわらに、遠山上水が、目をすえたまま茫然と立っている。ちょっと魂がぬけているようだ。かわいそうな恰好だ。私は気合いを入れてやる必要を感じた。だが、こんな場合には叱咤激励ばかりが有効でないと考えた。

「こらっ。遠山上水。お前のきんたまはあるか、さわってみぃ」

遠山上水は、おどろいて胯間に手をやった。そして、いそがしく、直立不動の姿勢をした。その答えがまたふるっている。

「はい。すこしあります」

「なにィ。すこしあるか！　それはよかった！」

私は、おもわず、ぷーッとふき出した。それにつられて遠山上水も、顔を見合わせて、くすくすと笑い出した。こんな危急な場合に、笑うだけの余裕が湧けばたのもしい。

電探器より上部の主砲指揮所から、鶴崎上曹たちがあわてて降りてきて海に飛び込んだ。

あたりのものが、ばらばらと、あとにつづく。

総員退艦の命令が出たらしい。豊村兵曹長の姿は、先刻から見えない。あとでの話では、艦橋背後で、短剣で腹部を刺し、うずくまっていたという。

ＴＢＦ二機の艦橋報告をおくらせ、艦に致命傷を与えたという責任観念であろうか。だが、あの時の、瞬時瞬時の判断は、まちがいなかった。たとえ、あの魚雷を脱しても、配給の多い魚雷は、数のうちには、どれかが当たる。これから本土決戦と騒ぐ時機に惜しい。割腹する責任観念は武人らしいが、私の武人観はいささかちがう。

生命あるかぎり、最後まで奮闘し、戦争の終末に善処してこそ本当の武人――。そう思えばこそ終戦後の人心動揺のとき、復員局に十余年間勤務して終戦処理に任じ、有終の美に一臂をそえたものである。

私は周囲を見まわした。

「見張員、総員退避。けがしないように急げ」

そう督励して右舷を見た。木金高射指揮官が、まだ黒白の指揮棒を宙に振っている。おそろしいガンバリズムだ。そのもとに、黒岩肇兵曹と渡辺一《はじめ》水が、上部五番、七番の見張配置についたまま、木金大尉の指揮棒を眺めている。

木金大尉の手前、私は大声で叫ぶことは遠慮した。海で泳いでいる連中を指で示して見せた。二人は、ようやく腰を上げた。

ほかにはだれもいない。安心して、飛び込もうと左舷へ歩きはじめたとき、急に艦が右に傾斜した。

私は、ずるずるっと、右舷の見張壁まで、押し転ばされてしまった。やにわに靴を脱ぎ捨てた。急いで四つん這いになり、かさかさっと今まで踏んでいたグリッチングを這い上がり、海に飛び込もうとした。ところが、もうそこは海面だった。あらためて、飛び込む必要もない。

黒岩兵曹も、渡辺一水も、海に飛びこまずに、その場で、水面に浮いたことであろう。木金指揮官も同じことにちがいない。

私は、一メートル四方ぐらいの小さい箱をひろった。どうも、これで一昼夜も漂流するのは心許なかった。おもわず、応召出征前に参拝してまわった神社仏閣祭神の名を、つぎつぎと口の中でつぶやいてみた。するとちょうど、その霊験のように、四、五メートルの角材が、これにすがれとばかり、ニューッと私の脇の下に入ってきた。この角材をまっすぐにすえ、沖に向かって一生懸命に水を蹴った。艦の沈没するときの渦流から脱出するためには、一刻も急がなければならないのだ。

百メートルも泳いだころ、急に、万歳の声が湧いた。ただごとではない。さては！とふりかえると、いままさに「矢矧」が沈没するところだった。

見張指揮所は、もう見えなかった。わずかに主砲射撃指揮所の上端が水面にのぞいているだけであった。

サイパン沖で奮戦し、レイテ沖では敵空母に魚雷をぶちこんだのが、あの「矢矧」だが、この海では数十発の爆弾、五、六本の魚雷をくらった。しかし、それでも屈せず、なお対空射撃をやめなかったわが「矢矧」――。その艦も、ついに矢折れ刀つきて、いま沈んで行こうとしている。柴田勝家の水がめ割りも、結局、故事に終わるのだろうか。

射撃指揮所の窓ガラスがキラリと光った。それを最後に射撃指揮所も水面下に没した。つぎの瞬間、にわかに後檣が海面から頭をもたげた。それは、われわれの万歳に手をふってこたえるかのようであった。やがて、後檣もすーっと音もなく海中に吸いこまれていった。午後一時二十分のことであった。

あたりの海面を、しばし空虚な何ものかが支配する――。

私は呆然となって、水を蹴ることを忘れていた。そして、ただ角材にしがみついたまま、途方もなく大きいうねりにゆられていた。

15 死との苦闘に堪えて

うねりは、漂流している生存者をしだいに押し寄せ、ついには、燃料重油の浮いているかたまりの中に連れこんでしまった。

みるみるうちに、だれもが黒い重油に汚れてしまった。その重油は二センチくらいの層をなして浮いている。範囲はだいぶ広い。数百トン以上の量であろう。もったいない燃料だが、抱いている箱や、角材、円材がくるりとひっくりかえって、自分もそれにまきこまれたら、もう終わりである。

重油のかたまりが、鼻孔に入りこんで、呼吸さえできない。できるのはうめき声を立てることだけだ。そんな状況での寿命は長くない。横になった黒仏が、あちこちにできてきた。二百人あまりも頭をもたげて泳いでいる。その海面めがけて、低空からグラマンF６Fが機銃掃射をくわえてゆく。じつに情けない。

みんなは、ただ物につかまり、浮いているのが精いっぱいだ。ほんとうに、死の危地から脱し、つぎの戦闘のお役に立とうという気魄だけで生きている。目前に黒仏となり、死んでゆこうとする若い戦友を、洗い浄めて助けてやる自由すらない。それほど戦闘力を失い、漂流している艦乗員を機銃掃射することは、人道上ゆるされることではない。しかし、戦争という現実の中では、どうしようもないことなのかも知れない。

F６Fは、しつように機銃掃射を反復して去っていった。

漂流中の池田分隊長も、ほっとしたらしいが、重油で黒く汚れていて、顔の表情まではわからない。

漂流している頭の中には、一分隊長や渡辺八分隊長の顔もすぐ近くに見える。航海科分隊員は、たいがい付近にかたまって泳いでいたようである。

だが、池田分隊長、松田航海士たちが兵学校生徒のころに航海科教員をしていたという豊村兵曹長は、柔道四段の錬士で、水練は凄く達者だとのことだったが、やっぱりあたりに見当たらない。

そういえば、浜野掌航海長も上釜兵曹の顔も見えない。

およそ一時間あまりも海上に漂流していたろうか。水平線に駆逐艦三隻が現われ、救援のためにしだいに近づいてきた。

だれもが元気づいて、重油のかたまりから、ぬけだそうとあせりはじめた。

駆逐艦が水平線を乗り越え、いよいよ漂流者の顔面に生気がみなぎったときである。

駆逐艦群のやってきた方向に、一大火柱が天に冲して立ちのぼった。褐色じみた黒煙が、ぐんぐん伸び上がってゆく。その中で、両国花火のように、火線が四方八方に飛び散った。火薬庫の誘弾だった。噴煙の高さは三、四千メートルにも達したろうか。

あの凄烈な爆発は、小さな駆逐艦では起こるはずはない。

ズシーン！　遅れて腹にしみわたる爆発音も海中からひびいてきた。

〈「大和」がやられた――〉

無言のささやきが、漂流者の間にかわされる。悲痛をたえて、じいっと噴煙を見まもる顔と顔……。特攻隊は、ここに壊滅したのである。沖縄突入は、ついに挫折したのだ。

「大和」の爆発は、われわれの救助にも深刻な影響をおよぼした。接近しつつあった駆逐艦の四十センチ探照灯が、急に、パチパチとまたたきはじめた。

「シバラクマテ」

二回、三回と同じ発光信号をくりかえし、そのままくるりと艦首をまわした。方向は火柱の方へだった。他の二隻も同様である。

われわれの方へは一隻の配給もない。その配給は、〝シバラクマテ〟である。

一同がっかりした。ビルの上から、突き落とされたような感じである。やりきれないその心をふき飛ばすように、だれかが急に、「海ゆかば」を歌いだした。浮いている頭が、一様にうねりにゆられながら、大声で元気に唱和する。涙がぽろぽろとこぼれる。

〽海行かば　水漬く屍
　山行かば　草むす屍……

自分の心をむりやり慰めるような唱和だ。

だが、それは、海軍水兵の念仏がわりともいえた。

歌い終わると、疲れが出たのか、それとも生きることを断念したのか、摑まっている円材、角材に身体を乗せる。乗せた途端に角材、円材はくるりと回転する。それと一緒に人の体も回転する。ふたたび、頭をもたげたときは、もう生きた人間の顔ではない。

いままでに何人もの人が、その実験を目前でしてみせ、黒仏様になっているというのに、どうしてそれがわからないのだろう。だが、黒坊主になってしまったところへ、そう忠告しても、もう間に合わない。

若い兵たちは、円材、角材に乗るのを、体操の平均台に乗るつもりでいるらしい。ところが、水に浮く重油は、一度、被服に喰いついたら、おそろしい重量になる。とても重い、それを忘れ、あるいは知らずに、体一つのつもりで不用意に乗るから、浮揚バランスをこわされた円材、角材は、あわてて、新規なバランスをつくろうとする。そのとき生産されるのが黒仏様だ。

こういうときは、あわてず、さわがず、角材、円材につかまり、うねりのまにまに浮いていて、〝シバラクマテ〟の時間を待つのが、いちばん利口な考え方だ。

そんなふうに残存漂流者は考え、ねばっている。だが、どうもそのうち、私自身が危なくなってきた。水にふやけた脚の筋が硬直している。角材につかまっている手や腕がしびれてくる。

角材の上に乗ってみたら、非常に楽な気持になれそうに思う。そんな心理で黒仏様が誕生するらしい。

死ぬことより生きることの方が、よっぽどむずかしい。真に貴重な戦陣訓だった。

考えてみると、私は半分死にかけているのが本当だろう。出撃前に顔を剃っていた。幸いに穂満信号員長の忠告で頭髪だけは未整理のままだ。おかげさまで、穂満兵曹のいうジンクスどおりに、あるいは、生命があるかもしれない。それよりも、こんなきたない頭の髪の伸びた男は、靖国神社に呼び寄せるには具合がわるかったらしい。

四、五時間も漂流し、海面がいささか肌寒さを感じる夕景となった。長かりし、そして無念の涙の四月七日の太陽が、いままさに西海に沈もうとして海面に接近していた。

そのころ、防空駆逐艦「冬月」が救援にきて、右舷中部の甲板のあたりでT字型ブイを投げて私を吊り上げてくれた。

そのときの私は、浮揚力のつもりで冬外套を着こんでいたから、これに重油がしみて、三十貫あまりの重量の感じだった。相撲界でも三役級だ。あまり重いから、二人がかりでも容易に曳き上げきれない。一息つくたびに、ずるずると海面に引きもどされる、助かろうとする瀬戸ぎわに、舷側でエレベーターは、ちょっときまりがわるい。というより私はおどろいた。

ようやく、三人がかりで助け上げてくれた。ほっと安堵したのは、三人の方のようだった。肩でぜいぜい息をしていた。

「大和」は午後二時二十分ごろまで頑張りとおしていたが、最後には、残存の火薬、弾丸類を一時に誘爆爆発させて、上空の敵機を粉砕させ、従容と海底へ沈んでいった。

そのときの火柱、誘爆弾が、あの両国花火のような噴煙だったのだ。

じつに、「矢矧」の最後とともに二幅の武者絵だ。沈み、浸水しても、まだ機銃砲火をぶっ放していた「矢矧」――。

いよいよ、沈没ときまった瞬間、いっさいを誘爆させて、敵機を粉砕した「大和」――。

だが、すべては、すでに過去のものである。

眼前の海面には、それらの名残りの人頭が浮き、正気をとりもどした元気さで、扇の要に集まってくるように救援艦の舷側に向かい、あとからあとから接近してきていた。

ああ、ついに、水上特攻隊はこうして中途で挫折した。だが、このとき、沖縄上空に突入していた味方特攻隊の戦果を忘れてはならない。

この戦闘で、海底を墓場としたものは旗艦「大和」、二水戦旗艦「矢矧」、駆逐艦「浜風」、大破した「磯風」「霞」は味方の手で沈められた。機関故障で隊列を脱落した「朝霜」は、その後ようとしてその消息を絶った。

結局、出撃した十隻のうち、わずか三隻の駆逐艦が帰還した。戦死者三千四百名、「矢矧」の生還者は八百名の乗員のうち、約四百名であった。

（昭和四十二年「丸」四月号収載。筆者は軽巡「矢矧」見張員長）

重巡「那智」神技の砲雷戦を語れ

主砲発令所長が綴るスラバヤ沖海戦の苦き勝利——萱嶋浩一

1　ちかづく戦機

昭和十七年二月二十四日、第五戦隊旗艦の重巡「那智」は、僚艦「羽黒」とともに、駆逐艦「江風《かわかぜ》」「山風」をしたがえて、スターリング湾（セレベス島南東部）を抜錨、ジャワ北方海面にむけて出撃した。

それは間もなく敢行される、ジャワ攻略作戦支援のためであった。

開戦いらい比島沖からセレベス海、モルッカ海と縦横に走りまわりながらも、いたずらに之字運動（潜水艦警戒のためのジグザグ運動）をくりかえすばかりで、これはという敵とめぐりあわず、いささか髀肉の嘆をかこっていたわれわれの部隊にも、いよいよ敵艦と相見《あいまみ》ゆる機会がやってきたのだ。

こんどこそ、敵は、いやおうなしに出てくるはずであった。枚《ばい》を銜《ふく》んで進撃をつづける艦隊の将兵は、ひとしく戦機のひしひしとせまるのを感じ、身のひきしまる思いであった。

当時、私は海軍大尉で、第三、四分隊長として、第五戦隊旗艦「那智」に乗り組んでいた。戦闘配置は主砲発令所長で、測的指揮官と照射指揮官兼務という一人三役をつとめていた。

二月二十五日、フロレス海を出て西進し、対潜厳戒のうちにジャワ海にはいった。午後二時五十分——デ・ブリル・バンクの西南西において、敵潜水艦の雷撃をうけたが、さいわい命中なしだった。

二十六日の午前六時三十分ごろ、アレンズ島東方で、スラバヤ上陸軍の船団と会合、われわれはその右前方を遊弋しながら、支援行動にうつる。

これよりさき、スラバヤ攻略の陸軍第四十八師団の精鋭をのせた三十八隻の大船団は、二月十三日、ホロ島付近に集結して諸準備を終わり、十九日に同地点を出撃して、マカッサル海峡を南下した。

二十二日にはいったんバリックパパン沖に仮泊、翌二十三日に燃料補給を行ない、二十四日の午前八時、仮泊地を発して南下をつづけ、二十六日にジャワ海にはいっていた。

この船団は、とちゅう来会の五隻をくわえて、輸送船合計四十三隻となり、駆逐艦「海風」を先導とする直衛艦艇約十隻のほかに、軽巡「那珂」、駆逐艦六隻からなる西村祥治少将指揮の第四水雷戦隊の護衛のもとに、にせの航路をボルネオ寄りにとって西進していた。

一方、これまでチモール作戦に従事していた軽巡「神通」と、駆逐艦六隻からなる第二水雷戦隊も急遽、ジャワ海への進出を命じられ、田中頼三少将の指揮のもとに二十五日の夕方、いったんマカッサルにたちよって補給ののちジャワ海にはいり、二十五日夕刻には、第五戦隊と合同のうえ、その指揮下にはいり、ともに船団支援の配備についた。

こうして、二十六日夕には、ジャワ作戦東方攻略部隊と称されたわが海上兵力は、ボルネオ南端セラタン角の南西洋上に集結を終わったのである。

つぎにかんたんながら、ジャワ攻略部隊の兵力編成と、動静などについてふれておこう。

開戦劈頭、米太平洋艦隊の主力をその本拠である真珠湾に奇襲、これを撃破して、南方作戦にたいする腹側の脅威を絶つことに成功した日本海軍は、のこる精鋭をあげていっせいに南進を開始してから、すでに三ヵ月目にはいっていた。

はやくもその間にはマレー、フィリピン、セレベス、ボルネオとつぎつぎに要地を攻略して、敵に立ちなおるひまもあたえず、いまや最終の目標である蘭印の主島ジャワを攻略するために、大船団を二手にわけて、東はスラバヤを、西はバタビアをめざして、世紀の進軍をつづけていたのである。

また、この南方作戦の全期間をつうじて、フィリピン、マレー、蘭印方面の海上作戦、ならびに上陸作戦の全般指揮に任じていたのは、第二艦隊司令長官近藤信竹中将であった。

そして、南方作戦部隊はさらに、蘭印部隊とマレー部隊に大別され、前者は第三艦隊司令長官の高橋伊望中将が指揮をとり、後者は、第一南遣艦隊司令長官の小沢治三郎中将が、その指揮をとっていた。

そのうえ、今回のジャワ攻略にあたっては、マレー部隊の一部兵力が高橋中将の指揮下にくわえられて、あらたにジャワ攻略部隊が編成され、それがさらに、東方攻略部隊（スラバヤ上陸軍）と西方攻略部隊（バタビア上陸軍）に区分された。

東方攻略部隊——すなわちスラバヤ上陸作戦の総指揮官は、第五戦隊司令官高木武雄少将がその任にあたり、それをしめす少将旗は、「那智」の檣頭たかくひるがえっていたのであった。

なお、このほか日本側には、「零戦」と「中攻」からなる、有力な海軍基地航空部隊があり、第十一航空艦隊司令長官塚原二四三中将の指揮のもとに、セレベス、ボルネオなどの基地から、東部ジャワ一帯をその威力圏内におさめ、連日のごとく出撃して、攻略作戦に直接、間接に策応していた。

さらに後詰として、高速戦艦二隻、重巡三隻を主力とする南方部隊本隊と、空母四隻、重巡二隻を基幹とする南雲忠一中将麾下の機動部隊が、間接支援の態勢にあった。

2　四国艦隊の危機

日本軍のジャワ攻略部隊をむかえ撃つために、スラバヤ沖に出撃してきた敵は、オランダ提督ドールマン少将の指揮する米・英・蘭・豪の連合艦隊で、『ABDA連合打撃部隊』といわれたものであった。

この部隊は、オランダ軽巡デロイテル（ドールマン少将の旗艦）、同ジャワ、米重巡ヒューストン、英重巡エクゼター、豪軽巡パース、それに米駆逐艦四隻、英駆逐艦三隻、オランダ駆逐艦二隻をくわえ、計十四隻の兵力からなる混成艦隊であった。

このうち米重巡ヒューストンは、開戦いらいジャワ海方面を転戦していたが、二月四日、わが軍の爆撃により損傷し、一時オーストラリアに後退して、チモール方面の増援作戦に従事していた。

ところが、チモール島が日本軍に占領されたため、ふたたびジャワ海域にひき返してきたばかりで、その後部砲塔は二月四日の損傷いらい使用不能のままであった。また、これにしたがう米駆逐艦は、すべて四本煙突の旧式艦ばかりだった。

また、英重巡エクゼター、豪軽巡パース、駆逐艦三隻よりなる英軍部隊も、西方海域から増援のために急派されたもので、二月二十六日にやっとスラバヤにかけつけたばかりであった。

このように、ドールマン艦隊は性能はもとより、文字通りのよせ集め艦隊であって、訓練も不充分のうえに連合部隊の通弊として、指揮、通信に円滑をかいていたこともたしかだった。

そのうえ指揮官ドールマン少将は、太平洋戦争をつうじて、もっとも凡庸な提督のひとりと目される人物で、これまでの数度の海戦においてしめした指揮ぶりから、各国将兵の信頼を充分にかちえていたとはいえなかった。

したがって開戦いらい、奔命につかれきっていた連合国海軍全般の士気は、かならずしも高くはなかったようである。

しかも、日本側の圧倒的な航空勢力の下で、ドールマン艦隊は充分な航空支援をえられず、適切な敵情入手の手段をかくうえに、その行動もまたいちじるしく困難なものとなっていた。

開戦後まもなく連合国側は、日本軍の南進に対処して、この方面の各国兵力を統合運用するために、バンドンのちかくに連合司令部を設置した。これが、それぞれの頭文字をとって『ABDA』と略称された、米英蘭豪の連合司令部である。

ドールマンの指揮するABDA連合打撃部隊は、この司令部指揮下の海上部隊であり、この方面の連合国の海軍兵力はすべて『ABDA』の下に統合運用されるはずであった。

しかし当初は、英国はシンガポールへの増援にいそがしく、米・豪はチモール方面に最大の関心をしめし、それぞれ自国の艦船をみずからの目的に使用したため、ジャワ島防衛を念願するオランダ提督の手もとには、内線の利を発揮するのに充分な兵力をあたえられることがなかった。

こうして、ABDA連合軍は、分散した兵力を各個に撃破され、統合運用の実をあげるいとまもないまま、戦況は急速に進展していった。

まず西方では、二月十五日にシンガポールが陥落し、ついでパレンバンが占領され、東方ではチモールをうしない、ポートダーウィンをたたかれ、ついにジャワ島ちかくのバリ島に日本軍の上陸をゆるす情勢となった。

もうこの期におよんでは、英国ははやくもジャワ防衛に見切りをつけ、自国兵力の引き揚げを策しはじめ、米国もまた、あらたに増援を送るけはいすらしめさなかった。

このような苦境にあっても、ABDA連合司令部は、哨戒機と潜水艦の活躍によって、日本軍の動静については、かなりの情報を集めていた。

それによりABDA連合司令部は、南シナ海から進入してくるわが西方攻略部隊にたいしては、英国艦隊の有力な一隊を配し、マカッサル海峡から進入してくる東方攻略部隊にたいしては、スラバヤに集結していたドールマン艦隊に、前記のエクゼターを主とする英豪艦隊を増援強化して、その上陸阻止をはかったのである。

そして、二月二十五日の夕刻、スラバヤに在って、日本軍、ジャワ海に現わる——という情報をうけたドールマン少将は、増援の英艦隊の来着をまたず、ただちにその指揮下にあった巡洋艦三隻と、駆逐艦七隻をひきいてスラバヤを出港した。

しかし、この出撃は、すこし早すぎた。

日本側はジャワ海にはいったものの、スラバヤに直進せず、その日もつぎの日も、セラタン角ちかくボルネオ寄りの海を西進していたため、バウエン島の近辺ジャワ沿岸を行動するドールマン艦隊は、ついにわれと遭遇できず、二十六日、燃料補給のため、いったんスラバヤに帰還したのであった。

ところが、この日の夕刻、ドールマンはあらたに合同司令部から、アレンズ島北西にある日本船団にかんする情報と、これにたいする攻撃命令をうけとった。

そこでドールマン少将は、その日に来着した英艦隊をひきいて、深夜ふたたびスラバヤ港を出撃した。

だが、その夜もまた艦隊は、むなしく東奔西走するばかりで、日本軍に接触することができなかった。

明けて二十七日、日本船団をさがしあぐんでいたドールマン艦隊は、逆に日本の航空部隊に発見されるところとなり、たちまち反覆爆撃をうけたうえ、ひきつづいて触接されることになってしまった。

戦意をうしなったドールマンは、重大な損害はなかったにもかかわらず、これまで再三そうしたように、艦隊を反転させ、スラバヤにむけて避退を開始した。

この後退をしったABDA連合司令部は、ただちに攻撃続行の指令を発して彼を督励したが、ドールマンはこれを無視して避退をつづけた。

あたかもこのころ、これまで西方にむかって進んでいた日本軍は針路を南にかえて、いっせいに南下をはじめていたのである。

こうして、ドールマン少将は二十七日の午後三時五十七分、スラバヤ港の北端にたっしたとき、またまた、新しい敵情が彼をまっていた。

それは、日本軍がすでにバウエン島のちかくにあるという確報であった。

燃料の補給も休養も、もはや口実とはならぬ切迫したものであった。そこでドールマン少将は、そのつかれた部隊に反転を命じた。

こうして宿命の両艦隊は、ジャワ海に相対したのである。

3 舞台に立つ「那智」

さて、ここで戦闘場面の回想へうつるまえに、乗艦「那智」と私の身辺について、すこしばかり補足しておきたい。

軍艦「那智」は、いわゆる一万トン巡洋艦で、重巡とも甲巡ともいわれ、同型艦に「妙高」「足柄」「羽黒」があった。

この四隻を一隊として第五戦隊といわれてきたが、開戦にさきだって「足柄」を第三艦隊旗艦にひき抜かれたので、その後は「妙高」を旗艦とする三隻編成になっていた。

ところが一月四日、ダバオのマララグ湾で空襲をうけて「妙高」が被弾し、修理のために内地に帰り、かわって「那智」が旗艦となり、当初の半分、二隻の隊としてスラバヤ沖海戦にのぞむことになったのである。

その要目は、全長二百四メートル、幅十七メートル、吃水六メートル、排水量は昭和十六年の大改装いらい、満載で優に一万五千トンをこえていた。そして十三万馬力の機関により、最高速力三十五ノットをたもち、耐波性、凌波性ともにきわめて良好、操縦のしやすい、まことに乗り心地のよい艦で、その独特の波型《なみがた》をしたスマートな船体で、狂瀾怒濤をものともせず太平洋を馳駆する姿は、文字どおり艦隊の花形であった。

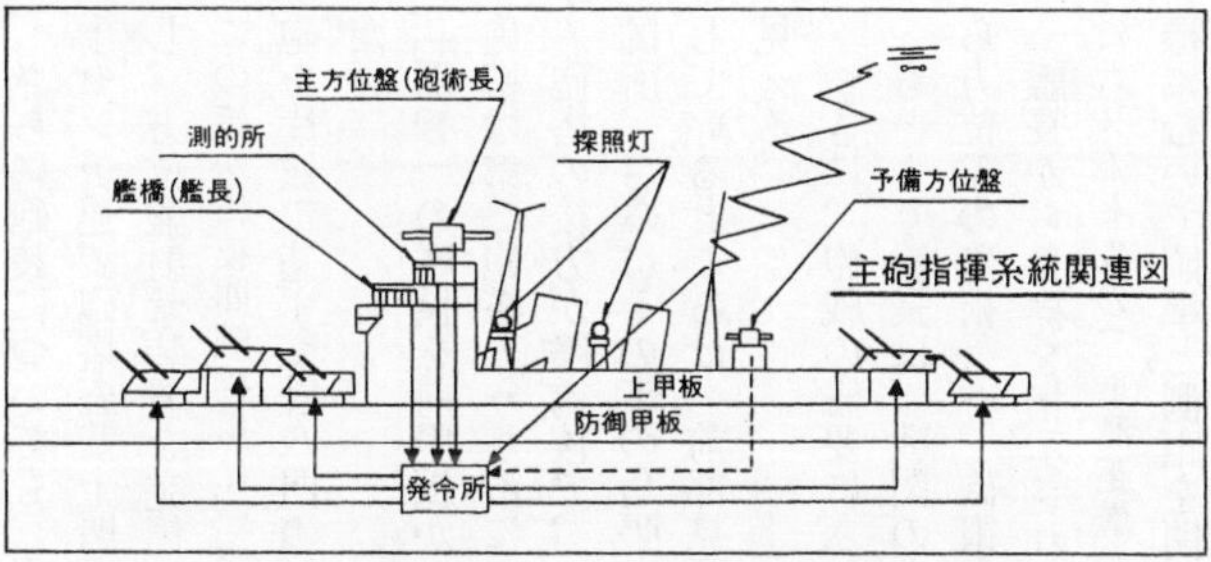

主砲指揮系統関連図

また、兵装についても、だんぜん列強の同型艦をリードしていた。

当時の米巡洋艦は、魚雷をまったく積んでいなかったが、「那智」は四連装魚雷の発射管を片舷二基計四基をもち、予備を合わせて二十四本の九三式六十一センチ魚雷を搭載していた。この九三式魚雷こそは、驚異的な性能をひめた世界に類のない『酸素魚雷』であって、その速力、射程、爆薬量ともに、当時の列国海軍の魚雷をはるかに凌駕《りょうが》し、格段の威力を有していた。とくに、その射程はケタちがいに大きく、主砲である二十センチをもしのぐほどで、そのうえ燃料が酸素のため気泡がすくなく、航跡がほとんど見えないという利点があった。したがって、当時の列国海軍の常識では考えられない遠距離から、隠密に雷撃を行なうことができた。

わが艦隊はかねがね、決戦の場合は相対峙した敵主力の編隊にむかって、敵の思いもよらぬ遠距離から多数の魚雷をいっせいに発射して、その扇形のなかに敵艦をとらえ、一挙にこれを撃滅する秘策をねり、そのための猛訓練をかさねていたのであった。

さらに砲装についても、列強の八インチ砲艦をしのぐものであった。すなわち、主砲は二十センチ連装砲塔五基十門をそなえ、その九一式徹甲弾は最大射程二万八千メートルにたっし、方位盤射撃装置を完備し、弾着観測用の二座水上観測機を二機搭載していた（飛行機はこのほかに夜間触接用に三座水偵一機、計三機を搭載）。副砲には、十二・七センチ連装高角砲を片舷二基ずつ計八門のほか、二十五ミリ連装機銃四基と十三ミリ連装二基を装備していた。

「那智」の艦橋を前甲板から見上げると、手前に見えるのが主砲の第一、第二砲塔で、第三砲塔は第二砲塔のうしろになってみえないが、このほかに後甲板には第四、第五砲塔がある。砲塔の後方が艦橋楼で、いちばん上に六メートル測距儀と主砲方位盤があり、その下が測的所、さらにその下の角張ったガラス戸のあるところが艦橋で、そのまた下方前方に張り出しているところは、前部見張所である。なお、左舷側方に高角砲の一基と、高射指揮装置が見える。

つぎに、砲戦の概要にふれてみよう。

もとより艦長は、戦闘のあいだ艦橋にあって全般を指揮するが、砲戦の指揮号令は艦長から方位盤の砲術長へ、砲術長から発令所を経由して、全砲塔へ伝達される。

艦長から目標を指示されると、まず、方位盤照準装置と測距儀（主方位盤と第二、四砲塔に六メートルの二重測距儀が、予備方位盤に四・五メートル測距儀が装備されていた）が、目標にむいて照準と測距を開始し、測的所では、的速《てきそく》、的針《てきしん》を算定する（目標または敵艦を的という。また的速とは的の速力、的針とはその針路のこと）。

これらのデータをうけて、射撃盤という計算機で所要の旋回角、俯仰《ふぎょう》角その他の諸元を計出して、各砲塔に送ってやるところが発令所である。

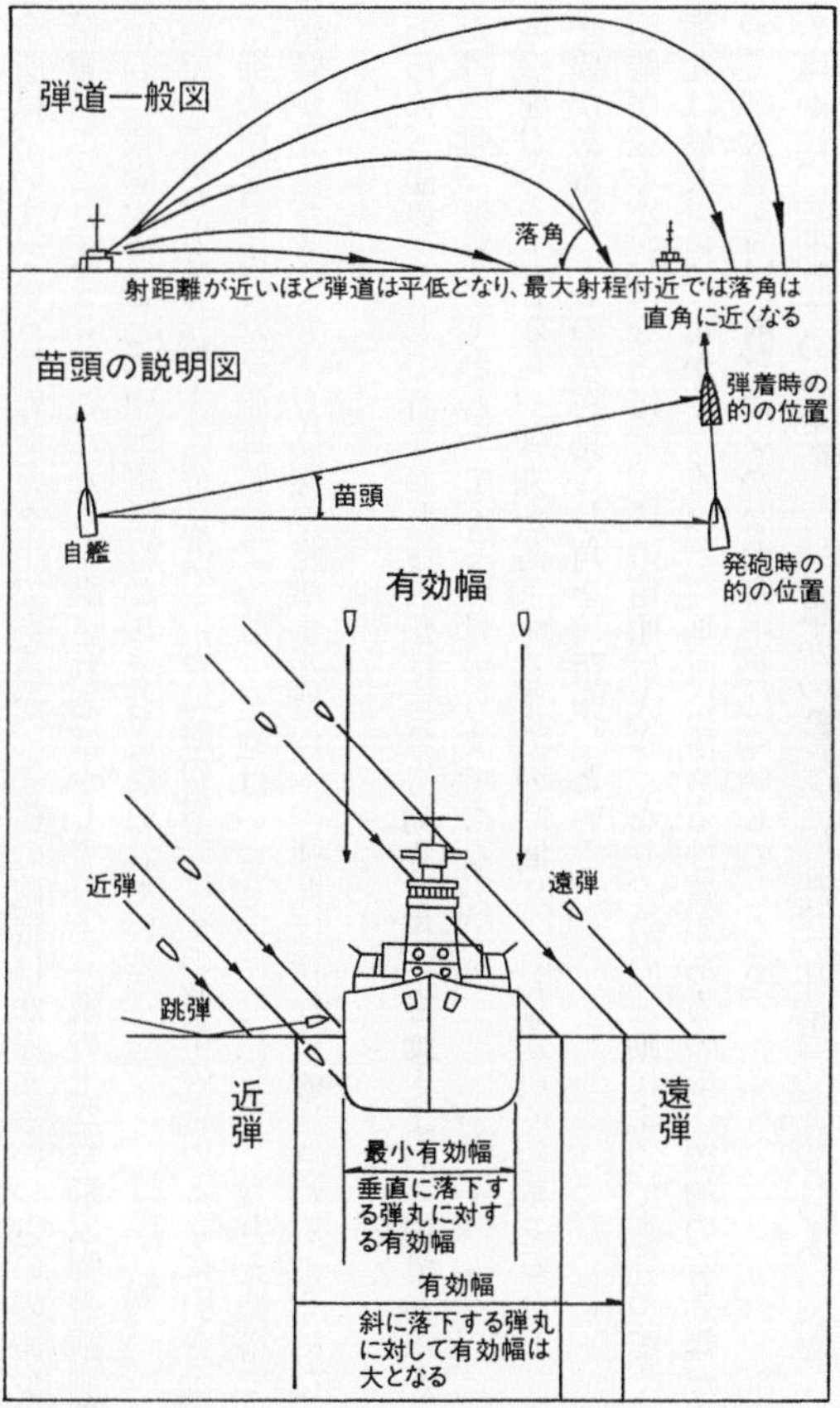

発令所は、いまでいう情報センターであるが、一艦の砲戦にかんするいっさいの命令、号令、情報はここに集まり、ここから中継されるばかりでなく、敵の上空を飛ぶ弾着観測機との通信も、戦隊内僚艦との砲戦電話もここでおこなわれていた。

ついで、「撃ち方はじめ！」の号令で、方位盤の射手はその照準のよいときに引き金をひくと、発令所を経由した発砲電路によって、全砲はいっせいに発砲して、たとえ砲塔では直接に敵艦が見えなくても、方位盤の照準する地点へ、弾丸は精確に射出されるようになっていた。

もちろん、艦艇どうしで行なわれる射撃は自分も動き、相手も動きまわるのであるから、それだけ困難な要素がくわわってくるのはいうまでもない。

引き金をひいたときから、弾丸が落下するまでの時間に、目標が動く距離を見こして発砲する必要があるが、この左右見こし角を〝苗頭〟という。

射距離が遠くなればなるほど、この苗頭は大きくなり、敵の運動によっても狂ってくるうえ、弾丸は最大射程にちかくなるほど、垂直に落ちる性質があるので、標的の有効幅が小さくなって、大遠距離の射撃はなかなか命中しにくいものとなる。

このほかに、「那智」の発令所には、ほかの艦にない独特の仕掛けがひとつあった。

艦橋のコンパスの上と、トップの砲術長の頭のところに、それぞれマイクをとりつけて、多芯《たしん》電線のなかの遊んでいるのを利用して、市販のアンプを介して発令所長の両耳の受聴器につなぐ工夫がこらされていたのである。

トップと艦橋の音をなんでもキャッチしてやろうという、いうなれば「かくしマイク」が設置されていたのである。

これは、研究心旺盛な前任者の遺産だったが、私は、これはイケる、とそのまま踏襲していた。とにかくこれで、艦橋の話し声が細大もらさず聞こえ、その要点をメモすることができた。

また、いざ戦闘となると、ふだんはそうでもないのに、さっぱりようすがわからなくなるのが常である。外の見えない発令所では、これは私にとって、外界のもようを知る潜望鏡の役目もしてくれた。

また、これらのおかげで、戦闘がはじまってからの艦橋のようすが手にとるようにわかって、大いに助かったものである。

さて、私は「那智」においては、発令所長兼測的指揮官、照射指揮官であったことはさきにのべたが、昼戦のときは、主砲が巡洋艦戦闘の主役であり、観測機を飛ばし、射程いっぱいの大遠距離射撃を行なうので、発令所は多忙をきわめ、また仕事も複雑多岐にわたるので、私はもっぱら発令所長の役に専念せざるをえなかった。

ところが、夜戦となると、当時はまだ敵味方ともにレーダーを装備しておらず、わが軍は照明弾も積んでいなかったので、もっぱら大倍率双眼鏡と探照灯がたよりであった。

そこで夜間射撃は、百十センチ探照灯の光芒のとどくところが限界で、南洋のような空気の清澄なところでも、せいぜい八千メートルくらいがいいところであった。このような近距離では、発令所の仕事はかんたんになるし、そのうえ夜の重点は、測的と照射にうつると判断して、私は夜ともなると、発令所長のほうは少尉の砲術士にまかせて、測的兼照射指揮官として、艦橋付近でがんばることにしていた。

4　われ誤てり！

二月二十七日の早朝、第五戦隊は船団にちかよって、いったんその視界内に入ったのち、さらに西方に進出し、その北西方に位置してひきつづき支援に任じていた。

午前七時——船団は予定にしたがって左へ変針、針路を百九十度として、上陸地点クラガンにむけて一路、南下を開始した。いよいよ上陸決行である。

開戦いらい、連戦連勝のムードによい、また再三、軍艦マーチ入りで放送されるジャワ沖航空戦の戦果をそのまま信じていたわれわれには、まずこの作戦の成功をうたがうものはなかった。

しかし、日本側の航空機による戦果は、どうやら誇大にすぎていた。中攻による爆撃効果は、実際のところは米巡マーブルヘッド一隻をジャワ海から追い出したていどのもので、ドールマン艦隊は、おおむね健在だったのである。

一方、二十六日の夕刻までにえられた陸上基地航空部隊の偵察による総合敵情判断は、

『スラバヤ港外に重巡二、その他数隻在泊中』

というものであったし、おなじく二十六日、五戦隊偵察機によるバウエン島〜スラバヤ間の索敵の結果でも、

『スラバヤ北方に哨戒艦三のほか敵を見ず』

と報告されていた。

そこで、スラバヤ方面の敵はくみしやすいとみてか、支援隊の五戦隊と二水戦は、いぜんとして船団の北西側の警戒にあたっていた。

このころ、ドールマン艦隊はさきにのべたとおり、前夜からの奔命につかれはてつつも、ジャワ北岸をスラバヤにむけて東航していたのである。

日本側もまた、このころはまだ、この敵主力をキャッチしていなかった。

正午になって第五戦隊が針路を南転し、船団の後方を追及するかたちで南下をはじめたころ、突如、味方哨戒機からの、

『敵発見！』

の報告がはいった。

『敵巡洋艦五隻、駆逐艦六隻、スラバヤの三百十度六十三カイリ、針路八十度、速力十二ノット、一一五〇』

スワッとばかり、全軍は色めきたった。予想をはるかにこえる、強敵の出現であった。

敵の位置は船団の南わずか六十カイリ、第五戦隊からは百二十カイリのところにあった。

第五戦隊は、この報をうけてただちに速力をまし、針路百五十度でこれにむかった。二水戦にたいしては、いそぎ戦場に来会せよの無線命令が発せられ、〝索敵触接〟(敵部隊にとりついてこれを監視しながら、刻々と敵情を報告すること)のため「那智」の偵察機が、カタパルトから射出されていった。

船団を護衛していた四水戦司令官もまた、直接この報をきいて、ただちに乗艦「那珂」の艦載機を発艦させるとともに、船団を敷設艦「若鷹」艦長の指揮にゆだねて西方に避退させ、みずからは四水戦の全駆逐艦を集結して、南東の針路で敵方にむかった。

この間にも「那智」の放った偵察機からは、つぎつぎと敵情がはいってきていた。

『敵は甲巡二、軽巡三、駆逐艦九、位置、基点よりの方位百九十四度、四十五カイリ、針路八十度、速力二十四ノット、一四五〇……』

『敵の位置、基点より百八十七度、四十七カイリ、針路百二十度、速力十八ノット、一四一五……』

『敵針、百四十五度、速力二十ノット、一四三〇……』

敵は、蛇行運動を行ないながら、おおむね針路東で進んでいる。

「どうもおかしい?」

——参謀たちの評議がはじまったころ、さらに、

『敵は、スラバヤに入港しつつあり、一四五五……』

という報せがはいった。ここが、大切なところである。心すべきは、出先き搭乗員の判断

にひきずられて、知らずしらずに大局をあやまることである。

不測の敵出現に、びっくりしたあとで、やれやれという気も手伝ってか、参謀たちの判断もあまかった。

緊張がゆるむ——はやくも午後三時十分には、つぎのような命令が出された。
一、敵巡洋艦戦隊は、スラバヤに向かうもののごとし。
二、五戦隊は、船団の東側に出て、適宜、減速す。
三、二水戦は、今夜の配備につくごとく行動せよ。
つまり、敵がスラバヤに入港すれば、スラバヤ北口を封鎖監視して、そのまま上陸決行が可能となり、北上してくれば、夕刻までに捕捉の算があり、夜戦により撃滅できる、というのが五戦隊の判断であった。

しかしながら、敵の不可解な行動を最終的に見きわめることなく、飛行機のいうままにひきずられ、敵の意図を速断し、わが方の処理をいそいだきらいがあり、かつ彼我の距離の判定にもうなずけないところがみられた。

飛行機による敵の位置報告には、『出発点からの方位距離』によるものと、『陸上の基点からの方位距離』でしめすものとがあり、前者には艦載機の場合、自艦艦位の誤差がそのまま入る。この二種類の報告がどうじに殺到し、混交したため、その間の誤差が判断をあやまらせたともいえるだろう。

ここで船団は、ふたたび変針して予定上陸地点にむきなおり、四水戦も反転して、船団の位置へ帰ってしまった。

ところが、しばらくして、いったんスラバヤに向かうものと判断された敵艦隊が、港口ふきんまで行って反転、にわかに北上をはじめたのである。

間髪をいれず、敵に触接をつづけていた「那智」の偵察機からは、

『敵は入港のけはいなし、敵針六十度、速力十八ノット、一五二三……』

という報告がはいった。

さきにのべたとおり、このときドールマン少将は、日本船団についての確報を入手して、スラバヤ入港を断念し、果然、反撃に転じたのであった。

一方、味方の船団は、南転したばかりであり、各兵力もすでにはなればなれになっていたし、一度ゆるめた手綱をとりなおすには時間がかかる。

まごまごしているうちに、矢つぎばやの飛報がはいった。

『敵は反転、敵針二十度、速力十八ノット、一六一五』

『敵針零度、速力十八ノット、一六二〇……』

日没までにはまだ、かなりの時間があったので、昼間の会敵が必至のいきおいとなった。

そこで五戦隊は、ふたたび速力をまして南下しながら、二水戦と四水戦にたいして、

『一六三五、われ針路二百二十度、速力二十一ノット、敵を誘導しつつ合同す』

と発信して、敵にむかって進撃した。

二水戦は、飛行機からの『敵反転』の報を直接うけてただちに発動したが、四水戦のほう

は電報の受信がおくれたので、敵の反転をしらぬまま、午後四時には予定どおり船団にたいしてクラガン入泊の行動にうつるように命令していた。

しかし、これもまもなく敵反転とわかって、船団の指揮を第二十四駆逐隊司令（「海風」乗艦）にまかせて、みずからは四水戦をまとめて、敵方にむかった。

敵はデロイテル、エクゼター、ヒューストン、パース、ジャワの順に単縦陣をつくり、前方に三隻、後方に六隻の駆逐艦を配し、堂々の布陣をもって北上してきた。

わが方は五戦隊、二水戦、四水戦ともいまだに集結するにいたらず、ほぼ平行の針路で敵にむかっていた。

5　沈黙する司令部

午後四時五十九分、「配置につけ！」のラッパが、けたたましく「那智」艦内に鳴りわたった。

思いおもいに休憩していた乗員は、それッとばかり各自の戦闘配置にすっとんでいった。

すでに総員は、真新しい事業服に着がえて、夕食もすませてあった。

私も、白の正装に身をかためて、みずからの戦闘配置である発令所にはいった。

開襟半袖《かいきんはんそで》の防暑服になれた南方では、なんとも暑くるしい服装であるが、一世一代の初陣をかざる晴れ着のつもりで、下から上まで洗いたてのものを身につけた。糊でバリバリのワイシャツは、首が痛いくらいだ。

「合戦準備、昼戦にそなえ！」

総員戦闘配置について、うけもちの兵器を試動して戦闘準備をする。

各砲塔も、方位盤も、形のとおり的確に動いている。すべての操作に支障はない。

「主砲合戦準備、昼戦にそなえ、よし！」

その間にも彼我の艦隊は、たがいに二十数ノットの速力で、まっこうから突進していた。

「那智」の観測機は、主、副二機とも射出されていき、さっそくもたらされたこの飛行機からの報告で、敵情はさらに明らかになっていく。

いまや二隻と五隻の巡洋艦隊が、ガッチリと四つに組んで、まず砲戦で雌雄をきめようとしているのである。日本海海戦いらいの艦隊決戦だ、またとないチャンスだ——私もいささか興奮ぎみながら、さらに闘志をもえたぎらせた。

全軍の神経は、はやくもはがねのようにピンと張っていた。

このまま進めば、左舷戦闘の同航戦になる算が大きい。となればさて、わが二艦二十門の二十センチ砲の威力を結集して、いかなる砲戦をおこなうか？　二隻対五隻の勝負だ。その戦法は？

まず、先頭の旗艦を撃破するため、一番艦に二隻の集中砲火をあびせるべきか？

一対一のかたちで順に撃破するのが得策か？　あるいはまた、まず敵の八インチ砲艦をえらんでこれをさきに制圧すべきであろうか?

なにぶんにも当面の敵は、隻数もわれに倍するのだからやっかいである。いずれにせよ、一刻もはやくきめてもらわねばならない。もとより、これを決定するのは戦隊司令部である。

戦隊として、統制のとれた砲戦を行なうのを〝戦隊砲戦〟というが、ふつう司令部の命令は、旗艦の発令所をつうじて両艦につたえられ、これをうけて各艦の艦長はそれぞれの砲術長に命令をくだし、砲術長が直接、砲台を指揮して射撃を行なうことになっている。

これらのおぜん立てをととのえるのは、艦橋に在る砲術参謀の仕事であって、平素からそのもっとも得意とするところであった。

しかし、いつもであればスラスラと流れてくる〝戦隊砲戦〟の号令が、どうしたことか、かんじんなこの一瞬になって、いっこうにさがってこない。時は刻々とうつり、両軍の距離はぐんぐんとつまってきた。

これよりさきわれわれは、弾着観測機から、『敵戦闘機、十一機見ゆ、われ雲中に避退す』という電報をうけていた。とにかく、あれやこれやで、このままほっておけなくなってきた。

さいわいにも平素の猛訓練のおかげで、彼我の距離におうじて、とるべき手つづきはわかっていた。

そこで私は、司令部にかわって、戦隊砲戦の命令を下命して、いっさいの準備をととのえておこうと決意した。

「観測機、砲戦観測配備につけ！」

まず、飛行機を雲のなかから引き出しておいて、あとは形のとおりつぎつぎと号令が電波にのって飛んでいった。

司令部はいささか逆上ぎみで、立ちあがりのおくれた戦闘序列の整形に、手いっぱいだったのだろう。

6　軍艦年鑑をだせ！

午後五時四十一分——「百七十二度にマスト見ゆ！」の声がとび、いよいよ敵は視界内にはいってきた。

測的所の大型眼鏡は、つぎつぎに的の艦型をとらえ、的確な識別を行なっている。

測的士以下、測的所にいる私の部下は、いずれも余裕たっぷり、敵一艦一艦の檣頭にひるがえるそれぞれのバラエティーにとんだ軍艦旗まで、はっきりと報告してくる。

かねての識別訓練で、いやというほどたたきこまれていた敵の艦型をいま、その目で確認しているのである。しかし、まだ艦橋からは、なにもいってこない。

どうもおかしいと思い、例のマイク（艦橋にまえもって配置しておいた集音装置）を調整して、きき耳を立ててみると、艦橋はまさに騒然として混乱をきわめていた。いまだに、敵陣の識別すらついていないもようであった。

その雑音のなかから、「ファイティング・シップを持ってこい！」という、カン高い声が聞こえてきた。

これはいかん、奴《やっこ》さんたちすっかりアガっているな……と思った私は、いそいで測的士を電話に呼び出すと、

「測的士！　もういちど、敵の艦名を艦橋にとどけなおせ！」

と命じた。

そうこうするうちにも彼我の距離は、急速に接近しつつあった。もう各艦に射撃目標を配分しなければならない時機にきている。このままでは射程内に入っても、すぐに弾丸が出ないことになる。

しかし、いぜんとして艦橋からは、砲撃号令はかからない。

しびれをきらした私は、独断で敵の一番艦にたいする集中射撃を準備することにした。

「砲火指向第一法、目標敵の一番艦！」

いよいよ測的の開始である。「那智」も「羽黒」もどうじに、方位盤を敵旗艦にむけて測距を開始した。

六メートルの大測距儀から、敵までの距離がつぎつぎに射撃盤に入って、平均されていく。

一方、測的所で算定された的針、的速が注入される。そして経過図のうえに平均距離と、照尺距離が変距（率）にしたがってながれはじめた。

緊張の頂点にあったこのとき、突如、ズシーン、ブルブルという大激動が、船体をふるわせた。それは全艦をあげて一斉射撃をしたときとおなじような感じであった。みなの視線は期せずして、いっせいに私に集中する。しかし、本艦はもちろん、二番艦もまだ撃ってはいないのだ。

「敵の弾着だ！」

どうやら先をこされたらしい。しかもキモを冷やすほどの至近弾だ。

と、艦橋から待ちにまった号令がくだった。たった一言、火のつくような号令であった。

「一番艦、撃ち方はじめ！」

砲術長からも、オウム返しの号令がくだる。なにもかもスッとばしての号令だが、すでに発令所以下の準備はできている。すかさず、

「一斉撃ち方、発令発射！」

が令され、ついで、

「撃ち方はじめ……当日修正、下《さ》げ二《ふた》！」

と最後の修正をして、

「発射用意……ジャー……ジャー……ジャー……」

とブザーの長三声がつづいて、私のまえの赤い豆ランプ十個がつぎつぎと点灯して、全砲の射撃用意完了をしめした。

「撃て！」を令するブザーがジャと短一声を発した瞬間、ごうぜんと十門の主砲が一斉に火

をふいた。時まさに午後五時四十七分——初照尺は二二〇（距離二万二千メートル）であった。

7 この長き砲戦

かくして太平洋戦争勃発いらい、海戦における事実上の第一弾がはなたれたのであった。だが、発令所では、意外なほどしずまりかえっていた。いまは息をのんで静かにその弾着を待つのみである。

飛行秒時は四十五秒だ、弾丸はまだ空中を飛んでいるはずである。ところが奇怪なことには、この弾丸《たま》がまだ落下しないうちに、あわただしく第二の号令がくだった。

「目標左にかえ、二番艦！」

つづいて、

「撃ち方はじめ！　目標変換だ！　いそげ！」

ときた。測的からやりなおしだが、文句をいっているひまはない。せっかく、精魂をこめてはなった第一弾のゆくえを見とどけるいとまもあらばこそ、いままでの射撃盤をご破算にして、目標を敵の二番艦にかえる。

こうなってはもう、僚艦「羽黒」との連係もあったものではない。戦隊砲戦は、はやくも目茶苦茶となって、各艦思いおもいに相手をえらんでの乱戦になってしまった。

「初弾用意……弾着！」

さきの第一弾が弾着した。すかさず、観測機より、

『マ・メ・一』（マンシュウ・メーター・イチ）

と報告があった。飛行機から見て、『挾叉《きょうさ》、命中弾一』の意味である。

ああなんということぞ、初弾挾叉じゃないか！　あと二、三斉射あびせていたら、敵の旗艦をやっつけていたものを！……おしいことをした。

しかし、もうあとのまつりである。射撃盤は新目標の算定にいそがしい。

敵の二番艦は英重巡エクゼターである。この艦こそ、かつて南米ラプラタ河口でドイツのポケット戦艦フォン・シュペーをうちとってきた、英海軍の射撃戦技優勝艦である。

初弾は、全弾遠《えん》。

「下げ六、急げ！」

〝初弾観測急斉射〟という撃ち方である。全砲塔は初弾を公算誤差量だけ修正すると、連続射撃にうつった。

第二弾は近《きん》となり、「高め、四」で発射されたこの修正弾が挾叉し、十発の弾丸の束が敵艦を捕捉した。

各砲塔は、平素の鍛練の真価をいかんなく発揮して、弾丸は矢つぎばやに砲口をはなれて

ゆく。

しかし、なかなか命中弾がでない、大遠距離の射撃では、弾丸はほとんど垂直に落下するので、標的有効帯は、敵艦の平面積にすぎない。

せっかく挾叉しているのに、弾丸は、いたずらに敵艦の前後左右に巨大な水柱をあげるだけで、気はあせっても、なかなかあたらない。

そこへ、まだ効果もはっきりしないのに、またまた艦橋からあわただしい号令である。

「目標左にかえ、三番艦」

こんどは、米艦ヒューストンだ。

これもやっと、挾叉にもってゆくと、こんどは飛行機から、「敵、変針！」といってくる。

敵は挾叉されてはたまらないので、弾着のところを見すまして、有利な方へ急転舵して逃げる。

こうすると、そのときすでに空中を飛んでいる弾丸はことごとく、もとの針路上に落ちてムダ弾丸になってしまう。これを避弾運動というが、遠距離になればなるほど、すなわち弾丸の飛行秒時が長ければながいほど、効果の大きい方法である。

どうやら敵は、思いきった避弾運動をやっているとみえる。

砲術長が秘術をつくして、やっと挾叉までもってゆくと、いきなり大角度の避弾運動をはじめるのだ。

これでは、いくら撃ってもあまり効果は期待できない。平素から標的射撃だけで訓練してきた悲しさで、このように四十五度もの大角度の避弾運動にたいしては、確固たる方策の用意もなく、演練もつんでいなかった。

ただ金科玉条とする射撃教範を墨守して、いたずらに「高め、下げ」をくり返すばかりでは、さっぱり成果が上がらない。教範の前提がくつがえされているのである。

のちになってみれば、いろいろとうつ手もあったであろうが、ふだん訓練していないことは、戦闘のさなかではなかなか出てこないものである。さすがの砲術長も思いきった転換ができなかったのであろう。

ところが、一方の敵弾はその間にも、さかんに落下してきた。わが方としても、挾叉されれば恐ろしい。とにかくだれもが初陣であった。

そのうえ敵には、こちらにはない着色弾があった。それが前後左右に赤や黄色の巨大な水柱を林立させているのであるから、艦橋がいささか逆上ぎみになったとしてもふしぎではない。

自然と気持は、敵の射程外に出ようとはたらくものか、敵弾がちかくに落ちると、

「面舵《おもかじ》いっぱい！」

と転舵する。

高速航行中に面舵をいっぱいにとれば、艦は大きく左へかたむいてしまう。遠距離射撃中に、さらに敵の方にかたむいたのでは、大砲の仰角は制限いっぱいになってしまう。

「仰角いっぱーい！」

各砲台からは、いっせいにこう報告してくる。すかさず操法の手順として、発砲電路を『断』にする。となれば当然のことだが、弾丸は出なくなる。

自分の弾丸が出ないということは、これまた心細いものである。そのうちに艦橋も気をとりなおして、取舵《とりかじ》をとって敵に近寄っていく。そしてまた逃げる。こちらも、期せずして避弾運動をやっている。

二万四千メートル付近の距離で、これをくり返すのだから、双方とも当たらないのが当り前である。そのうえ、効果もろくに見ないうちにする目標変換が多すぎた。

それでも撃って、撃ちまくった結果、敵陣にどうやら動静があらわれてきた。

敵の旗艦と二番艦の足なみがみだれはじめたのである。と、駆逐艦が煙幕を展張して、これをかくそうとする。

味方は飛行機で上から見ているので、敵の動静はわかっても、目標が艦上から見えなくては砲の照準もできない。いきおい「撃ち方まて!」となり、べつの目標をさがして、そちらに大砲をむけなおすことになる。

こうして、あれを撃ち、これを撃つといった砲戦が長い間つづいた。

後日、敵側の記録をみると、じつは午後六時三十八分にいたり、わが方の砲弾一発がエクゼターに命中して、これに大損害をあたえ、速力が急減したため、同艦は後続艦との衝突をさけるため、左へ緊急転舵をした。ところが、つづく各艦もこれを一斉回頭と判断して左転したため、旗艦とはなれてしまった。

そのとき、たまたまオランダ駆逐艦コルテノールに魚雷が命中、撃沈されたので、ABDA陣営は大混乱となった。これを収拾するため、ドールマン少将は、東南方に避退しながら、戦線のたてなおしにつとめていたのであった。

この戦いをつうじて、もっとも手強《てごわ》い相手と思われたのは、米艦ヒューストンであった。浮き足だった味方を最後まで掩護しながらの奮戦はめざましく、突如として煙幕から飛び出してきては、斉射を浴びせかけてくる。それっとばかり応戦すると、また、たくみに煙幕のかげにかくれる。敵ながらあっぱれの活躍であった。

わが「那智」も、やっきとなってこれを撃ったが、相手は避弾運動の名手でもあって、わが弾丸はむなしく海魚をおどかすばかりであった。

8　残弾すくなし

無我夢中の砲戦を二時間ちかくもつづけてみると、一門あて百発の弾丸は、みるみる底をついてきた。

砲戦の推移を見まもっていた私は、またそろそろ心配になってきた。はやく結末をつけるには、近迫猛撃のほかに良策はない。皮を切らせて肉を切れ、肉を切らせて骨を切れ——である。

とにかく逃げ腰では、敵の弾丸も命中しないかわりに、こちらの弾丸も命中しない。それ以上に、このままでは弾丸さえなくなってしまう。

「砲術長、距離が遠くてムダ弾ばかりです、近寄って下さい!」

といっても、電話ではいっこうにラチがあかない。

そこで砲術長と直接会って話をつける必要あり、と考えた私は、砲戦の合い間をみて、発令所から上方へ出ようとした。

ところが、入口の防水蓋のケッチをはずして持ち上げようとするが、蓋はビクともしない。

こいつはおかしい……と応急指揮所に電話してみると、なんと、上から円材をつかってクサビでかためてあるという。

これは、艦内にとじこめられて外を見ることのできない応急班の連中が、ながながとつづく激戦に、いても立ってもいられなくなって、まだ被害の出てもいない艦内の要所に、早手まわしの浸水遮防措置をほどこしてしまったのだ。

これでは、われわれは完全にカンヅメであった。

よけいなことをしやがるヤツらだ、これでは総員離艦がかかっても、発令所は一人もあがれないぞ、と思ったが、部下に知れては士気に影響するし、戦闘のさいちゅうのことだし、ここは目をつぶるよりしかたがない。

むかっ腹のおさまらない私は、

「馬鹿もん! 応急員はすることがなければ、弾庫に氷水でもくばれ!」

と電話しておいて、ふたたび自席に観念の腰をすえなおした。

これは、あとで弾庫員からきいた話である。

彼らはこの日、延々二時間におよぶ長時間砲戦の間、高温多湿の弾庫にとじこめられたまま、精根をつくして奮闘した。

重い弾丸を一門あて八十発ほど揚げさせられたわけだが、はじめの六十発くらいまでは正気だったが、あとは何がなんだかわからなくなり、ただ頭から氷水をかぶりながら無我夢中でがんばったとのことであった。

また二番艦の「羽黒」では、この弾庫員に二名の熱射病患者を出した。これがこの海戦の、ただ二名の戦死者となった。

それにしても、敵弾は一発も命中することなく、砲機の故障も皆無で、負傷者さえ一人もいないという、平時の訓練でも考えられない好成績で終始できたのは、まことに嘘のような幸運である。

けだし砲台長以下、下士官兵の奮闘は抜群で、絶賛に値するものだった。

砲戦じつに二時間余、この間に魚雷戦も二度決行されたもようであったが、これまた、たいした戦果もなく、混戦乱闘のすえ、日はようやく暮れかかってきた。

靄然《あいぜん》たる暮色が煤煙、砲煙とまじり、視界はみるみるせばまって、戦闘はしだいに緩慢となり、ついにいずれともなく砲声はやんだ。

そして午後八時ごろ、進撃中止が下令されて、全軍は北方へ戦場を離脱した。

このころ、わが弾庫には一門平均十五発くらいの弾丸しか残っていなかった。

敵はまだ、ほとんど健在ではなかろうか？

すくなくとも五戦隊の砲雷戦では、これという成果はあがっていなかったのである。

とにかく上陸は一日延期され、船団は反転北上して、一時、敵から離隔することになった。

解散のしらせをきいた私は、なにはさておいてもと、艦橋へあがっていった。

船底にとじこめられ、一隻の敵も見ることができなかった身として、すこしでも全般の状況を知りたかったのである。

さっそく、「二番（二分隊長のこと）」をつかまえて話を聞くことにした。

この日の〝解説者〟として、二分隊長田中大尉ほどの適格者はほかに見当たらない、と思ったからである。

彼は、高角砲の指揮官だが、このたびの砲戦ではまったくなすことなく、高射指揮所という見はらしのよい絶好の桟敷から、この世紀の海戦を終始〝高見の見物〟としゃれこんでいた幸運な男であった。

目前に展開された砲雷戦の実況から、わが艦橋における司令官、艦長以下の一挙手、一投足までしさいに観察していたものであるから、その話はおもしろい。

彼自身は、完全に冷静だったともいいきれないと思うが、上海事変でかなり弾丸の下をくぐってきた男だけに、実戦の経験のない海軍大学校出の参謀などよりは、よほどキモがすわっている。

しかし、その観戦評はかなり辛辣だった。まず、

「司令部はすっかりアガっていた」

という。これは発令所のかくしマイクで私にもよくわかったほどであって、敵艦の識別もろくにできなかったのは本当のようだ。

つぎは、艦橋幹部の人物評であった。彼の言によれば、

「一番よかったのは、やはり司令官だった。〝全軍突撃せよ〟を下令するまえに、四股をふんでから、手につばきをして号令をくだしたところは秀逸であった」

とのこと。そして、

「先任参謀は、まずまずのところ、砲術参謀は落第。かんじんなときにどこへ行ったのかわからなかった」

という。どうりでいくら待っても号令がかかってこなかったわけである。

「艦長は文字どおり口角アワをとばして、口のまわりを真っ白にしていた」

とか。このほか、敵のつかった着色弾の話、味方は二度も魚雷戦を行なったが、距離が遠すぎてあまり戦果は上がらなかったようだ、などというきわめて参考になる話が多かった。

また、測的所で私のかわりに指揮をとっていた測的士は、

「味方の魚雷がさかんに自爆していました」

と話している。

魚雷の自爆とは、発射された魚雷が、まだあまり駛走しないうちに、かってに爆発してしまうことであるが、あとで新式の慣性爆発尖《ばくはっせん》の不良によるものであることがわかった。

これにおどろいた各隊は、まさか自分の魚雷が爆発するとは思わないので、まちまちの誤判断をして、その後の戦闘指揮に大きな影響をおよぼし、いろいろの混乱をまねいたのであった。

9 ふしぎな作文集

戦いが一段落すると、その日のうちに戦闘経過の概要と戦果、戦訓所見などを簡潔にまとめて、速報することになっていた。それは戦闘概報とよばれるものである。

もともと報告というものは、身びいきになりやすいものであって、わけてもなにかまずいことがあると、その行為や結果になんとか理屈をつけて、自分に有利にとりつくろう例が多い。

こういうのを海軍では、メーキングといったが、戦闘概報となると、まだ硝煙のにおいの消えやらぬうちに起案され、いわゆるメーキングも少なく、かえって当日のナマの心理状態をつたえているので、あとになってこれを読むと、まことに興味ぶかい。

立ち上がりどきの〝でたらめ砲戦〟も、参謀の〝作文〟によると、つぎのようなものとなる。

第五戦隊戦闘概報にいわく――

「砲戦開始時となるもなお明らかに艦型を識別しえず。何番艦が二十センチ砲艦なるや不明なりしをもって、砲戦は敵の先頭艦より二隻を集中射撃をもって逐次被害をあたえつつ、後続艦に目標変換を行なうのほか良策なしとみとめ、この方針をもって砲戦を指導せり」

これによると、見張り、測的でははじめからはっきりしていた敵艦隊の識別も、参謀のみはわかっていなかったことになるし、その砲戦指導にも、確固たる方策がすこしもうかがわれず、たんなる事後弁明に終わっている。

その実、砲戦指導もあったものではなかったことは既述のとおりである。もし、こういう記録をウのみにして戦史を編纂すると、どんなことになるであろう。

魚雷の自爆についても、第二水雷戦隊では、敵の弾着と誤認して、その戦闘概報に、

「大口径砲らしき弾着をみとめる点より判断し、敵は一門ないし二門の大口径砲を搭載しあるか、または、時限魚雷などを使用の算すくなからず……」

と報告している。

みずからの魚雷の自爆におどろいて、敵の巡洋艦に大口径砲を搭載していると考えるにいたっては、まさに枯尾花が幽霊に見えるたぐいである。

五戦隊司令部でも、この魚雷自爆を敵の管制機雷の爆発と判断して、

「……過度に陸岸に近接し、友軍ふきんに管制機雷らしき大爆発しきりに起こるをみとめ、

交戦二時間にして進撃を打ち切り、輸送船団の警戒に復せり」

と、進撃打ち切りの理由にしている。ただ第四水雷戦隊だけは、

「浅深度発射の関係上、九三式魚雷発射後の自爆、あるいは触雷によるものも予期以上多数あり。これが対策にたいしてすみやかに研究する要あるものとみとむ」

と、みずからの魚雷の事故をみとめ、対策の研究をうながしているのはりっぱである。

しかし、これでさえ自爆の理由としては、平素の訓練で問題となっていた浅深度発射時の不安とか、触雷（同時、またはつぎつぎに発射した魚雷がとなり同士で触接する事故）が念頭にあって、半ば理由をそれときめてかかっている点は、なお、先入主にわざわいされているといわなければならない。

弾丸雨飛のあいだに、冷静沈着に事実の真相を看破することがいかに困難であり、また、いかに大切であるかをしめすとともに、なまじもっている浅薄な知識が、かえって誤判断の原因となることを物語っている。

艦型識別といい、味方魚雷自爆といい、少尉の測的士がただしく判定しているのに、参謀級の士官が、おかしな判断をしてあわてふためいているのは情けない。

また、おなじ艦内で、たいせつな報告が立ち消えとなり、ただしい評価が無視されてしまうことは、ゆゆしい問題である。

情報処理機構と高級幹部の修練、ないしは実戦的技量について、なにか重大な欠陥があった証左ではなかろうか？

10　猛進駆逐隊

なお、この日の砲戦については、遠距離砲戦に終始して、延々と二時間もムダ弾を撃ち合いながら、これといった成果もあげなかったというので、その後の〝鉄砲屋〟の評判はあまりかんばしくなかったが、

「二対五の戦闘において、三隻の敵軽巡をレンジアウトしておいて、わが方の被害を最少にとどめ、夜戦でこれを撃滅する戦法をとった」

という水雷屋の先任参謀の戦術指導の結果ならば、砲戦をいまさらとやかくいうのはおかしい。

結果が大勝に終わったので、なんとでも申しわけは立つが、事実は初陣の悲しさ、恐ろしさで、無我夢中で撃ち合っているうちに、なるようになってしまった、というところが本当だろう。

あの艦橋のアガりぐあいでは、そんなに巧妙な戦法がとれたとは思われない。

魚雷戦についても初日のそれは、はなはだおそまつだ、といわなければならない。

各隊とも二回、魚雷戦を行なっているが、いずれも混乱中の大遠距離発射に終わり、成果は砲戦の場合と甲乙つけがたい。

戦果も、たった一本のまぐれ当たりでオランダ駆逐艦一隻を撃沈しただけで、百数十本の貴重な魚雷をむなしく、海中に投棄した結果に終わっている。

とかく、長い槍を持っていると、どうしても遠くから使いたくなる。九三式魚雷のもつ長射程に知らずしらずのうちに依存して突っ込みがたらず、そのうえ敵の防御砲火をおそれての、へっぴり腰の魚雷戦になりがちで、これまた、あまりほめられたものではなかった。

このように、この日の戦闘は全般的にみて近迫猛撃の気魄にかけ、不徹底な戦いに終始したが、そのうち、ただ一隊だけ思いきって敵に突っ込んで、駆逐艦伝統の肉薄攻撃の神髄をはっきりしたものがあった。それは佐藤康夫大佐のひきいる第九駆逐隊の「朝雲」「峯雲」の二艦であった。

つまり、こういうことであった。決戦最後の段階で、高木少将は敵陣のみだれに乗じて、「全軍突撃せよ」といさましい号令をくだした。

全艦隊はいっせいに敵陣めがけて突進したまではよかったが、いずれも遠距離から魚雷を発射すると、そうそうに反転避退してしまったので、せっかくの突撃も竜頭蛇尾に終わってしまったわけである。

しかし、そのなかで第九駆逐隊だけは、防御砲火の雨をものともせずに、そのまま、まっしぐらに突っこんでいった。

しかし、敵もさるもの、英駆逐艦三隻が味方巡洋艦隊の避退を掩護するため、これをさえぎって反撃してきたので、ここにまんじどもえの接戦が起こった。

敵の真っ只中にとびこんだ第九駆逐隊は、文字どおり舷々相摩《げんげんあいま》するばかりの接戦を演じ、両舷戦闘・主砲機銃同時戦という八面六臂の戦いを行なったが、ついに「朝雲」は敵弾を機械室にうけ、敵中でストップしてしまった。

一方、「峯雲」はその四周をぐるぐるまわりながら、これを掩護して奮戦し、両艦力を合わせてついに、敵の駆逐艦一隻を砲撃、撃沈するという戦果をおさめたのであった。

さすがに勇猛をうたわれる佐藤司令、まっしぐらに猪突猛進し、近迫猛撃を地で行なって、平素からひそかに期していたところをいかんなく発揮した。

私は「那智」に転任するまえは「峯雲」の砲術長だった関係で、開戦直前の猛訓練をつうじて、したしく佐藤司令の勇猛ぶりを承知していたが、「やはり、やりおったわい」とあらためて感嘆したしだいであった。

しかし、さしもの司令も戦果の判定には、やはり正確を欠いていたようだ。その戦闘概報には、

「雷撃により重巡一魚雷命中落伍、砲撃により軽巡一撃沈、駆逐艦二撃沈……」

とあったが、事実は撃沈駆逐艦一隻のみであった。

軽巡一隻撃沈についても、戦果検討の席上で司令自身が、

「オレが自分の目で確認したのだからまちがいない！　遠くへ逃げてばかりいたヤツになにがわかるか！」

と、これに異存をとなえる者たちを怒鳴りつける一幕もあって、五戦隊としての総合戦果

にも、その数字をそのまま計上せざるをえなかった。

はなはなしい大本営発表は、このようにしてふくらんでいくものである。混戦乱闘のあいだ、目前に去来するおなじ目標を、そのつどべつなものと思ったり、一隻の撃沈を、攻撃していた各艦がべつべつの戦果として何隻も沈めたものと判定することは、ありうることである。

それゆえにこそ、戦闘当事者の判定はかならずしも正しくない、という一例であるが、とくに航空攻撃の戦果報告にこれに似た誤りが多かったようだ。今次大戦における教訓のひとつとして銘記すべきであろう。

11 恐るべきウエーキ

延々と二時間余にわたった昼戦は、両軍ともに決定的な成果を見ないままものわかれとなって、砲煙漠たる戦場はそのまま暮れて、視界はいちどにとざされていった。

水雷戦隊はすでに船団のほうへ去って姿は見えず、のこされた第五戦隊の二艦は、帰着した搭載飛行機の揚収にかかった。各艦とも、三機ずつもっている飛行機をこの昼戦において全機を空中にあげていたのである。

「一番艦は左に、二番艦は右に四十五度変針、いっせいに機械を反転して航進を停止し、飛行機を揚収せよ！」

との令で、漂泊しながら飛行機揚収用の大デリックを舷外直角にふり出して、一機ずつ揚収をはじめた。

私はこのとき、ちょうど艦橋にいたのでこれらのようすを見ていたが、すでに艦内は哨戒配備に切りかえられて、すっかり緊張がゆるんでいるようにみえた。

みれば後部マストには、「われ、飛行機揚収中」をしめす「赤・白・赤」の連掲信号灯が漫然と点灯されていた。

艦橋左舷から斜め後方をみると、「羽黒」も千メートルほどはなれたところで、艦首を左にむけて停止しており、これも「赤・白・赤」の信号をかかげている。

その間にも一機また一機と、飛行機は着水しては揚収されてゆく。

最後の飛行機が、エンジンをブルンブルンとふかしながら、デリックの先端にさがっているフックめがけて近寄ってきたときであった。

突然、私のすぐちかくにいた見張員がさけんだ。

「敵巡洋艦！　左百六十度、左へすすむ！」

スワッとばかり艦橋は総立ちになった。大型眼鏡にとびついてのぞいてみると、いるわいるわ、ガッチリと編隊を組んだ敵巡洋艦が四隻、艦尾に夜目にもしろくウエーキをひいて、右から左へと航過していた。

「配置につけ！」

「全力即時待機となせ！」

「砲塔に動力おくれ！」

号令があわただしく、矢つぎばやにくだされる。

息つぐひまもなく、またも見張員がさけぶ。

「敵、発砲！」

と、敵艦上にチカッ、チカッ、チカッと閃光がひらめいたと思うと、なんと——十数発の吊光投弾がズラリと空中に浮かんだ。何万燭光ともしれぬ明るさの光の幕が、「羽黒」の艦首から「那智」の艦尾のあいだに、すこし敵方によった中空にみごとにかけわたされた。

間髪をいれず、敵は主砲射撃を開始した。こんどはすこし褐色をおびた大きな閃光がピカッピカッとしたかと思うと、轟然たる砲声が南海の夜のしじまをやぶってとどろいた。

こちらが腰をあげるひまもなく、はやくも敵弾はわが二艦の中間に、白く、巨大な水柱をあげて落下しはじめた。

「前進、いっぱい！」

艦橋では、もう飛行機などはかまっておれないとばかり、やりっぱなしのまま前進をかけた。艦の行き脚がつくのが、まことにもどかしい。さいわい飛行機は、すばやくフックにひっかけられ、つり上げられていた。

文字どおりの〝油断大敵〟で、われは不意をつかれて、いまのところは、逃げの一手あるのみである。ひたすらに戦備をいそがせながら、スタコラとしりに帆をかけての逃走である。

笑いごとではないが、これはまさに〝笑止〟というほかはなかった。缶は二缶になっていたし、砲塔には動力電流もきていなかった。警戒心ゼロといわれてもしかたあるまい。準備ができるまで、すこしでも敵からはなれねば……いまとなってはだれの考えも、これ以外にはなかった。

敵も、まさか、わが二艦がストップしていたとは気づかなかったのだろう。弾着はことごとく「羽黒」の艦首ふきんにそれているのがわかる。どうやら的速苗頭をとっていたから助かったようなものである。

しばらく逃げて、やっと陣容を立てなおしたものの、こんどは敵がどこへ行ったのやら、皆目わからなくなってしまった。

敵の方も、なにを勘ちがいしたのか、絶好のチャンスをとらえて砲撃をかけながら、急に右へ大きく反転して、そのままジャワ北岸ちかくまで、一目散に南下していってしまったのである。

われは北へ、敵は南へ、たがいに相手を見失った両軍は、しばらくは離隔をつづけていった。

その後は針路を変えて、あちこちとさがすのだが、なかなかに見つからない。一時間がすぎ、二時間がたつとあせりがくわわって、心配がだんだんと大きくなってくる。

ともかく、船団に近寄らせては大変というので、その東側を折り返して行動しながら、厳重なる警戒をつづけていた。

そこへ、ドールマン艦隊が、ふたたびわが船団をもとめてひき返してきたのであった。

このときまでに、敵艦隊のうち、米駆逐艦四隻はすでに魚雷を使いはたし、燃料も残りすくないという理由でスラバヤに分離帰投し、ついでオランダ駆逐艦の一隻が不運にも、味方機雷にかかって沈没し、さらに残る一隻の駆逐艦も途中から、沈没した僚艦の乗員救助のため分派されたので、つぎの場面に現われたのは、巡洋艦四隻のみであった。

12　魚雷十二射線のみ

二月二十八日の午前零時半——見張りを厳重にして南下中の「那智」は、その左前方にふたたび敵を発見した。

再度の経験から、さすがに艦橋もだいぶ落ちついている。さしづめ夜戦ならば自信がある——というところであろう。

このままでは、すれちがってしまうところだったが、司令官はゆうゆうと敵前百八十度の反転をやってのけて、右同航の態勢となった。

このところ、みごとな指揮ぶりである。

「砲雷同時戦用意！」

「右砲戦、砲火指向第二法！」

「右魚雷戦同航！」

戦闘用意はまたたくまにととのえられた。

一方、大砲のほうは昼間、ムダ弾を撃ちすぎて、残弾はわずかしかない。たよる九三式酸素魚雷も、これまたあますところ、「那智」の八本と「羽黒」の四本のみ、これではうかつな戦さはできない。

と、敵のほうはふたたび照明弾を撃ってきた。またしても、両軍の中間に、提灯をさげたようなヤツが、ずらりとならぶ。

しかし、敵の弾着は相変わらず〝全近〟だ。

敵の艦影がピカッと閃光をはなつと、赤いすじをひいて、敵弾がこちらに向かって飛んでくる。昼間は見えないが、夜戦になると、まともに飛んでくる弾道はよく見える。これはきわめて気味がわるい。

このとき、艦橋からは「探照灯、照射用意！」と号令がかかってきた。もとより私は照射指揮官でもある。どうやら司令部は探照灯をつけてヤルつもりらしい。

だが、敵との距離は、私自身でたしかめたところでも、確実に一万メートルはある。これではわが探照灯の光芒も敵にとどくわけがない。

しかも、こちらが明かりをつければ、みずからもおのれの光芒で目がくらむうえに、敵さんはさっそく伸光器を入れて測距すれば、正確な距離がわかる。いままであらぬ方向に飛んでいた敵の弾丸は、たちまちわれに集中するようになることは自明の理だ。これではうかつに探照灯はつけられない。

この私の反対意見に、司令部もどうにか納得してくれたが、そうなるとわれには無照射射撃という一手があるのみ、文字どおり闇夜の鉄砲である。

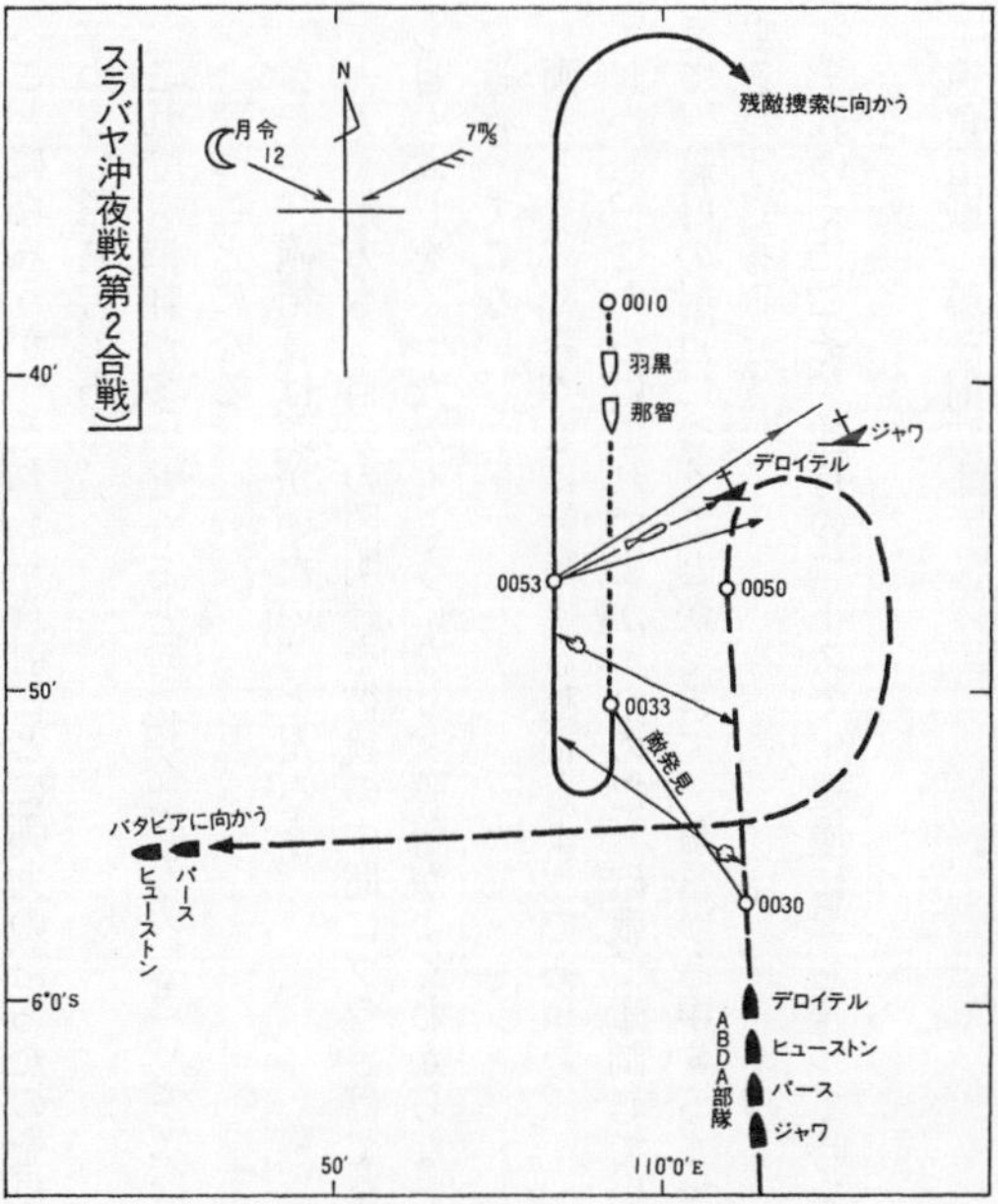

もっとも、トップの照準器の眼鏡には、敵艦のシルエットははっきりうつっており、照準はできるが、かんじんの弾着観測ができない。撃った弾丸がどこへ落ちたか、そのゆくえが見えないのではいかにも心細い。
距離が目測で、弾着が見えないとあっては、命中を期待する方がむりであった。
そのうえ、弾丸は残りすくないので、撃ち方は〝交互撃ち方〟といって、砲塔の右砲と左砲を交互に撃つ方法をとることになろうが、それも一斉射ごとに弾丸の落ちたのを見すまして、次弾を撃つというナマぬるい撃ち方である。

これでも消耗が多いとなると、〝指命撃ち方〟といって一門一門に指命して、ポッンポッンと撃つことになる。

さぞや、砲術長は頭がいたいことだろう。

一方、敵方も、自分の照明弾を彼我の中間にブラさげて撃っているので、やはり、みずから目つぶしをくったかっこうになり、弾着がよくわからないのであろう、修正弾がいっこうに近寄ってこない。

両方とも、やみくもに射撃する乱戦もようであった。

しかし、こちらはこれでよかったのだ。砲戦で牽制している間に、魚雷戦の準備をととのえて、絶好の射点につくことができて、魚雷が命中するまで敵を直進させれば、目的をたっするわけである。

それゆえにこそ、並行のコースで、緩慢に撃ち合って時をかせぐ必要があったのである。

「遠魚雷戦、第一射法！」

扇形に開進した八本と、四本の魚雷の射線のたばで、敵の編隊をすっぽりとカバーして撃ちとろうというのである。

「発射はじめ！」

八本の魚雷が、つぎつぎに発射管をはなれて海中におどりこんでいった。「羽黒」からも四本が発射された。

いまや全艦隊の期待は、この十二本の魚雷にかかっていた。

私は、発射をおえてホッとしている水雷長に、上から声をかけた。

「水雷長！　魚雷の到達時間は？」

「おう、十一分三十秒だ！」

だが、その時間の長いこと、私はなんべんもなんべんも腕時計を見る。この間にも敵味方は、おなじ態勢で航走しながら、ときおりぽつんぽつんと撃ち合っている。

そうこうするうち、私の時計での十一分三十秒はすぎてしまっていた。だが、まだなんの音沙汰もない。二、三本自爆らしいのがあったが大丈夫かな、と心配になる。とてもジッとしておれない気持である。

下の艦橋では、総員が右舷側に集まって、今かいまかとかたずをのんで見まもっている。海軍には、「左警戒、右見張れ」という警句があった。一方に気をとられているときも、反対側の注意をおこたるなということであるが、いまは左舷はからッぽであった。

このとき、敵には駆逐艦がいたはずだ……と気づいた私は、はっとわれにかえると、いそいで左舷側にまわって、双眼鏡で水平線を左から右へと一わたりながめてみた。

だが、なにも見えず、異状はない。

視界のわるい右舷側とは反対に、皓々《こうこう》たる月の下に、金波銀波の海が昼のように明るくかがやいていた。

ヤレヤレと思ったとたん、部下の一人がとんできて告げた。

「分隊長！　分隊長！　轟沈です！」

しまった！　見そこなったか……と右舷にかけてもどってみると、はるか敵陣とおぼしきあたりに、大火炎が今しもくずれ落ちるところだった。

「敵一番艦、轟沈！」

つづいて、

「四番艦に魚雷命中！」

という叫びとともに、轟然たる大火柱が立ちのぼった。こんどは、前とちがってすぐには沈まない。艦尾をふきとばされても、いぜん浮かんだままだ。だが、火が火薬庫にはいったと見えて、まもなく猛烈な爆発をはじめた。

紅蓮の炎と火の粉をふき上げるさまは、凄絶というほかはない。

わが艦上は万歳、万歳でみなもしばらくは、われをわすれて快勝を謳歌していた。

13　長蛇を逸す

しばらくして、ほかの二隻はどこへ行ったのか、と思いをめぐらせたときには、すでにわが戦隊は十数分も直進していたのだ。

「面舵いっぱい！」

あわてて敵側に舵をとったが、高速で十数分も突っ走ったむくいはテキメンで、のこる二隻のゆくえは杳《よう》としてわからなくなっていた。

すでに魚雷はなく、弾丸もまた数えるほども残っていないいまとなっては、むしろ見つからなかったほうがさいわいだったかもしれない。

まだ爆発している敵艦を目じるしにして、あちこちとかけまわったが、漂流して救いをもとめる敵兵の群れを見ただけに終わってしまった。

米側の記録によれば、旗艦を不意に撃沈された後続艦二隻、ヒューストンとパースは、おどろいて非敵側に緊急回頭を行ない、そのまま右へ大きく反転し、北進をつづける味方の後方をかわって南西方バタビアにむけて避退したのである。われわれが東方をさがしまわっていたのは、まったくの方向ちがいであった。

モリソン戦史によると、「勇敢なるドールマン海軍少将はパースとヒューストンにたいして、救助作業をやらないでバタビアへ避退するように命じた」とあるが、これはまったくおかしな話で、英雄つくりの神話のたぐいであろう。

予期しない一撃をくらって、一瞬にして轟沈され、海底に消えた艦上で、電報をうつ余裕などなかったはずだからである。

敗け戦さとなると、連合国側の報告もあてにならないことがわかり、末期のわが大本営発表のみを責めるのは当たらないということである。

こうして敵の不意打ちにはじまった第二戦は、最後のところで、さいわいにも酸素魚雷の威力と夜戦の修練がものをいって、敵巡洋艦二隻を確実に撃沈して、わが方に凱歌があがったのである。

しかし、夜戦の主兵であるべきはずの水雷戦隊の駆逐艦が、一隻も戦闘に間に合わなかったことと、なお大物二隻をむなしく逸してしまったことは、無念のきわみといわなければならない。

14 〝牛刀〟来援す

夜空をこがした死闘がおこなわれた、この二十八日の夜半、ぶじクラガン沖に入泊した東方攻略部隊は、その夜のうちに陸兵の大部の揚陸を完了していた。

一方、西方攻略部隊は、バタビア沖に入泊した直後、不意に出現した敵巡二隻のため、一時は混乱におちいったが、ただちにはせつけた「最上」「三隈」などの奮戦によって、この二隻とも撃沈することができ、その後は順調に揚陸をつづけることができた。

のちにわかったことだが、この巡洋艦二隻こそ、前夜、スラバヤ沖の夜戦でわれわれが討ちもらしたヒューストンとパースであった。

開戦いらい、援軍なき孤立のなかにあって、東に西に不屈の戦いをつづけ、ついに力つきて、とどめをさされたかっこうであるが、その最後まで攻撃をわすれない積極的な敢闘精神は、敵ながら見あげたものであった。

明けて三月一日、五戦隊はなお残敵にそなえて、上陸地点の北方を警戒しつつ、スラバヤ沖を遊弋していた。

この日も、南洋の空はあくまでもすみ、紺碧の海には、うねり一つなく、熱帯の微風はひとしおさわやかに感じられた。

強敵をみごとに排除して、友軍の上陸を成功させたし、作戦はすでにヤマをこし、わが方は一艦も沈んでいない。

敵艦の轟沈するのを目前にみたあとではあるし、一昨日いらい、ぞんぶんに戦ったという満足感と、心地よい疲労とがまじりあって、その直後にいささか緊張にかけるのは、人情としてやむをえないことではあるが、それにしても初陣の快勝にカブトの緒をゆるめすぎた観があったのはいなめない。

乗員はすでに半袖開襟の防暑服に着がえており、艦橋の空気にも一種の安心感がただよっていた。

いつもの演習訓練でよく経験する、あの「演習終結」といわれたあとの、なにやらホッとした感じである。

平素くり返していることは、ついクセとなって出てくるもので、猛訓練も度をすぎると思わぬ悪癖が身につくことになる。

とにかく、だれの顔にも筋肉のゆるみがみえたし、どうやら一仕事かたづけた、という安堵感があたりをつつんでいた。

しかし、まだ一組の頑敵が残っていたのである。

艦内は哨戒配備をとり、哨戒長には水雷長があたっていた。彼は昨夜の殊勲で、今日はすこぶるごきげんがよい。

そして当直参謀、これもふだんの名参謀にもどっている。

ちょうどそのころ、私は副長と艦橋に居合わせていた。

と——午前十一時すぎ、艦橋見張りの声がとんだ。しかし、それは先刻とはちがう、いかにも戦闘体験者といった平然たる報告ぶりであった。

「マスト一本、右十度、水平線！」

さすがに今日は、だれもおどろかない。みな、しずかにそれぞれの眼鏡をとりあげて、これを観察している。ついで、

「目標の左右に、さらにマストらしいものが一本ずつ見える！」

だが、まだだれも敵だと考えてはいないらしい。敵であるはずがない、という心理がどこかで働いているようである。

そのうちに、三本のマストは徐々に水平線上にせり上がってきた。

このとき、砲術参謀のとくいげな講釈がはじまった。

「あれは味方だよ、バリ島から引き揚げてきたわが輸送船と護衛の駆逐艦だ……」

砲術参謀がどんな情報をもっていたかしらないが、測的指揮官としての私には、目前のマストを味方と判定する根拠はなにもなかった。

「見張りッ、もういっぺん、よくたしかめろ！」

といっておいて、私自身も大型眼鏡に目を当ててみた。

すると、こんどは水雷長が、これまた、いとものんびりと、

「おや？　あやしいぞ、あの輸送船はマストの前に艦橋がある」

といった。とたんに、大声で号令をかけたのは副長であった。

「配置につけ！」

そうだ！　軍艦だ、マストの前方に艦橋のある輸送船はなかった。敵だ！

私はタラップを一直線に、発令所へとんでおりた。

こうなっては長袖の戦闘服に着がえるひまはない。つぎつぎにかかる号令をさばきながら、

さっそく、念のため各砲の残弾をしらべる。

昨夜の砲戦で、保有弾数はさらにへり、どの砲塔も一門にたいして一ケタの残弾しかなかった。

これでは残念ながら、〝指命撃ち方〟でボツボツやるほかはない、と覚悟した。

やがて出現した敵は、英重巡エクゼターと駆逐艦二隻であった。

だが、味方には増援のためにちかくにちかづいている新鋭の「足柄」「妙高」の主隊がい

るはずである。

そこで、ただちに増援の二艦に『敵見ゆ』の緊急信が発信された。

さいわい敵エクゼターは、二十七日の昼戦で被弾した手負いの艦であった。速力がおちているうえに、後部の砲はなかば中空をむいて動かず、さらにカタパルト上の飛行機も、こわれていることが報告された。

つまり、ぼちぼち料理にかかってさしつかえないエモノ——とみてもよさそうである。

こちらの魚雷は皆無、弾庫は空ッポながら、五体は満足で、まだまだ三十四ノットの俊足は健在であるから、戦術運動は意のまま、である。

また、遠まきにして敵をよせつけずに、退路を断つことも容易、と判断された。

そこでわが五戦隊は、緩慢な、射撃を交換しながらあまり近寄らないで、「足柄」「妙高」の来援をまったのである。

まもなく反対側の水平線に姿をあらわした「足柄」「妙高」は、満を持していたように、射程にはいるや戦闘に加入した。

そして、はやりにはやる両艦から、二十センチの斉射弾がツルベ打ちにエクゼターの周囲にたたきこまれた。

こうなると、もはやふくろのねずみである。五戦隊は弾薬を腹いっぱいにもっている新来の友軍に、この場の功をゆずってヤレヤレというところであった。エクゼターも、さすがに英海軍の伝統にそむかず、わるびれるところなく最後まで戦った。

しかし衆寡《しゅうか》敵せず、孤軍奮闘もむなしく、相つぐ命中弾についには航進をとめ、右に大きくかたむいて甲板が水につかる状態となった。

それでもなかなか沈まず、午後に、わが駆逐艦の魚雷によって、とどめをさされてようやく海底のもくずと消えていった。

二隻の敵駆逐艦のうち一隻は、その場を去らず撃沈された。

二十センチの斉射撃はさながら、鶏頭をさくに牛刀をもちいるようなもの、林立する大水柱が消えるとともに、あっけなく海底にほうむられてしまった。

他の一隻は、味方がさきの二艦の料理に没頭しているすきを見て、いちはやく脱出をはかり、スコールにまぎれて水平線のかなたへと逃れ去っていた。

息つくまもない追撃戦の開始である。わが「那智」の飛行機もあとを追った。

さきの夜戦のさい、存分に主砲をぶっぱなしたので、せっかく艦内にとり入れた三機のうち、使用にたえるのは一機だけになっていたが、これに三十キロ爆弾二発をつけて射出した。

そして、必死に逃げる敵に追いつき爆弾を投下したところ、命中こそしなかったが艦尾に至近弾をえて、まもなく敵艦は行き脚をとめた。

そこへ追いすがった「足柄」「羽黒」の二隻が、またしても〝牛刀〟の雨あられで、これまたもろくも南海の海底ふかく沈んでいった。

戦いは終わった——ジャワ海の制海権はついにわが手に落ちたのである。

この間にもジャワ島に上陸したわが陸軍部隊は、破竹の進撃をつづけており、ジャワ全島の制圧もすでに時間の問題となっていた。

砲声はやみ、硝煙のきえ去った熱帯の海に、ふたたび静かな夕暮れがおとずれた。

翌日、使いはたした燃料、弾薬を補給するため、わが「那智」は戦場を去り、船脚もかるくケンダリー湾にむかった。

その間にあって私は、激しかった戦闘に思いをめぐらせ、しばし感無量の境地にひたっていた。

そしてまた、多くの過失をかさねながらも、稀有の大勝をはくしたわが軍の戦運のつよさを、いまさらのように神に感謝した。

この戦いは、終局のところ、最少の損害をもって最大の戦果をおさめて大勝利に終わったのであるが、絶対的な兵力差と圧倒的な航空優勢のもとに戦われた、とうぜんの帰結であったことは率直にみとめなければならないところであろう。

思えば、戦いとは錯誤の連続である。この海戦については、戦運つねにわれわれの頭上にやどり、敵は悲運の完敗をきっした。

しかし、一勝におごる者はひさしからずで、みずからの行動を謙虚に反省しないものは、その誤ちをくりかえす。しかもそのときに、ふたたび幸運の神がわれにむかってほほえむものとはかぎらない。

この海戦には、いくたの貴重な体験と、教訓がふくまれていると思われるが、後日、冷厳な検討をうけたこともきかず、その後の戦闘にもあまり生かされていない。殊勲甲という三字がすべての過失をぬりつぶしてしまったのである。

勝利は慈善の如く多くの過失を隠蔽する——マハン

(昭和五十年「丸」二月号収載。筆者は重巡「那智」主砲発令所長)

われらが軍艦 重巡「熊野」の最期

連合艦隊最後の決戦場レイテ沖大海戦回想録——左近允尚敏

1　艦首はいずこへ

栗田健男中将が率いる遊撃部隊主力は、昭和十九年十月二十二日の午前八時、ブルネイを出撃した。予定航路は、パラワン島西岸沿いに北上、ブサンカ島北端を東に折れ、ミンドロ島南岸を東に進んでシブヤン海を通過、サンベルナルジノ海峡を突破ののち、サマール島に沿って南下、タクロバンにいたる。

翌二十三日午前六時三十分、パラワン沖で米潜水艦の雷撃をうけ、旗艦「愛宕」に四本、「高雄」に二本命中した。六時五十三分、「愛宕」は沈没、六時五十七分、「摩耶」も魚雷四本をうけ八分後に沈没。「愛宕」「摩耶」の乗員は「朝霜」「岸波」に救助され、午後四時前後にそれぞれ「大和」「武蔵」に移乗し、「大和」に栗田長官の将旗が揚がった。中破した「高雄」は、「朝霜」護衛のもとにブルネイ回航を命じられた。

二十四日朝、艦隊はタブラス海峡をへてシブヤン海に入り、第一部隊は「大和」「武蔵」を、第二部隊は「金剛」「榛名」を中心に輪型陣を成形した。

午前八時ごろ、B24一機、ついでグラマンF4F二機を発見。十時すぎからF6F、SB2C、TBF混成の艦上機群が来襲、午後三時三十分ごろまで対空戦闘がつづいた。すなわち、十時二十五分ごろ第一波四十数機、十二時六分ごろ第二波約三十機、午後一時二十分ごろ第三波約五十機、二時二十五分ごろ第四波約三十機、三時ごろ第五波百余機であり、のべ二百五十機以上をかぞえた。

「熊野」には第三波の五機が来襲、爆弾一発が四番砲塔に命中したが不発で、測距儀を貫いて舷外に落ちた。さらに第五波のSB2C二機が爆撃したが被害なし。このとき左隣りにあった「清霜」の中部に一発が命中、火柱が上がった。

「妙高」は第一波が来襲したとき、魚雷一本をうけ、ブルネイ回航を命じられた。

「武蔵」は「大和」とともに多数の米機の目標となり、第三波が去るころには艦首が半分ほど沈下したものの、なお高速で航行していたが、第五波の攻撃が終わるころには艦首が水面すれすれまで沈み、ついに停止するにいたった。

艦隊は長時間、シブヤン海で高速回避しながら対空戦闘をつづけたため、予定されたように、日没後まもなくサンベルナルジノ海峡を通過することは不可能となった。

第五波が去った午後三時三十分ごろ、艦隊はレイテに向かう針路と反対の西北西に航路をとった。日没までにはかなり時間があり、なお多数の米機の来襲が予期されたが来ない。午後四時四十分ごろ、第二部隊に対しタブラス海峡に向かえとの信号が出され、レイテ突入中止かと思われたが、成形もまだ終わらない午後五時十四分にふたたび東進が下令され、艦隊はサンベルナルジノに向かった。

艦隊がサンベルナルジノ海峡を通過したのは、二十四日の真夜中すぎで、当初の計画から約五時間おくれていた。

いよいよ敵中である。これまでは航空機と潜水艦だけが相手であったが、いまや、いつ水上部隊と遭遇するかわからない。艦隊は厳重な灯火管制のもとにサマール島東岸に沿って南進、レイテ島タクロバンをめざして漆黒《しっこく》の海を進む。

緑色信号灯の小さな淡いあかりが点滅して、機関待機や隊形の変換を伝える。二重の厚い黒のカーテンをくぐって海図台の前に立った私は、そこで一通の電報を読んだ。

『「武蔵」沈没……』――むらがる米機と戦っている「武蔵」の姿が、そして最後に見た、うつむいてじっとしている「武蔵」の姿が目の前に浮かんだ。

昼のつかれがどっと出たような感じがした。すこし眠らなければならぬ。当直員以外はだれもが戦闘配置についたまま仮眠をとっている。私は暗がりの中でようやく旗甲板のすみにすき間を探しあて、ごわごわした旗の中に首を入れて一眠りした。

敵影を見ることなく十月二十五日の朝になった。曇り、ところどころにスコールがある。

艦隊の針路百七十度、速力二十ノット、第七戦隊は左前方を進撃、「熊野」はその先頭にある。午前六時四十分ごろ、「熊野」は哨戒中らしいSB2Cを発見、艦隊はこれに対して、主砲、高角砲を撃ち上げた。二機が姿を消してまもなく、「鳥海」から電話である。

「敵水上部隊見ゆ、真方位百十度」

同時に天蓋《てんがい》の見張員から、

「マスト数本！」

がぜん艦橋は色めき立った。ついで艦橋の左二番見張員が目標をとらえる。

「マスト十数本、空母一隻！」

私はすぐに代わって大型眼鏡についた。灰色の水平線上にマストがずらりならび、濛気《もうき》にゆれて見える。空母や巡洋艦のそれらしきものもある。まさしく敵艦隊、距離はまだ三万メートル以上はあろう。

艦隊旗艦「大和」につぎつぎと信号が上がる。白石萬隆第七戦隊司令官は、「砲雷同時戦用意、百三十度方向への回頭、三十二ノットへの増速」などをつぎつぎに下令した。色とりどりの旗旒が「熊野」のヤードを上下する。

史上空前にして、おそらくは絶後となるであろう水上部隊対空母部隊の水上戦闘の幕は切って落とされた。敵空母はすくなくとも三隻。「熊野」は艦隊の先頭に立ってこれに肉薄する。巻き起こる強風、艦尾がひく航跡は白く長い。左後方に二番艦「鈴谷」、三番艦「筑摩」、四番艦「利根」とくつわをならべて驀進する。

突如、遠雷のごときひびき——ふり返ると、右後方の「大和」が主砲射撃を開始したのだった。時刻は午前六時五十九分、射撃距離三万二千メートル。第七戦隊は有効射距離二万メートルまで間合いをつめるべく、まだ放たない。

「『大和』の弾着、空母に命中！」

見張員がかん高い声で報告する。

敵空母部隊は煙幕を展張し、避退しつつ急ぎ艦上機を発艦させている。以後、わが艦隊は対空戦闘、水上戦闘を同時にやらなければならないこととなった。

午前七時三分、突撃が下令され、最大戦速（三十五ノット）に増速。敵針は東北東、七戦隊はその退路を遮断すべく、やや北寄りに針路をとった。ようやく一万八千メートルまで接近した「熊野」は、午前七時十分に二十センチ主砲の火ぶたを切った。

だが、この間にも二機、三機と米艦上機は執拗に攻撃をくわえてくる。見張員がさけぶ。

「艦尾急降下！」

八門の十二・七センチ高角砲と五十六門の二十五ミリ機銃が応戦し、主砲は空母をねらう。回避運動が主砲の照準をいちじるしく困難にしているようだ。急速発艦したためであろう、敵機で爆弾を積んでいるものはすくなく、ほとんどが機銃弾の雨だけを注いでいく。

追撃急、空はいぜんくもっている。「熊野」の主砲が数斉射を浴びせ、ようやく目標を捕捉しようとするころ、一隻の敵駆逐艦がとび出してきた。煙幕を張りながら接近し、七戦隊の右舷を反航しようとする。その前部と後部の砲塔は連続して閃光を放つ。強力な探照灯が点滅しているように見える。「熊野」と後続の「鈴谷」の中間にぞくぞくと水柱が上がる。

着色弾らしく、赤、青、黄のきれいな小さな水柱だ。「熊野」は主砲を右に旋回して敵駆逐艦に向けた。電測距離一万……九千七百……。

またしてもSB2C三機が来襲、急降下に入るや「熊野」は転舵した。艦橋の前に赤い火

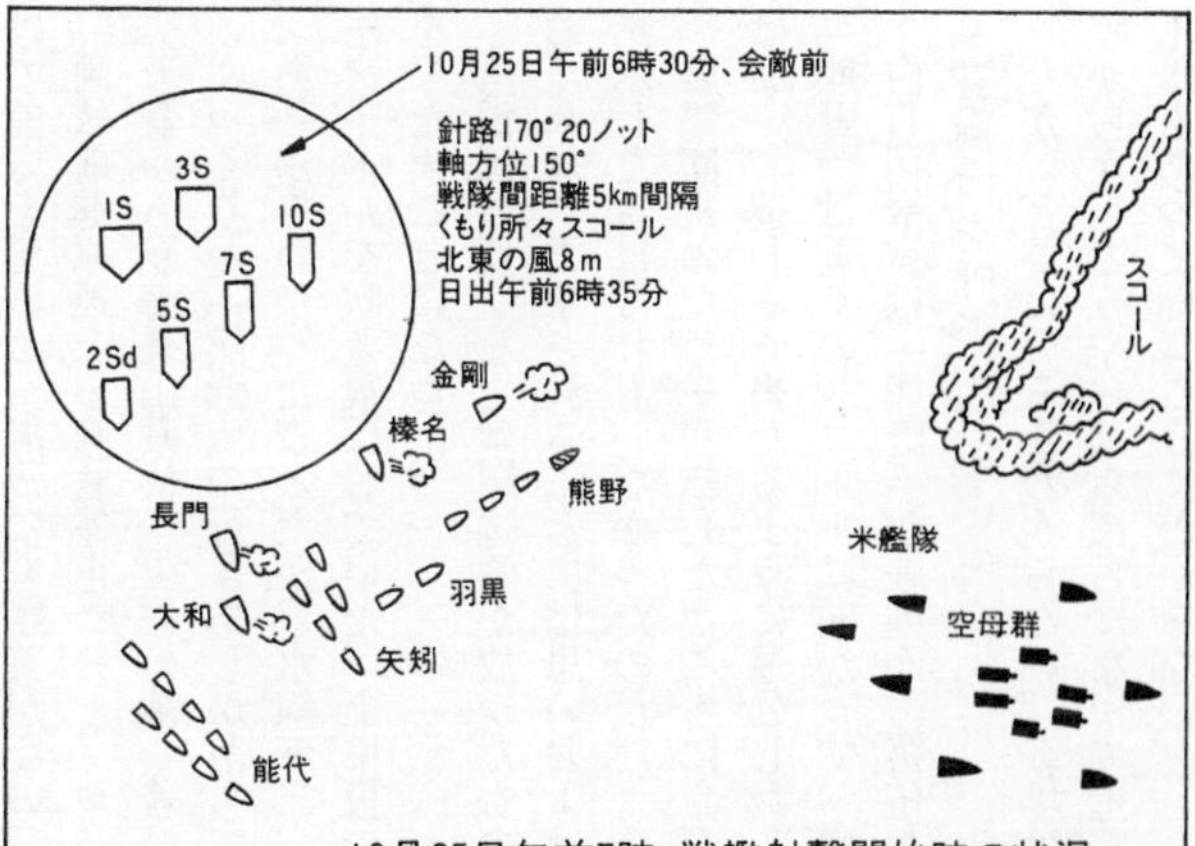

10月25日午前7時、戦艦射撃開始時の状況

の雨が降る。あられがトタン屋根をたたくような、機銃弾が船体に当たる音が遠く近くひびく。つづいてダイブから引き起こした敵機のギューンという爆音。一回転した「熊野」は、艦首を向けなおしてふたたび追撃にうつろうとする。そのとき、

「雷跡！」

見張員がさけんだ。この声は艦橋にあるすべての者を愕然とさせた。見れば右前方の至近距離に白い雷跡が三本、もはや避けようがない。

つぎの瞬間、大音響とともに船体はグラグラッと激しく左右にゆれ、目の前に巨大な水柱がわき上がった。時に午前七時二十四分である。

その水柱に艦橋は三十五ノットでぶつかっていく。服も、眼鏡も、コンパスも、灰色の水でずぶぬれになった。滝をくぐり抜

けて前方を見ると、無残にも艦首がない。

「両舷前進原速……両舷停止」

天蓋から航海長山県俠一少佐の落ち着いた声。

ゆっくりと「熊野」の行きあしが落ちていく。

あとからわかったことだが、水線下二、三メートルのところに命中した魚雷は、艦首約十三メートルを吹き飛ばしていた。上甲板の鉄板だけが残ってたれ下がり、以後、波よけの役を果たすことになった。

魚雷は、反航した敵駆逐艦が放ったものにちがいないが、対空戦闘に気をとられて発見がおくれた。雷撃されることには思いおよばなかったために、前もって雷跡をよく見張るよう指示した者はだれもいなかったのだ。

爆撃回避のため一回転したところに命中したのであるから、敵の発射が巧妙だったわけではない。運わるく当たるように運動したことになる。

「熊野」は近くのスコールに向かって、惰《だ》力でゆっくりと進む。

白石司令官は「熊野」が戦列から落伍したと見るや、旗艦を変更することにきめた。

「『筑摩』を呼べ！」

だが、どこにいるかわからない。戦場は混沌としている。敵機の来襲と、わが各隊の速力差からか、どうやらばらばらになって追撃しているらしい。どこに何戦隊がいるのか、スコールもあっていっこうにわからない。

やや離れていた「鈴谷」に「近寄れ」の信号が送られ、「鈴谷」は速力を落として近づいてきた。弾片でもかすめたのか、左のこめかみから少し血を流している先任参謀西川享大佐が信号員に指示する。

『旗艦を「鈴谷」に変更する』

艦橋左舷の発光信号灯がカシャカシャと軽い音をたてる。つづいて、「鈴谷」から返信がきた。

『われ至近弾のため出しうる最大速力二十ノット……』

「鈴谷」も被害を受けている。しかし、見たところはどうもない。

かくして、敵中の洋上というきわめて困難な状況のもとで、白石司令官、西川先任参謀、砲術参謀貞閑勝見少佐、機関参謀入谷清明少佐、通信参謀梅津修少佐、司令部付飛行長武田春雄少佐以下五名をカッターで「鈴谷」に送ることになった。

カッターは戦闘準備のさい、厳重に甲板に繋止されている。「特別短艇員集合」が令されて作業にかかったが、なかなかはかどらない。

敵艦上機が数機ずつ現われては、ほとんど漂泊している両艦を攻撃する。このころには敵機はどれもが爆弾を積んでいた。対空戦闘がいぜん断続してつづく。

ようやく用意ができ、白石司令官は艦長人見錚一郎大佐に二言、三言、今後の措置を指示したのち、私たちの敬礼に答礼しながら階段を降りた。

ザーっと水しぶきを上げてカッターが水面に下ろされた。波はないがうねりが高い。一刻のゆうよも禁物である。

やがて、甲板士官大場三郎少尉の指揮する十二名の艇員は、かけ声も勇ましく全力でこぎはじめた。「鈴谷」は左前方五、六百メートルにある。

このときＴＢＦ一機が飛来、緩降下して爆弾を投下したが、「鈴谷」の右舷からだいぶ離れて水柱が上がった。

やがて、カッターは「鈴谷」の艦尾に着いた。索梯子からまず白石司令官が上がったらしく、「鈴谷」の後部マストに中将旗が上がる。同時に「熊野」が下ろす。時刻は午前八時三十分、被雷から一時間以上が経過している。

またもやＳＢ２Ｃが数機来襲し、「鈴谷」は高角砲、機銃を撃ち上げながら航進を起こした。友軍のあとを追うためである。そして、「熊野」はただ一隻、戦場にとり残されたのであった。

〔アメリカ側の記録〕「熊野」を雷撃した米駆逐艦はジョンストン（フレッチャー型二千百トン）であった。米側の記録によれば、会敵と同時に日本艦隊に向かい、午前七時十分、距離一万八千ヤードで射撃開始（「熊野」を目標に二百発以上）、午前七時二十分、全魚雷（十本）発射した。午前七時三十分ごろ、わが戦艦の十六インチ弾、軽巡の六インチ弾各三発が命中して十七ノットに落ち、午前九時前後から「矢矧」、駆逐艦数隻と交戦し、多数の命中弾を浴び、午前十時十分、沈没した。

「タフィ3」の駆逐艦三隻のうちの他の二隻、ホーエルとハーマンも突撃し、ホーエルは午前八時五十五分に沈没した。

2 血迷った味方機の一弾

カッターが帰艦して揚収された。司令部付の最後の一人は索梯子に手をかけようとしたとたんに「鈴谷」が動き出したため、乗れずにまた「熊野」にもどってきた。

「両舷前進原速……両舷前進強速」

退艦のさいの白石司令官の指示にしたがい、「熊野」は単艦で前夜通過したサンベルナルジノ海峡に向かうことになった。

「航海士、針路はどうか」

伝声管から聞こえた山県航海長の声に私はあわてた。会敵以後のコースは複雑で艦位がはっきりしないのだ——ままよ北西に進んでサマール島に近づき、それから北上すればよかろう。

「航海長、三百二十度にお願いします」

まもなく一戦速が下令された。ふつうなら二十ノットが出る回転数である。

やがてサマール島が見えてきた。空はこのころからにくらしいほど晴れ上がった。水上戦闘の戦場ははるか東に移動したと見え、艦艇は一隻も視界内にいないが、ときおり遠方に敵味方不明機の編隊を視認する。

「熊野」は徐々に針路を北にひねった。陸測艦位を入れて計算すると十四ノットていど出ている。この調子なら、日没後まもなく海峡に達することができよう。

艦橋から見下ろすと、変形した艦首から両側に流れる波はがっかりするくらい大きく、艦尾波とともにはるか後方までつづいている。これでは上空からはかなり遠くても容易に視認できるにちがいない。

単艦になると気分がちがう。警戒も戦闘もすべて自力である。一人ぼっちのさびしさはあるが、司令部が「鈴谷」に移乗したため艦橋はずいぶんと広くなり、のびのびとした気持になる。

このとき左一番見張員が、ゆっくりとまわしていた大型眼鏡を艦首方向にぴたりと止めて報告した。

「戦艦らしきマスト」

見張士の三宅仙七兵曹長が代わって眼鏡にとりつく。

「戦艦らしい、駆逐艦もいる」

味方がいるはずはない。敵艦隊だ。

「戦闘！」

人見艦長は凛然と下令した。警急ブザーにつづいてラッパが艦内に鳴りひびく。

ところが間もなく……それは岩であることがわかった。疑心暗鬼から枯尾花を幽霊と見てしまったわけではない。それは、どう見ても戦艦の前檣に似ていたのだ。

「なに、魚雷は完全だし、一合戦やれるぞ」

人見艦長はこういって破顔一笑した。

何時ごろであったか、まだ正午前であったろう。上空見張員から報告が入った。

「零式水偵三機、左百五十度二五〇（二万五千メートル）、近づく！」

機影が大きくなった。零水らしい。

「日の丸が見える」

だれもが安心しきって思い思いの方角に目をやっていた。

ダダーンという大きな音にはっとして見ると、中部左舷から数十メートルの海面に水柱が上り、つづいて艦橋前方を爆音高らかに上昇していく水上機が目に入った。艦尾から降下爆撃したのだ。

「日の丸はつけているが零水ではない！」と見張員が報告した。

「撃ち方はじめ！」

間髪を入れず、人見艦長が下令した。爆撃した二機は左前方数千メートルを左に旋回している。その横からの機影が私の記憶を呼び起こした。

「艦長、瑞雲《ずいうん》という水爆のようですが……」

と私はいった。

まった。

「かまわん、撃て！」

前部の機銃が火をふき、高角砲も一、二斉射撃ち上げたが、二機はたちまち遠ざかってしまった。

瑞雲は新しい水上爆撃機で、零水によく似ているがエンジンと尾部に相違点がある。まもなく見張長の東繁松兵曹長が識別資料を持ってきて人見艦長に、「いまのは瑞雲のようでした」と報告した。私は一年前に横須賀航空隊で見ていたが、ほかの乗員にははじめてだったのである。

ともかくけしからんと話し合ったのであるが、ものの一時間もたたぬうちにまた同じようなことが起こったのだから、じつに奇怪至極な話であった。こんどは爆装した天山艦攻一機で、気づかぬうちに投弾され、お義理にも至近弾とはいえないほど離れて弾着した。ただただ唖《あ》然とせざるをえない。なるほどわが重巡特有の形をした艦首は欠けているが、ちょっと注意すれば最上《も がみ》型であるくらいわかりそうなものだ。陸軍機ならまだしも海軍機である。

当たらなかったからよかったが、はじめの瑞雲が落とした爆弾のかなり大きな弾片が一つ後甲板にとび込んでいた。もし命中していたらと思うと慄然たるものがある。味方がいるはずがない所なら敵と思い込むのもしかたがないが、この日、遊撃部隊がこの海面に出ていることを航空部隊はよく知っているはずである。

艦艇が航空機を識別することは、その逆の場合よりははるかにむずかしい。相手が小さいし、艦上機は――九九艦爆のように脚が引っ込まないものは例外として――ほとんどが巣葉の低翼か中翼である。とりわけ正面からだとよほど接近してもお手上げになる。

六月のマリアナ沖海戦では、本隊を発進して、敵機動部隊攻撃に向かう百余機の大編隊が前衛部隊の直上に飛来し、味方識別のバンクをしなかったため、「熊野」をふくめほとんどが対空砲火を撃ち上げた事例がある。

単艦になってから数時間が経過したが、この間に敵機の来襲はなかった。むしろ味方機に気をつけてもらわなければ、ということになって、一番砲塔の上に大きな日の丸の旗が展張された。人見艦長は午後一時四十分、つぎの電報を発信した。

『ワレ二回ニワタリ味方機（瑞雲、天山）ノ爆撃ヲ受ク　異状ナシ　一四〇〇ノ位置サンベルナルジノ灯台ノ九十度四十五マイル　針路西　速力十五ノット』

午後三時三十分前後であったか、サマールの北側を西航中、味方機の編隊が飛来した。零戦、九九艦爆の計三十九機が整然と東に向かう。これだけの味方機ははじめてだった。それまでは十機以上だったら敵と思えばまずまちがいなく、事実そのあともこれだけの編隊を見ることはなかったのである。

さすがにたのもしく、うれしかった。私たちは帽子を打ち振って、これから敵機動部隊を強襲するであろう搭乗員たちを見送り、心から成功を祈った。

予定よりはやく、「熊野」は日没の一時間ほど前にサンベルナルジノ海峡に入った。これから前日の逆コースをたどり、比島中部を西進してコロン湾に向かう。

すみやかに米機の行動圏を脱してどこかで修理し、戦闘力を回復しなければならない。日の暮れるのが待たれた。夜になれば空襲のおそれはまずないからだ。

海峡の最狭部を通過してまもない午後五時すぎ、にわかに艦橋の付近がざわめいた。見上げると小型機四機だ、近い。

「航海士！　敵か味方か？」

人見艦長にいわれて私は大型の眼鏡にとびついた。黒い胴体に明瞭な星のマーク、角ばった尾翼と魚雷倉のふくらみ……。

「敵です！　ＴＢＦ、まちがいなし」

「対空戦闘！」

あたかもラッパを合図にしたかのように、つぎつぎと敵機が現われた。ＴＢＦ約二十機、ＳＢ２Ｃ十数機、計三十数機である。やっかいな相手だ。

一番砲塔の国旗が急いで引っ込められた。増速が令されて航跡はますます大きい。編隊は一万数千メートル離れて「熊野」の周囲を旋回する。

対空戦闘準備完了。「熊野」が波を切る音と爆音が交錯するうちに、ぶきみな時間が刻一刻と経過する。島にかこまれた海面は運動力の大きい「熊野」にとってややせまく、しかも付近には機雷を敷設したところもあって、そこは避けなければならない。

轟然、主砲と高角砲が火をふいた。編隊の近くに黒い花が点々と音もなく開く。ＳＢ２Ｃの編隊は高度を上げて一列の縦隊をつくり、ＴＢＦは散開して高度を下げた。「熊野」の機銃も射撃を開始する。

雷爆同時攻撃がはじまった。「熊野」の左右につぎつぎと水柱が上がり、機銃弾が雨とそそぎ、四方から魚雷がはいよる。水柱の飛沫が艦橋をたたいていく。

一瞬、攻撃がとだえたとき、伝声管から山県航海長の声だ。

「航海士、機雷堰はどうか」

回避運動で大きく傾いている艦橋で、足をふみしめてコンパスをかかえ、急いで島の頂きや先端の方位を測る。海図台に走る。三角定規を海図にあてると黒っぽい海水がくっついてやりにくい。

「二百八十度三千です。陸岸は三百まで大丈夫！」

と山県航海長に報告する。攻撃を終えた敵編隊は、ふたたび旋回をはじめた。もう一度くるらしい。私は見張員に指示した。

「見張員、魚雷と爆弾を持っているかよく見ろよ」

「まだ相当に持ってます！」

何分かが経過して戦闘が再開された。右上方からSB2Cが突っ込んでくる。十三ミリ機銃弾を浴びせ、爆弾を投下するや引き起こして遠ざかる。つづいて一機、また一機。弾着は近くビリビリとこたえる。機銃弾が船体に食い込む音が対空砲火の方向から分離して耳をうつ。

一、二、三、四、五本、異方向から魚雷の航跡がせまる。こうなると、すべてをかわせる回避運動など存在しない。当たるも当たらぬも運ひとつ。右四十度方向のが危ない。

「あの魚雷、当たるぞ!」

測的士の熊川博中尉が思わずさけんだ。私も思った。これは当たるな……。

「熊野」は左に回頭している。人見艦長も、水雷長河辺忠四郎少佐も、この一本を凝視する。

魚雷はふねの中部からはそれ、艦尾に向かう。いまか、いま当たるか……。

敵の魚雷は幸いぎりぎりでかわっていった。だが、まだ一本、二本と、TBFの投下する魚雷は黒ずんできた海面に白い尾をひいて疾走してくる。

「零戦三機、右三十度!」

と見張員が報告した。おそまきながらありがたい。右の方でTBF一機が撃墜された。目を左舷に転ずると、海面すれすれを飛ぶ零戦にTBFが追いすがって機銃を撃ちまくってい る。――なんだ、逆じゃないか。

戦いは終わった。敵機は集結したあと姿を消し、零戦も去った。夜のとばりが下りてきた。命中した魚雷、爆弾はなく、至近弾で艦底の一部に浸水したが、航海には支障がない。しかし、機銃掃射による死傷者が各部に出ている。

朝の魚雷命中前の対空戦闘のとき、一発は天蓋にあった高射指揮官付葭葉利定少尉の腹部をつらぬき、足下の甲板、つまり艦橋の天井を抜けて、私の左隣りにいた電測士宮地睦雄少尉の臀《でん》部から右足を貫通した。宮地少尉は重傷を負い、葭葉少尉はまもなく死亡した。信号員が二人を倒した機銃弾を持ってきてくれたが、赤黒く血が固まっていた。べつの一発は司令官用の椅子のすぐ前の鉄板をつらぬいていた。
夜——なんと待ち遠しかったことか。「熊野」は西進をつづける。鉄かぶとも防弾チョッキもぬいで身軽になった私のからだに夜風がまつわり、そして流れていく。

3 悲しき漂流二時間

「熊野」はその夜、潜水艦の襲撃を受けることもなく、二十四日の激戦地で「武蔵」が眠るシブヤン海を抜け、明けて十月二十六日の朝、ミンドロ島南方にさしかかった。

一晩、西航はしたが、いぜん米機の行動圏内にある。めざすコロンの島々は前方の水平線にその頂きを見せ、そこには油槽船が待機しているはずだ。「熊野」の燃料はブルネイ直行をゆるさないまでに減少している。

夜がすっかり明け、強い陽ざしに島々が輝きはじめたころ、対空電探が敵機らしきものを探知した。

「百五十キロ……百二十キロ……百五キロ、だんだん近づく!」

機影が見え出した。SB2C二機。左舷の高角砲がまず一斉射を浴びせる。

やがて「熊野」の上空では、またしても、敵艦上機の編隊が旋回しつつあった。F6F、SB2C、TBF計三十二機だ。昨夕と似た状況だが、海面が広いので運動に制約はない。

敵の編隊は悠然と高角砲の射程限度ふきんを旋回する。

まもなく、戦闘隊形にうつった敵艦上機群は「熊野」に殺到してきた。爆撃、銃撃、雷撃……「熊野」もまた全火力をもって応戦する。すさまじい音響のなかで山県航海長の操舵号令がとぎれとぎれに聞こえる。

「もどーせえ、取舵いっぱい！」

最後とおぼしいSB2C三機が、左上方から突っ込んできた。一番機投弾、二番機投弾、そして三番機。その瞬間、私のからだはとび上がった。

爆弾命中……。艦橋の上部に張りめぐらした電纜の幾本かが切れてぶらーんとゆれ、マグネットコンパスがころがり落ちた。

速力が落ちて航跡がしだいに小さくなった。敵機は近く遠く、なお乱舞している。機関科から缶室火災の報告が入る。

「熊野」はほとんど停止した。空襲はとだえ、対空砲火も沈黙した。

「雷撃機！　左五十度、突っ込んでくる！」

停止していては避けようがない。艦橋の前下部と左舷中部の機銃が射撃を開始した。低くせまりくるTBFの周囲に、曳痕弾が赤い尾をひいて飛ぶ。魚雷投下。かなり遠い。雷跡ははるか前方を通過した。

敵機は去り、戦闘は終わった。私は艦橋からあたりを見まわした。爆弾は煙突に命中したらしく、あの大きな煙突の艦首寄りの八割ほどがまるで焼いたスルメのように、しわくちゃな一枚の鉄板と化して、左一番高角砲にからんでいる。

煙突の中で爆発したらしい、付近の高射器、高角測距儀は破壊されるか黒焦げになって、潰滅にちかい。マストのそばにある対水上電探室もひどくやられている。爆弾が炸裂すると同時に全部の缶室が火をふいて、たちまち航行不能におちいったのだ。

艦橋の左舷から見下ろすと、もう一発が左下の前檣楼の付け根あたりで炸裂、航海科倉庫などふきんの構造物を吹き飛ばし、三番砲塔の左にある二十五ミリ三連装機銃についていた指揮官菊谷義弘兵曹長以下を全滅させている。ある者は甲板に大の字になり、ある者は機銃の座席についたままうつぶせになっている。

操舵室の窓をやぶって飛び込んだ弾片は、操舵長の東本義誉兵曹長をのぞき、数名の操舵員に重軽傷をおわせた。

銃撃による死傷者も多く、その交代にいそがしい。

「上空しっかり見張れ！」

「どんどんたまを運べ！」

高角砲の薬莢がガラガラと音を立てながら片づけられ、新しい砲弾が準備される。煙突の跡からわき出す黒煙が、青空を舞い上がっていく。

「熊野」は潮のまにまに漂流する。機関科指揮所からの報告はまちまちだ。

「……缶は見込みがある」

「三十分ほどで動ける見込み」

「二時間ほどかかる」

「動く見込み全然なし」

「……缶を試してみる」

一時のろのろと動き出したが、また止まってしまった。機関科員のけんめいな努力がつづく。

「庶務主任、機関科に甘い物、冷たい物をどんどん出してやれ」

人見艦長の指示で飲み物や食べ物が送られた。艦橋にもサイダー、乾パン、みかんの罐詰などが上げられ、立食する。死傷者は下に運ばれ、破壊された兵器以外は、戦闘準備を完了した。

このころ対空電探が、またしても敵機の反射波をとらえ、まもなく見張員が約四十機の敵艦上機を発見した。これだけが航行不能の「熊野」にかかってきたなら、結果はただ一つ、沈没であろう。

「来はせんよ、これだけやられているのにかかってくるようなやつのタマは当たらんさ」

と人見艦長は平然といい放つ。

やはり編隊は近づかない。どうやらべつの目標を発見したらしい。大型眼鏡で見ると、水平線のかなたの何物かにさかんに急降下している。弾幕がつぎつぎに上がる。

そのとき、B24一機が現われた。高度約四千、四基のエンジンは重々しい爆音をひびかせ、左六十度方向から向かってくる。

轟然と前部の主砲が発砲する。艦橋の前が黄色く光った。目標からややはずれ、紫色の弾着がインクをにじませたように青空に画かれる。敵機は直上までこないで反転した。

いつしか水平線のかなたの戦闘もやんだらしい。敵の機影は見えない。

二十四日の対空戦闘にさきだってサンホセ基地に派遣された熊野一号機（零式水偵）が飛来し、傷ついた母艦を守るかのようにゆっくりと旋回する。

漂流二時間あまり、正午前にようやく一缶だけ修理ができた。艦尾に航跡があらわれ、舵がききはじめた。三ノット……四ノット……五ノット。煙突跡から上がる黒煙はすさまじく、低速で追風のため艦橋は時おりすすくさい煙に襲われ、そのつど手拭いで顔をおおってふせぐ。

人見艦長は、コロン行きを変更して、パラワン島中部の西岸にあるウルガン湾に向かうことにした。針路を南西にとり七ノットで進む。左前方の水平線にマストが見えてきた。ふねなら味方である。駆逐艦らしい。もう一隻、妙高型だ。

一水戦の「霞《かすみ》」と二十一戦隊の「足柄」だった。両艦とも二十四日の夜にスリガオ海峡へ突入した第二遊撃部隊の所属である。救援にきてくれたのだ。

「霞」に座乗する木村昌福第一水雷戦隊司令官から激励の信号がきて、人見艦長は信号員に返信を命じた。了解の手旗が接近した「霞」の艦橋で振られた。両艦は「熊野」の左右によりそった。

「熊野」はふたたび行き先を変えてコロンに向かい、「霞」「足柄」につづいて午後三時すぎにコロン湾の水道を通過した。

島の西岸近くの南寄りに一水戦の駆逐艦数隻が停泊しており、さらに進むと、これも岸寄りに一万トン級の油槽船日栄丸が停泊、その右舷に第二遊撃部隊の旗艦「那智」が横づけしている。

「熊野」は午後四時三十分ごろに、この日栄丸の左舷に横づけした。ここも米機の行動圏内であるが、島の西側はけわしい断崖で発見されにくそうであり、急降下爆撃も地形的にやりにくいように見える。日没もちかい。

対空警戒はおろそかにできないが、ともかく横づけしたのである。私は艦橋を降りて艦内を歩いてみた。午前の戦闘で被爆した跡も冷え、まだ残されていた測距儀や、高射器のなかの遺体が運び出されるところだった。毛布につつまれて後部兵員浴室に安置されるのである。ガンルームをのぞくと、ここにも機銃弾が飛び込んでおり、至近弾と直撃弾の衝撃で陶器の食器類はメチャメチャになっている。従兵長が後始末をしていたので、従兵たちのようすを聞いてみると、たいていの者は元気でいます、という返事だった。

艦橋に通じるうす暗い階段を上っていくと、途中の白い隔壁に、どす黒い手形がはっきりと押されている。重傷者のものであろう。

艦橋もだいぶ荒らされていたが、ジャイロコンパスが健在なのはありがたい。機銃弾があちこちをつらぬいているが、宮地少尉の後は死傷者は出ていない。大型眼鏡のひとつは一発くらって幾枚ものレンズが粉ごなになっている。航海科員、見張員、航海幹部付、みんな元気なようだ。

日栄丸の反対舷にいる「那智」の艦橋に、志摩清英長官のかっぷくのいい姿が見える。私は信号員に手旗を送らせた。

『発左近允《さこんじょう》中尉あて長官　私信　ゴ清武ヲ祝ス』

中尉から中将あてとは無茶なようだが、私信だからよかろう。長官は父の一期上で二人は親友である。

『健在ヲ祝シ奮闘ヲ祈ル』

と返事がきた。

日没が近づく。湾口の方角――ふねの真正面になる――から一機が低空を突っ込んできた。零戦だ。「那智」の艦橋下の機銃が発砲した。機は爆音を残して直上を通過した。まずい運動をやるものだ。どういうつもりなのか。

このころ、湾口のかなたに二水戦の駆逐艦数隻が見え出した。

日が暮れた。太い蛇管を通じて日栄丸から給油がつづけられている。

私はさきほど「那智」から一水戦に送られた信号文の中にあった『「鬼怒」「浦波」沈没』という字句が気になっていた。両艦は第十六戦隊に所属し、司令官は私の父で、軽巡「鬼怒」に乗っていたはずだからである。

もともと南西方面艦隊の所属であった第十六戦隊は、捷号作戦を前にして第一遊撃部隊に編入され、第四部隊となったが、前年に父が志摩司令官と交代して着任したころは重巡一、軽巡四、一コ駆逐隊であった兵力もその後、漸減して、「青葉」「鬼怒」「浦波」の三隻だけとなっていた。

十月十八日、第一、第二、第三部隊とともにリンガを発したが、この日、第二遊撃部隊に編入され、陸兵のレイテ輸送のため第二遊撃部隊より一日はやい十月二十一日、ブルネイを発してまずマニラに向かったところ、二十三日に「青葉」が米潜の魚雷一本を受けたので将旗を「鬼怒」に移揚したのだった。

すでに栗田長官は「熊野」に対してマニラに回航のうえ修理に従事すべきことを命じ、「浜風」と「清霜」が護衛艦に指定されている。しかし、人見艦長は、両艦の到着を待つことなく深夜に出港し、西進して翌朝までに米機の行動圏を脱したのち北上、機を見てマニラ入港を決意した。

私は艦橋のすぐ下にある作戦室(戦闘中は使用されない)に入ってソファーに腰を下ろした。ここにも機銃弾が二、三発かけめぐった跡がある。前日の朝、天蓋で倒れた葭葉少尉はここに運ばれ三十分ほどして息をひきとったという。

厚いシェードをかけられた電灯が中央のテーブルに光の輪を投げかけていて、主計長の鳥越剛太郎大尉と庶務主任の高橋憲策少尉が、分あつい海軍諸例則をその光の中におき、水葬の規程を調べている。

信号員が入ってきた。

「航海士、『島風』から信号です。砲術長より、航海士健在ナリヤ、です」

私は艦橋にかけ上り、右舷の発光信号灯にとびついてキイをにぎった。「島風」は二水戦所属、砲術長は兄である。しめた、兄貴は健在だ——。

いつの間にか横づけを離した「那智」のあとに、夜目にも黒々と見えるのが「島風」らしい。姿は見えないが私は艦橋をじっと見ながら、

『ワ　レ　ケ　ン　ザ　イ』を送った。

燃料搭載は午後八時ごろ終わっていた。私はマニラまでの予定航路、時刻、速力を記入した紙片を日栄丸のオフィサーにとどけ、「浜風」か「清霜」が横づけしたら渡してもらうよう依頼した。

午後九時三十分、「熊野」は横づけを離し、航進を起こした。針路を南西ないし南南西にとり、クリオン島東側の小さな島々をぬうようにして進む。横づけ中に機関を整備した成果であろう、測定すると約十二ノット出ている。

出港後二時間ほどして戦死者の水葬が行なわれた。五十五名の遺体が艦尾から順次すべり落とされ、黒ぐろとした深夜の比島の海に沈んでいく。全艦が厳粛な空気につつまれた。私は位置を航泊日誌に記入した。

ようやく広い海面に出て西に変針、ついで北西に転ずる。私は艦橋をおりて作戦室のソファーで横になった。

十月二十七日の朝になった。起き上がって艦橋に上ると、左前方に「沖波」がついている。

「鈴谷」の生存者を救助したふねだ。

午前七時三十分ころ北に変針、どうやら空襲のおそれは少なくなった。時おり二機、三機と味方機を視認する。

午後九時すぎに針路を北東とし、二十八日の未明、湾口に近づく。このあたりは名だたる米潜の巣である。厳重な対潜警戒をつづけながら、バターン半島とコレヒドール島の間を通り、マニラ湾に入ってさらに二時間余で港内に達したが、主錨を二つとも失っているから錨泊はできない。

援助してくれるよう依頼電を打ってあったが、いっこうに出迎えてくれる気配がないので、キャビテ軍港沖に停泊中の特務艦「隠戸」に横づけした。午前七時二十分であった。

ほっとした気持が人見艦長以下だれの表情にも表われた。マニラもすでにしばしば空襲を受け、あちこちの水面には沈座した輸送船のマストや煙突が突出しているが、なんといっても一大基地である。百機や二百機きても目標にはこと欠くまい。「熊野」にくるとしてもほんの一部だろう。

街の南側にあるニコルス飛行場では、味方機が離着陸をくり返しているが、飛行場あり、施設あり、艦船も「熊野」だけではない。味方の戦闘機も舞い上がるだろうし、陸上海上の対空砲火もかなり期待できよう。一隻でノコノコ歩くのとでは気分がちがう。

この日、まず前部で二名の遺体の収容が行なわれた。二十五日朝の被雷のさい、瞬時にして満水した区画で、航行中は収容できなかったのである。遺体は陸上に送られ、茶毘に付された。

「熊野」の戦死者は五十名をこえ、約百名が重軽傷を負っている。死傷者の多くは対空射撃関係員であり、ガンルームも機銃群指揮官の配置にある者の被害が大きい。二十六日に堀武次郎少尉は胸部に一弾を受け戦死、新藤健少尉も戦死、大場少尉が重傷を負った。

吉川、宮地、大場の三少尉をふくめ、重傷者はこの日、マニラの海軍病院に送られた。

4　満身創痍の北帰行

ひさしぶりで熟睡をとり、十月二十九日の朝を迎えた。空は今日も晴れている。

「熊野」は横づけ中の特務艦「隠戸」から離れようと、機関の準備をすすめた。横づけでは片舷の対空砲火がきかないし、攻撃される目標としては大きくなる。港務部の手を借りて浮標に係留しようというのであった。

午前八時少し前であったか、まもなく横づけを離そうというころ、街の上空に小型機の編隊が現われた。

「零戦らしい」

と見張員が報告する。なるほど零戦らしい。

ところが……先頭機は身をひるがえして急降下にうつった。二番機、そして三番機。下はニコルス飛行場だ。黒煙が上がった。零戦ではなかった……グラマンF6Fだ。

「配置につけ、横づけ離し方用意」

「横づけ関係員以外、対空戦闘」

「横づけ離し方」

やつぎばやに号令がかかる。ほかの在泊艦に目をやると、いずれもバタバタと配置につきはじめた。警戒警報も出ていない。爆撃がはじまる瞬間まで、陸も海も静まりかえっていたのである。しばらくしてから、ようやく陸上の対空砲火が上がりはじめた。

「熊野」はやや広い海面に出て応戦することになった。そこへ新たな編隊が現われた。すべてF6Fだ。今度は艦船をねらって上空にやってきた。三日ぶりで主砲、高角砲が発砲した。

「熊野」には約十機が襲ってきた。周囲に小型爆弾の水柱が上がる。十二ノットでは、じつにのろのろと感ずる。やがて一合戦終了、被害なし。

午後になって、さらに空襲があったが、海上にはこない。「熊野」は機を見てキャビテ港内に停泊中の「青葉」「那智」と三角形をつくる位置に後部の小錨を入れた。回避運動はできないが、三隻の砲火で協同して撃退しようというのである。

陽がかたむいてからSB2C、F6F約四十機が出現、そのほぼ半数が三艦に殺到してきた。「青葉」が水柱にかくれる。「那智」の後部マスト付近から火炎と黒煙がふき上がった。

「熊野」には六機来襲したが、ほとんど被害はない。以前の米機より技量はおとっているようだ。

「青葉」も被害はないようだが、「那智」は火災を生じた。後部マスト下の機銃砲台を直撃したらしい。一時は火勢が強まり、水雷砲台から魚雷を海に投棄していたが、そのうち下火になった。

静かな夜がきた。きょうのようすではマニラも危険である。これ以上の被害は「熊野」にとって致命的なものになろう。

戦闘力回復のための修理はマニラではなく、内地でなされなければならない。長途、潜水艦が伏在する海面を低速で航行することはもとより危険であるが、ここでみすみす動けなくなるよりはいい。

人見艦長は、マニラを出て高雄に向かうことを決意し、機関の準備を命じてから内火艇で上陸、南西方面艦隊司令部におもむいた。そして、護衛艦をつけてほしいと要望したが、いまは一隻の余裕もない、なるべくはやく都合をつけるからしばらく待ってくれ、との回答しかえられなかった。深夜に帰艦した人見艦長は、出港準備作業の中止を命じた。

翌十月三十日、浮標に係留、マニラ在泊は十一月五日まで十日ちかくつづいた。「熊野」は二十九日の苦しい経験から、陸上や他艦にたよることなく、一番に敵機を発見しようという意気込みで対空見張りを強化したが、いちど哨戒中のB24一機を視認しただけだった。

この間にマニラの第一〇三工作部の手によって煙突の残骸は除去され、機関の整備がつづけられた。たれ下がった艦首甲板の一部も切断されて、応急的な波よけ板が取り付けられた。

弾薬、なかでも機銃弾は欠乏している。当初、六万発ほど積んでいたと思うが、二、三十機と交戦すれば、一万発くらいは消耗する。入港後まもなく「青葉」から一万発ゆずってもらったが、なお心細い。

その際に「青葉」の乗員に父のことをたずねると、健在で当地にきており、十六戦隊は解隊されてちかく内地に転任との話であった。大破した「青葉」一隻では解隊も当然である。

十一月一日であったか、「島風」が細長いスマートな姿を見せ、「熊野」のとなりに投錨した。ただ一隻、四十ノットの高速を誇る駆逐艦である。

兄が手旗で父の安否を問い合わせてきた。私は父が元気であることと、きょうマニラから空路帰国するはずであることを返信した。肉眼ではよく見えないので、眼鏡について兄の顔を見、それからたがいに白い戦闘帽を振り合った。

連合艦隊長官は十月三十一日、「熊野」「青葉」にたいし、十一月四日以降、呉に回航、修理に従事すべき旨を命じた。そして十一月三日、「熊野」は「青葉」とともに四日の深更にマニラを発ち、「マタ三一船団」と同行して高雄に向かうこととなった。

この船団は三千トン以下の油槽船三隻と海上トラックと呼ばれる小型貨物船三隻よりなり、駆潜艇五隻が護衛する。平均速力は九ノットで、ルソンの西を陸岸ぎりぎりに北上するが、米潜の襲撃を顧慮して走るのは昼間だけにかぎり、毎夜、港に入る計画なので、高雄着はまる一週間後の十一日になる。

「熊野」としては機関科の努力で十六ノット以上出せる見込み（十一月三日、湾内で約一時間試運転を実施、十五ノットまで出せた）なので、一、二隻の護衛艦をもらい、一気に沖に出てから北に変針して高雄まで突っ走りたいところである。一日半もあれば着く。しかし、すでに命令は出された。

四日の日没後、「島風」の兄から信号がきた。

『出港時刻知ラセ』

『五日〇一〇〇』

かすかな青い光が点滅する。

『安全ナル航海ヲ祈ル』

『有難ウ衷心ヨリ武運ノ長久ヲ祈ル』

だが、「熊野」の航海は安全ではなくなるのであり、兄の武運も長久ではなくなるのである。だれも数日後の運命をはかり知ることはできない。この信号が、二人きりの兄弟が交わした最後のあいさつになったのであった。

午前零時すぎ、艦橋に上る。午前一時、「熊野」はゆっくりと動き出した。

ふたたびバターンとコレヒドールの間を抜けて湾外で船団と合同、北上をはじめた。右側、つまり陸寄りに「熊野」「青葉」、油槽船二隻、左側に油槽船一隻、海上トラック三隻、さらに外側に駆潜艇四隻と三列縦隊をつくり、司令駆潜艇が中央列の前についている。

コースは陸岸ぎりぎりをとる。米潜の雷撃を受けるとしても左からだけとし、警戒の重点も左におく。座礁したら大変だから、艦位はつねに正確に出していなければならない。「熊野」は運動の基準艦になっているから、船団の変針信号も出す。航海士はなかなかいそがしい。

とうとう一睡もせずに夜が明けた。コンパスと海図台を行きつもどりつだから、いささかこたえる。こんなことなら出港前、ダべらずに少し寝ておくんだったとくやんだが、後の祭りである。どうにも眠くなって、立ったまま居眠りしそうだ。

午前七時四十分前後だったか、艦橋から降りて厠《かわや》に入ろうとしたとたんに警急ブザー、つづいて対空戦闘のラッパ……。私はまわれ右をして階段をかけ上った。

畜生、またグラマンか——バターン上空に数機があり、どうやら、マニラが空襲されているらしい。と、右前方からもつれるようにして三機が現われた。F6F二機と零戦一機だと見た瞬間、零戦はフラフラと前方の海面に墜落、しばらく逆立ちしていたが沈んでしまった。脱出した搭乗員は、そばを通る「熊野」の艦橋に立ち泳ぎしながら敬礼したが、まもなく駆潜艇に救助された。

その後もいくどか敵艦上機を視認したが来襲はなく、磁気探知機装備の九六中攻や、爆装した二式練習機の対潜警戒をときどき受けた後、日没少し前にサンタクルーズ湾に入港した。「熊野」は「青葉」に横づけし、造水装置を破壊されている同艦に真水を供給した。同艦には「浦波」で泳いだクラスメイトの堀剣二郎中尉が便乗しており、しばし歓談することができた。

翌十一月六日の午前七時、サンタクルーズを出港、きのうとおなじく陸岸沿いにサンフェルナンドに向けて八ノットで北上をはじめた。まもなく、マニラ方面の上空に敵艦上機多数を視認したが、飛来はしない。

午前九時二十分ごろ突如、轟音とともに左舷中部から正横約百メートルの海面に巨大な水柱が上がった。敵機か……空を見上げたがそれらしいものは見えない。

つづいて、右後方約三千メートルの陸岸に、もう一本水柱が上がった。敵潜の襲撃だ。一本は何かの原因で自爆、一本は目標をそれて岸まで走り、そこで爆発したらしい。

戦闘配置につき、警戒を強化しつつ進む。ときどき駆潜艇が潜水艦探知の信号をかかげる。雷撃から半時間ほど経過した午前九時五十五分ごろ、距離にして五マイルほどきたとき、

「潜望鏡！ 左六十度」

と、艦橋左一番見張員が報告した。

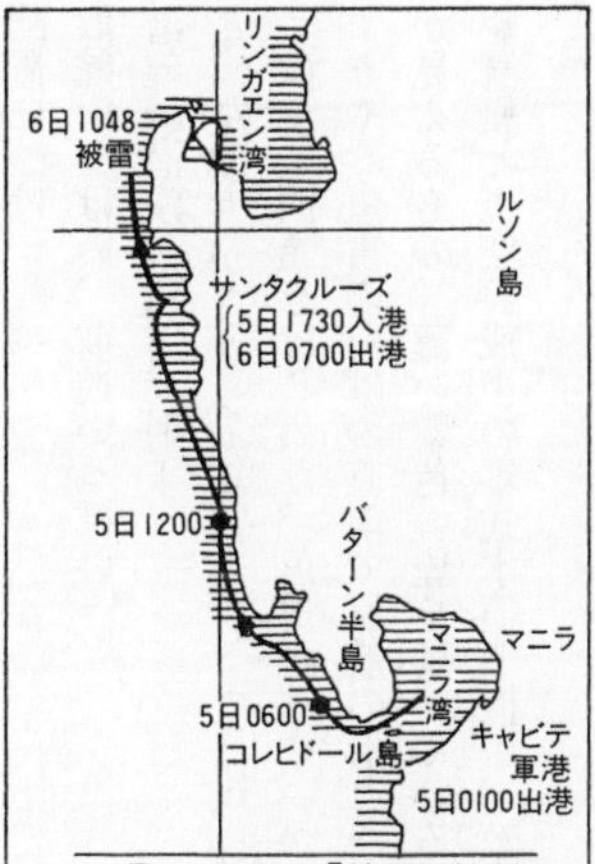

11月5～6日の「熊野」航跡

11月6日朝の航行隊形

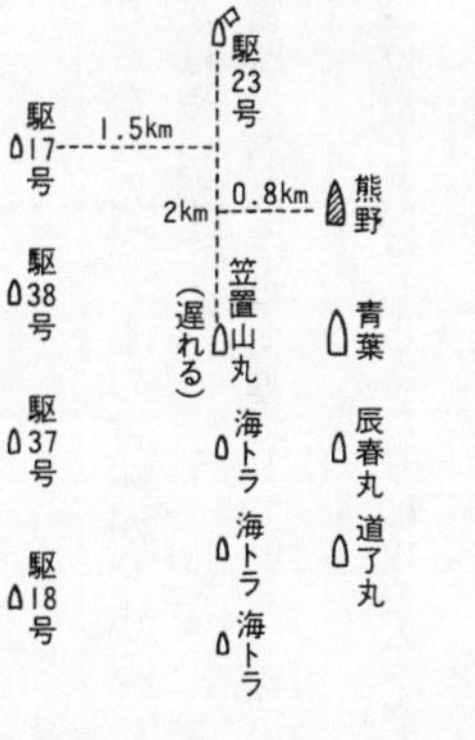

「配置につけ」

「取舵いっぱい、前進いっぱい」

「潜望鏡潜没、魚雷発射！」

と、左前方からクシの歯をひくように、ぴったりとならんで六本の雷跡がせまる。「熊野」は左に回頭をはじめた。魚雷がはやいか、回頭がはやいか……。

ようやく魚雷のたばの直前で反航の形となった。雷跡は右舷至近を通過していく。赤い頭部が見えるもの、薄い紫色の煙をはいているもの……。

駆潜艇と上空警戒中の零式水偵一機が、敵潜の潜没位置とおぼしきあたりに攻撃をくわえる。

魚雷のうち三本は、陸岸の砂岩を吹き飛ばした。

「熊野」は速力を八ノットに落とし、針路を旧に復した。見張員の報告が三十秒もおくれていたら恐るべき結果となったにちがいない。海上はおだやかで潜望鏡の見張りには幸いしている。

午前十時四十分ごろ、「青葉」が潜水艦探知の信号をかかげたのにつづいて、

「潜望鏡！　左六十度、二五、ちかい」

状況は前回と同じ……取舵いっぱい、前進いっぱいが令され、「熊野」は左に回頭しはじめた。発見した左二番眼鏡が回頭につれて右に回る。

「潜望鏡は」

「まだ出しています」

「棒切れか何かじゃないか」

「潜望鏡にしては時間が長すぎるようだが、と私は思って言った。

「潜望鏡まちがいありません……潜没……発射！」

このとき左二番眼鏡はほとんど艦首まで回っていた。

こんども六本が密集してやってくる。敵潜の側に転舵して向首したのだからすこぶる近い。しかし、舵をとってから発射まで時間があったから、前ほど危ない思いはせず、雷跡は右舷をややはずれて疾走し去った。

「熊野」はそのまま敵潜の潜没位置に突っ込んでいく。巡洋艦以上の大艦は雷撃されたら遠ざかるのが常道であるが、こうちかくてはみずから敵潜を攻撃するほかない。

「熊野」は、敵潜の直上と思われる海面を走りながら、爆雷攻撃をくわえた。

「発射用意……テー……テー……テー……」

艦尾から連続して投下された八個の爆雷は水中で爆発し、後方の海面をつぎつぎに盛り上がらせる。至近弾のような衝撃を感ずる。一度、二度、衝撃が大きく、水柱が黒ずんで見える。

「ようし、撃沈だ」

河辺水雷長が痛快そうに大きな声で言った。このころ魚雷は、ルソン島に命中して土砂を吹き上げはじめた。一、二、三……六本すべてが爆発した。

ようやく一隻しとめたか——しかし、つぎの瞬間、爆雷などのそれとは異なる衝撃が「熊野」をゆるがせた。

艦橋の左前部にあった人見艦長の目が、右前部にあった私の目と合った。なんだ、いまのは——と人見艦長の目がたずねている。私は左をふり向いた。右舷中部からやや後方寄り、カタパルト付近にすさまじい水柱……。

「艦長、右舷中部に魚雷命中です！」

と報告し終わったとたん、前にもました激動が大音響とともに襲って、艦橋はグラグラッとゆれた。艦首に魚雷命中——巨大な海水の筒が吹き飛んだ船体の一部とともに、眼前にわき上がった。時刻は午前十時四十八分だった。

「熊野」はぐっと右にかたむいた。前部の水柱は鉄片の雨を甲板にふらせてから消滅した。速力が落ちた。傾斜は約十一度である。

艦は完全に停止した。艦首と呼べる部分は、もはや跡かたもない。機関科からの報告ははっきりしない。

ただちに魚雷の投棄と左舷注水が令された。カラの区画に水を入れて、傾斜をなおすのである。黒い重油がまわりの海面に漂いはじめた。どうやら沈没するようなけはいはない。

ようやくまとまった機関科の報告によれば、右舷前部機械室に魚雷が命中し、隣接区画の隔壁もやぶれて、左右前後の機械室が四室すべて満水という……万事休す。

〔アメリカ側の記録〕「『熊野』は十一月初旬、船団とともに北上を命ぜられたが、これほど危険な旅はなかった。ルソン西岸ではブリーム、グイタロ、レイトンの三隻からなるウルフパック（狼群）が哨戒中で、付近にはさらにレイがいた。

十一月六日、まずグイタロがボリナオ岬沖で午前七時十八分、北上する重巡二、貨物船七、護衛艦艇若干を発見、もっとも大きい艦――『熊野』であった――を目標に選び約一時間かけて近接、魚雷九本（艦首から六本、艦尾から三本）を四十六秒間に発射、命中音を三回聴取した。

六分後にブリームが船団を発見、最大艦を目標に近接、午前八時四十三分、残っていた魚雷四本を発射、命中音二回聴取。レイトンは午前八時四十六分に発見、午前九時四十三分、最大艦に対し六本発射、命中音らしきものを三回聴取した。レイはこのころ近接中で、レイトンの魚雷の一部が直上を通過している。

レイは午前九時四十六分、ＭＫ18魚雷四本を発射、潜航中に大爆発音を聴取した」

命中した魚雷は、四隻目（レイ）の二本である。ブリームは四本発射したとあるが、「熊野」は確実に六本を視認している。時刻はわが方が東京時、アメリカ側が地方時を使ったので一時間の差がある。両者の記録した時刻はきわめて近似しているといえよう。

また、「熊野」は一隻目（グイタロ）の雷跡を発見しなかったので、新式の電池魚雷ではないかと見たが、アメリカ側にそのような記録はない。

5 愛艦変転のシンボル

「熊野」被雷と見た「青葉」は、ただちに信号を送ってきた。

『ワレ曳航能力ナシ』

護衛隊指揮官は、

「道了丸、駆潜艇一八号オヨビ三七号ヲ残ス」

と信号し、船団は、三隻を残してふたたび北上をはじめた。

「熊野」はなすすべもなく漂っている。なおも敵潜に襲われる恐れが大きい。くわえてこの日も敵艦上機群はルソン各地を攻撃中であり、ときどき遠方にその一部を視認する。

私は機密書類を焼く準備のため、ガンルームに降りた。五、六人が集まってきた。どうやら食べられる物は今のうちがよさそうだぜ、ということになり、めいめい棚から取り出し、みかんの罐詰にミルクをかけたりして立ったまま食う。空腹でもあった。

艦橋に上ると、道了丸と二隻の駆潜艇が付近を微速力で回っている。船団の姿ははるかかなたである。傾斜は八度くらいまでなおったようだ。自力航行の見込みは万が一にもない。とるべき手段はただ一つ、曳航してもらってどこかの湾か港に入ることである。

午前十一時三十分ごろ、道了丸に曳航を依頼したい旨の信号が送られたが、ことわりの返事がきた。むりもない。

道了丸は二千二百七十総トンの戦時急造型油槽船である。「熊野」は通常で約一万四千トンの排水量を持ち、そこに約五千トン浸水している。傾斜はじりじりと回復して四度ていどに減じたが、だれもが曳航には首をひねるのが当然である。

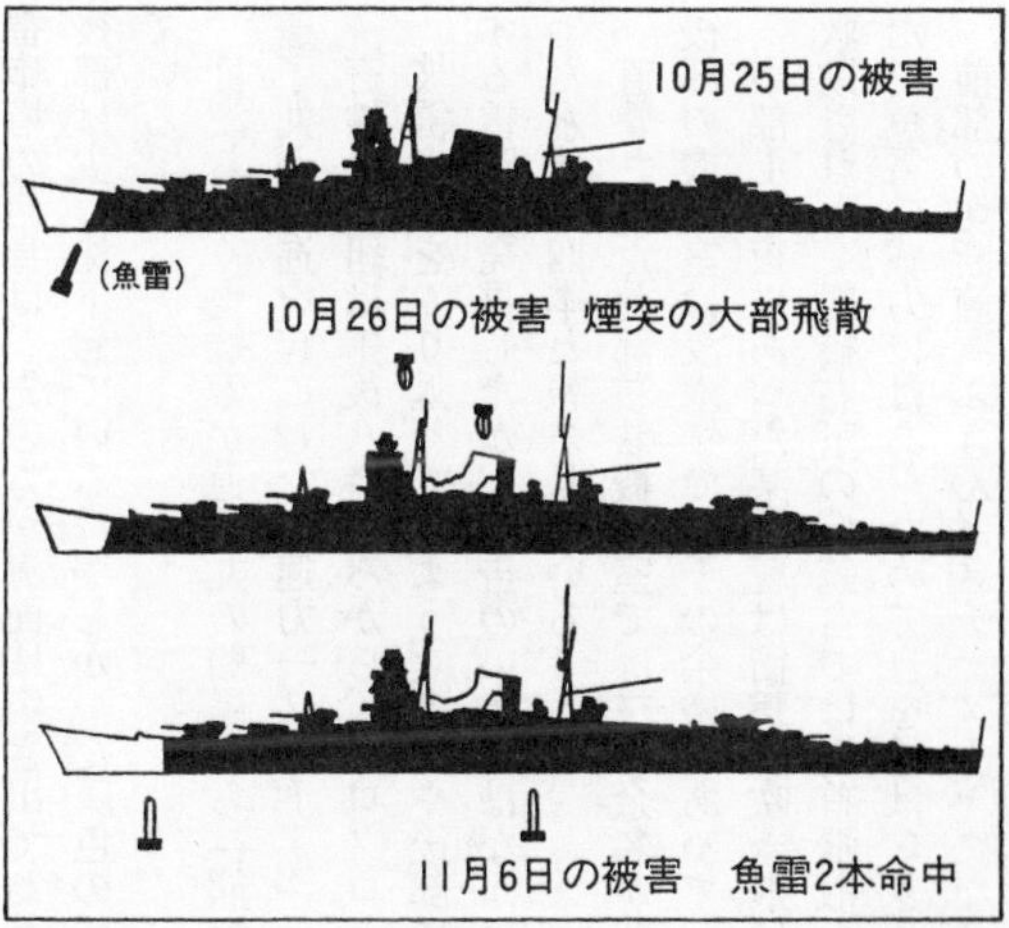

午後になった。波まかせ潮まかせの漂流がつづく。やっぱり曳いてもらうほかない。また信号が送られて、ともかくやってみようということになった。私と同期の甲板士官小沢易一中尉が要具を積み、作業員をつれて、道了丸に向かった。

艦橋ではどこに曳いてもらうかが検討され、リンガエンときまった。打ち合わせのため、私は海図を小脇にかかえて内火艇にうつった。

前進を令し舷側を離れてからふり返ると、「熊野」の姿たるや、かつての雄姿はすっかり変わり果てていた。艦首は消滅して一番砲塔の砲身は、先の方が海面に突き出ており、煙突の大部分もなく、やや右にかたむき、後部は少し沈下している。美しかった灰色の船体も、潮と硝煙と被弾被雷で色あせてしまっている。

日没ちかく曳航索が道了丸の船尾から「熊野」の艦尾に渡され、曳航準備がととのった。道了丸が航進を起こした。速力一ノット……。

奇妙な一組は午後八時ごろから、ノロノロと北上をはじめた。

被雷当時をふり返ってみよう。中部や後部にいた乗員のうち、いく人かが右後方から近接する雷跡を発見したが、報告のいとまはなかった。雷跡は三本であったというが、上空にあった水偵は四本と報告している。

直撃された前部右舷機械室では二十余名が即死、前部左舷機械室もまたたちまち満水し、後部の機械室は浸水まで若干の余裕があって、おおむね脱出できたらしい。

中部上甲板にあった某兵曹は衝撃で吹き飛ばされ、重傷を負って海に落ちたが、駆潜艇に救助された。艦橋右下の機銃台では艦首飛散のさいに落下した鉄片で、機銃員二名が即死した。魚雷の威力にはあらためて目を見はらされる。

前部の切断箇所ふきんはメチャメチャになり、リベットも吹き飛んでいる。右舷のカタパルトは直下に魚雷を受けたためアメのように曲がっている。

機械室に魚雷命中との想定の下で、しばしば応急訓練が行なわれたが、右舷に当たれば浸水は右舷だけと仮定して、処置を演練してきたのだった。それが現実には四つの機械室がすべて満水の結果となったのである。

その夜は何事もなく経過した。十一月七日の朝がきて、目をこすりながら艦橋に上がると、陸岸が右舷に見える。おや、と思ってコンパスをのぞくと、当然のことだが針路が昨夜と逆になっている。聞いてみると夜中に風と潮が向かいになり、進まなくなったので、目的地はサンタクルーズに変更されたとのことであった。

相変わらず遅々としているが、たしかに進んでいる。夜のうちに駆潜艇と交代した海防艦（小型）一八号と二六号が前になり、後になりしてつきそっている。

「熊野」の速力は比島の海に出撃してこのかた、さまざまにかわった。十月二十二日、ブルネイ出撃後は十八～二十ノットで走り、二十四日、シブヤン海では二十四～二十八ノットを使用、二十五日、サマール沖の追撃では最大戦速三十五ノットまで上げた。そこで被雷して最高十六～十八ノットとなり、二十六日、ミンドロ沖の被爆によってしばらくは速力ゼロ、やがて九ノットまで出せるようになり、コロン出港後は十二ノット、十一月四日深夜のマニラ出港後は十八ノットまで出せたが八～九ノットで航行、六日ついに速力ゼロ、いまは一～一・五ノットで後ろ向きに曳かれているのである。

さて、道了丸はどうにか「熊野」を曳いてはいるが、なにしろ重いので変針がきわめてむずかしい。入港前には狭い水道を幾度も変針しながら通らなければならないが、うまくできるだろうか。

艦橋では人見艦長、山県航海長、運用長星子直明少佐の間で協議がつづけられた。

まず、午前七時ごろ二隻の海防艦が、艦尾の両舷に曳索をとってやってみたがうまくいかない。一時間ほどしてこんどは海防艦一八号が、道了丸に曳索をとった。曳くというよりは道了丸の船首を曲げてやるのである。この試みはみごとに成功した。海防艦、道了丸、そして後ろ向きの「熊野」と順次大きくなる一組は、農夫が大きな荷馬車を曳いた馬の鼻面をひいている図さながらであった。

午後二時二十分ごろ、ようやくサンタクルーズ湾に入港、後部から中錨を投入した。約二十八マイルを曳航されたのである。人見艦長から道了丸の船長にあてて丁重な感謝の信号が送られ、糧食や酒保物品が内火艇でとどけられた。

道了丸は海防艦二六号とともに翌午前七時出港、マタ三一船団の後を追った。こうして内地回航の出鼻をくじかれた「熊野」は、ここサンタクルーズにおいて、掃海艇二一号（八日午前、海防艦一八号と交代）ただ一隻を警戒艇として、前途多難を予想される停泊状態に入ったのである。

入港して二日後の十一月九日、猛烈な台風がルソン島の南から北へ弧をえがいて吹き抜け、その中心はサンタクルーズふきんを通過した。

この日の午後から強まった風雨は、夜に入りますます激しさをました。何時ころであったか、ガンルームと通路をへだてた向こう側にある兵科事務室で、高橋庶務主任や後任航海士の藤島芳雄少尉たちと雑談していた私は、妙な衝撃を感じた。

「走錨らしいぞ！」

といって立ち上がったとき、配置につけのラッパが鳴りひびいた。艦橋にかけ上がると外はスミを流したような真っ暗やみである。

艦橋前面上部の壁で青白く光る風速計の針は三十メートル付近でふるえ、ときとして四十メートルにはね上がる。五トン半ある艦首の主錨をいれているときでさえ、風速二十メートルとなれば、錨鎖をのばしさらに一方の錨を振止錨として入れるなどして走錨をふせぐのである。

このとき「熊野」は、マニラの港務部から受領した一トン半の中錨と、同地で切り取った錨孔を錨の代わりに投入し、掃海艇二一号に曳索をとらせてはいたが、この台風では走錨もむしろ当然であった。

いまや中錨や錨孔を海底に引きずりながら押し流されていることはたしかだが、どこをどう動いているやらさっぱりわからない。

烈風はごうごうと鳴り、豪雨は艦橋の窓を、私たちの雨衣を、激しく打つ。

前方の陸上にときどきかすかな探照灯の光芒が見える。このまま流されて行けば座礁だ。平らにすわればよし、悪ければ横倒しになる。相手は敵機でも敵潜でもない自然の力であるが、緊張感は戦闘中のそれと変わらず、むしろ、より無気味であった。

まもなく艦橋のふるえがとまった。さいわい錨か錨孔が海底に食い込んだらしい。探照灯の光源の方位が変わらなくなった。危機は去った。時間の経過とともに風がしだいに弱まってきた。

朝になって艦位をだしてみると、南東に千二百メートルほど流されている。さしたる被害はなかった。

とにかく、「熊野」を動けるようにしなければならない。十二日の朝、慶州丸がマニラから井原技術少尉以下、工作部の工員を乗せて入港、ただちに機械室の排水作業がはじめられ、十四日には後部右舷および左舷機械室の排水が終わった。そして七、八缶室と後部左舷機械室の整備をすすめることになった。

一つの機械は一本の推進軸をまわす。ふねが通常の状態ならば、一機一軸で十二ノット出るのである。慶州丸は十五日の午後に出港し、マニラに向かった。

人見艦長は某日、総員を艦橋下の甲板に集合させ、今日までの乗員の労を多とし、たおれた戦友に哀悼の意を表したのち、現在われわれに課せられた任務は、なんとしても「熊野」を内地に回航して修復し、もって帝国海軍の戦闘力をくわえることにあると強調、定められた目標の達成に一段の努力をかたむけるよう要望した。

問題は水であった。真水は機械の運転に欠くべからざるものであり、排水を終えた機械の塩分をのぞくにも、乗員の食事や飲料にも必要である。造水装置は完全に破壊されている。約千トンの水を陸上にもとめなければならない。栈橋まできている送水パイプは破壊されているらしい。

調査の結果、さして遠からぬところに川があることが判明し、運搬の手段がこうじられた。作業員が川から栈橋まで運び、そこから「熊野」までは十二名の屈強な艇員が、厚いキャンバスに水を張ったカッターをこぐのである。カッターは二隻あって、一回の運搬量は二トンていどだった。

機関科員は機関の修理に、甲板員は対空警戒と水運びに一日一日が暮れ、そして明けていった。

レイテの戦闘はつづき、わが軍は増援の陸兵を投入する努力をかさねていた。

十一月十一日、オルモック沖で船団が壊滅し、私はその電報をさびしく読んだ。輸送船四隻と早川幹夫二水戦司令官座乗の「島風」以下、駆逐艦五隻および掃海艇一隻が、揚搭寸前に米艦上機数百機の攻撃を受け、「朝霜」をのぞくすべての艦船が沈没したのである。

私は「島風」に乗っていた兄の戦死を確実と考え、コロン湾やマニラで信号をかわしたこと、前月の中旬にシンガポールで親子三人が会し、七年ぶりだと父が喜んだことなどを思い浮かべた。

あとでわかったが、兄は主砲指揮所で機銃弾を浴びて戦死したという。七年ぶりに三人が顔をそろえた日は、訣別の日となったのである。

十三日と十四日の両日、米艦上機はルソン各地を攻撃、その一部は「熊野」から遠望されたが飛来はしなかった。

ある日の正午前、北西からまっすぐ向かって来る編隊を発見した。この日、米機の来襲についての警報は出ていなかった。

ルソンに来襲する場合は、ラモン湾のポリロ角見張所から警報が出るのがつねであった。

午前八時くらいまでに出なければ、その日はまず大丈夫ということになっていたのである。

「航海士、どうか」

人見艦長にいわれた私は、なんとか識別しようとつとめた。その間にも編隊は近づき、「熊野」は対空射撃の準備をととのえた。単葉、中低翼、空冷エンジン……約三十機だ。敵ではない、F4F、F6F、SB2C、TBF、P43、P47、P51のどれでもない。といって味方でもない。艦爆の彗星に似ているがエンジンが空冷だ。

ついに主砲、高角砲が発砲した。敵なら攻撃隊形をとるところだが、編隊のまま直上にさしかかる。光線の工合でマークは見えない。高度は四千メートルくらいか。射撃中止、編隊は重々しい爆音を残して飛び去った。

のちにわかったが、エンジンを空冷のものに換装した彗星であった。サンタクルーズの警備隊分遣隊は、

『F6F三十機サンタクルーズ上空、熊野コレト交戦中』

の電報を発し、マニラの南西方面艦隊司令部はおどろいて「熊野」に照会してきた。

人見艦長は苦笑して、敵味方不明のまま発砲したが味方機だったらしい、味方識別をやるように航空部隊に連絡されたい、という趣旨の返事を命じた。かくてこの騒ぎも落着した。

〔アメリカ側の記録〕

「レイ（四隻目、魚雷二本を『熊野』に命中させた）が一時間後に浮上して見ると、『熊野』

はまだいた。艦首を吹き飛ばされて停止しており、タンカーが曳航しようと近づいていた。一時間四十五分ほどの間に、単一の目標に対して、じつに二十三本もの魚雷が消費されたのである。

レイはこの不滅の軍艦（Imperishable ship）を葬り去ることにきめたが、近接中に座礁してしまった。漏水もあったので苦労して修理を終え、攻撃を再開しようとしたが、『熊野』はなんとねばることよ（Persistent KUMANO!）ルソンの陸岸に曳航されていたのである」

6　ワインと泣き別れ

艦橋勤務、見張り、そして対空射撃員として、乗員は毎日午前中、配置についた。

「ポリロ角見張所より……」

通信指揮室から伝声管を通じて艦橋に報告が上がったら、さあ今日はくるぞ、と全艦が緊張するのである。

「〇七一五、百度二百五十キロに大編隊を探知す」

「〇七四五、敵味方不明爆音聞こゆ」

「〇七五五、上空敵小型機二百五十機、針路二百三十度」

しばらくすると、ルソンの各地は敵機来襲の電文を発し、その一部は「熊野」の視界に入ってくる。逆用されることを恐れて、「熊野」の対空電探は使用を中止されていた。

航海科の准士官以上は、交代で、天蓋にあって見張りの指揮に任じた。味方機の移動もひんぱんで、陸軍の九七重爆をよく視認した。早朝、台湾に避退し、夕方、ルソンに帰ってくるように思えた。そうであったとすれば、実際の機数は案外に少なかったかも知れない。

天蓋ではよく高射長（第二分隊長）平山茂男大尉の話を聞いた。私は春まで砲術士だったが、そのころ平山大尉は発令所長（第三分隊長）で、私の直接の上司だった。敵機から投下された爆弾が当たるか、どれくらいそれるかわかるようになり、煙突に直撃した爆弾が落ちてきたときには、こりゃあいかん、と思ったそうである。部下である対空射撃関係員の死傷は五割にもたっしていた。

「まるで真綿で首をしめられるようなものだな。まあ桜の咲くころ内地へ帰るくらいの気持で、落ち着いてやろうや」

平山高射長はこういって磊落に笑った。私も戦闘の思い出話をした。いつも快活な先輩と話をするのは楽しかった。

見張りを別にすれば、私の大きな仕事は戦闘詳報の作成だった。計画、経過、戦果および被害、参考（戦訓）の各項目があり、十月二十三日から十一月六日までの戦闘を報告にまとめるのは、なかなかの仕事である。記事だけではなく図面も書かなければならない。

対空戦闘の状況については平山高射長や、三宅見張士、各機銃群指揮官などから何度も話を聞いて食いちがいは正し、被害についても各部の士官にたずねてまわる。

航跡自画器というふねの運動を自動的に記録する機器があったが、戦闘の初期にこわれてしまったので、やむなく航跡図は見当で書いた。電探、通信機器などとともに、こうした精密機器は至近弾ていどで故障したり壊れたりしがちである。報告書の起案が終わったら、航海長、副長、艦長に目を通してもらう。

私が直接、保管に当たっていた機密書類の焼却もひと仕事であった。昼間、ドラム罐に投げ込んでどんどん燃やしたが、軍機海図の焼却だけで数日を要した。

いぜん機関の整備はつづけられていた。十七日には第二十一長運丸が警戒艇として到着し、掃海艇二一号と交代したが、同船がカッターに代わり、桟橋と「熊野」の間を往復するようになって、真水の補給は格段と円滑になった。

もちろん顔を洗ったり風呂を浴びたりする余裕はなく、食事のときは湯呑み一杯の茶が飲めるだけであったが、それにもなれてきた。

夜は一部の見張員は警戒をつづけたが、まずは休息の時間だった。釣りがはやり、士官も兵も舷側から糸をたれて、見なれぬ獲物を釣り上げては喜んだ。

私は、当直でない夜は兵科事務室で飲んだ。高橋庶務主任や藤島航海士たちがいっしょだった。

今日も命があった……口には出さないがこれが正直な感慨であり、たがいに上げるビールの杯にも、今日の健在を祝い、明日の健闘を祈るという意義があった。サカナはイワシや貝やごぼうの罐詰でパッとしなかったが、話だけはつきなかった。

十一月十九日。おなじみのポリロ角見張所から、午前七時三十分ころ警報が出たあと、各地から交戦中の電報が入り、やがて「熊野」も東方、あるいは南方に敵艦上機を遠望するようになった。警戒をつづけるうちに午後になる。

午後一時三十分ころ、突然、上甲板のあたりがさわがしくなった。見上げると直上に二機、高度も低い。

「艦長！　F4F二機上空」

と私は報告した。

まもなく二機は右後方から突っ込んできた。一機目が掃射、つづいて二機目、敵機と「熊野」の機銃弾が激しく交叉する。

二機はもう一度銃撃をくわえてきたのち東方に去ったが、このとき北東約三万メートルを北進中の十四機編隊があった。そのまま行ってしまうか、やってくるか……。

どうやら向きを変えた。まっすぐにやってくる。先の対空射撃で気づいたらしい。ぜんぶF4Fだ。F6Fに似ているが、ずんぐりして中翼に近い。

「熊野」の周囲を半周ほど旋回した敵の編隊は一列縦隊をつくり、やがて翼を一振りした先頭機が右四十五度方向で急降下にうつった。対空機銃が火をふき、敵も連続して襲いかかる。爆弾を落とす機は少なく、ほとんど銃撃だけだ。その音がいやにはっきりと聞こえる。

機銃弾がバラバラと船体にくい込み、あるいは海面でつぎつぎに飛沫を上げる。それが数秒おきにくり返される。

ようやく、十四機の攻撃が終わった。

「たまを運べ……」

敵編隊はなお上空を旋回し、「熊野」の熱くなった砲銃がこれを照準しつづける。

ふたたび機銃掃射がはじまった。「熊野」の頭上を飛び去ったあと、ついでに第二十一長運丸をも銃撃して行くやつがある。同船はわずか二門の機銃で応戦している。

長く感じた対空戦闘が終わり、十四機の編隊は北西に飛び去った。一機だけはおくれてついて行く。

船体は多数の機銃弾をくらった。艦橋右舷で片ひざをついていた私の頭から三十センチくらい、窓わく(窓は下ろしてあった)の下部に一発、八分がたささっている。丈夫なわくのところだったから助かった。一、二センチ上ならそのまま真っすぐ、下ならうすい鉄板をつらぬき、確実にやられたであろう。

右手の下の甲板にも一発ささっているほか、あちこちに弾痕をとどめている。甲板に転がっている機銃弾をひろうと、まだ熱い。天蓋に上がってみると、さっそく平山高射長に声をかけられた。

「やあ航海士、今日の機銃掃射は満喫したろう」

まったく満喫とか、堪能とかいう言葉がぴったりの気分だった。

この日、十六機、延べ三十二機と交戦したことになるが、投下された爆弾は数発ていどで、いずれも離れて弾着したので被害はなかった。

しかし、銃撃によって対空射撃関係員の死傷者は増し、ガンルームも坂上俊明少尉を失った。同少尉は一月前にブルネイで「扶桑」から着任したばかりであったが、中部飛行甲板の機銃群を指揮して戦闘中、頭部に一弾を受け戦死した。

その晩、私たちはガンルームに集まった。顔ぶれはずいぶんさびしくなっている。亡き友や戦闘の思い出話が交わされた。それでもみんな元気いっぱいだった。つぎはオレの番かなと一瞬考えることはあったが、それでも感傷的になることはなかった。

機関長付の井ノ山威太郎中尉にたずねると、一両日中には試運転の段取りになっている、ということだった。ガンルーム士官だけではなく、これだけ苦しい戦いがつづいても、「熊野」乗員の士気はいっこうにおとろえなかった。敬愛する人見艦長の下で一丸となって戦い、そして働いた。

二十一日、私たちは艦橋でかすかな振動を身に感じながら、艦尾の方に期待の目を向けていた。

「試運転をはじめる」

機関科指揮所から電話で報告がきた。艦尾に白い波が立ちはじめた……成功だ。推進器が回っている。四本ある推進軸のうちの一本だけではあるが、これまでの乗員の労苦は並大抵のものではなかった。ようやく自力で走れるめどがついたのである。しかし、蒸気のもれが大きいため、なお整備をつづけることになった。

その夜、マニラからも朗報が入った。二十五日に真水と弾薬、そして工作部員が着くというのである。

機関はなおせても、艦首、いや艦首はなくなっているから前部というべきであろうが、これをなんとかしなければ航海はむりである。二十五日が待たれた。

十九日の分も追加して戦闘詳報をつくり上げた私は、高橋庶務主任に謄写を依頼した。

二十二日、マニラから機帆船が到着し、機銃弾四千五百発、応急資材、糧食、軽油を受領した。

二十四日になった。

「戦闘詳報の原紙を切り終わりましたから、明日は刷りますよ」

と、高橋庶務主任が知らせてくれた。

午後おそく、大型海防艦「八十島」とSB艇が三隻入港した。SB艇は大発を大きくしたような形をした戦車運搬艦で、海岸に乗り上げて艦首のとびらを倒し、戦車を上陸させるようにできている。

「八十島」とSB艇の一隻に、最近まで「熊野」にいた士官が一人ずつ乗っていたが、はからずもここで変わり果てた「熊野」の姿を見ておどろいたらしい。

話を聞くと、彼らは明早朝マニラに向かい、一週間もしたら待ちこがれているレイテの陸軍に戦車を揚げてやるんだと乗員は張り切っているという。

「熊野」は十九日の戦闘で重傷を負った乗員を「八十島」に依頼して、マニラの病院に送ってもらうことにした。十余名の重傷者が内火艇にうつされた。送る者、送られる者、それぞれに感慨がある。舷側を離れた内火艇は夕闇がせまる海上を「八十島」に向かった。

夜になった。私は例によって兵科事務室で同僚たちと雑談をはじめ、しばらくしてから高橋庶務主任と将棋をさした。いつも私から挑戦しては三、四番たてつづけに敗け、しっぽを巻いてやめるのである。彼は十度に一度くらいは負けたが、どうやら負けてくれるらしかった。

二人が将棋をやめると、藤島航海士が赤玉ポートワインの栓を抜いた。そして、通信士渡辺敏明少尉をまじえて四人で飲んだ。私も一本持っていたので、翌晩はそれを抜くことに決まった。

しかし、私のぶどう酒は、高橋少尉の口にも、藤島少尉の口にも、渡辺通信士の口にも、私の口にも入らなかった。翌二十五日、待望の弾薬、真水などの到着も待たずに「熊野」は沈没した。渡辺通信士も、ふねとともにサンタクルーズの海底に沈んだのである。

十一月二十五日早朝、「八十島」船団はマニラに向けてサンタクルーズを出港した。

午前七時、対空射撃関係員はすでに配置についている。午前七時三十分に情報がポリロ角見張所から入り、見張員は東方ないし南東方を重点に警戒する。

敵機発見、グラマンF6F十一機。敵編隊は一気にサンタクルーズの上空にたっし、「熊野」を中心に大きく旋回をはじめた。

「熊野」は発砲しない。主砲の対空射撃は効果が少ないし、射撃によって遠くの敵機まで吸引しかねないからだ。

さらに十四機がやってきた。これもF6Fだ。旋回する十一機にくわわって計二十五機、爆音だけがぶきみにひびく。十分、十五分と経過するが来襲はしない。

やがて十四機の編隊は去り、残った十一機はなにか獲物を見つけたような運動をはじめた……第二十一長運丸だ。

十九日に敵艦上機が「熊野」を攻撃したさい、その余波を受けて、機銃弾を撃ち込まれた長運丸は、いつのまにか島から切り取ってきたらしい椰子の葉や、灌木で偽装していた。すっぽりと緑一色につつまれて小さな島の南岸に停泊している。「熊野」からの距離は約八千メートル。みごとな偽装で朝がた感心したばかりだったが、発見されたらしい。

目のまえで一番機が深い急降下に入った。二番機、三番機、四番機とつづく。長運丸は偽装をかなぐりすてて機銃で応戦をはじめた。十一番機の後にはもう一番機がついている。両翼から数本の赤い火箭《かせん》がはき出されて、長運丸をつつむ。水しぶきが上がる。

銃撃、また銃撃で、ついに長運丸の機銃が沈黙した。射手がやられたか銃がやられたか……。

敵機の降下角度は浅くなり、ほとんど水平で突っ込んでいく。

すると、長運丸のブリッジと後甲板のあたりから黒煙がふき出した。小さな炎が見え、それがしだいに大きくなっていく。

すでに無抵抗の長運丸に、なお機銃弾が容赦なく撃ち込まれる。乗員は海に飛び込んで島に向かって泳ぎはじめた。それでも銃撃はつづく。

一機が何度攻撃したであろうか。午前九時すぎ、ようやく攻撃が終わって敵機が去ったころには、長運丸は半ば炎につつまれ、黒煙が沖天高く舞い上がっていた。「熊野」は終始一発も放たなかった。

「小型機約四十機！　左七十度三〇〇、方位角右十度」

と、見張員が大声で報告した。長運丸の悲壮な光景に向けられていた目がいっせいに東方に転じた。

「まだいるぞ、上にもう一群」

と、三宅見張士。なるほどいるわいるわ、ハチのようにゴチャゴチャになった二つの群れがみるみるうちに近づいてくる。

「ざっと数えて八十八機」

見張員の報告に私も数えはじめたが、途中でわからなくなってやめてしまった。射撃用意が下令された。全艦鳴りをひそめ、ただ左舷の高角砲と前部の主砲が静かに砲口をもたげていく。嵐の前の静けさ……。

敵編隊の針路はやや右にそれている。八十八機が、動けない「熊野」にかかればまちがいなく沈没だ。

よく見るとF6Fだけではなく、SB2CとTBFがいる。雷撃機の目標は艦船以外にはない。

いまや敵編隊は艦首方向四、五千メートルにさしかかった。爆音はごうごうとサンタクルーズの大気をふるわす。いまくるか……いま分散するか……。

しかし、変針はしなかった。真南を向いている「熊野」の艦首方向をそのまま通過して、西の海上に出たのである。

やがて目標がわかった。早朝、出港した「八十島」船団だった。数分後に敵編隊は、南西方向の水平線のかなたにある目標に殺到しはじめた。弾幕が上がった。乱舞する百機にちかい敵艦上機の下には四隻がおり、そのなかの「八十島」の艦内には、きのう移送した「熊野」の重傷者が横たわっている……。

攻撃を終わってふたたび編隊を組んだ敵艦上機群は、その威容を誇示するかのように、またしても「熊野」の前方を通過して東方に飛び去った。時刻は午前十時ごろであった。

のちに判明したところによれば、「八十島」とSB艇三隻は全部沈没し、生存者はごく少数であった。もとより、「熊野」の重傷者たちも「八十島」と運命をともにしたのである。

正午少しすぎ、するどい金属性の爆発音がとどろき渡った。炎上していた長運丸の船体が巨大な水柱につつまれた。

水柱が消えたとき、あたりの海面には何物をもみとめえなかった。搭載してあった爆雷が誘爆したのだ。

島に上がっていた長運丸の乗員から手旗信号がきた。軍医派遣の依頼である。軍医長付西大条博大尉が看護兵をともない、内火艇で島に向かった。空はうす曇りで東方の山々には、やや濃い雲がかかっている。

7 「熊野」の姿いまやなし

午後も二時をすぎたが、敵機は姿を見せない。朝、配置についていらいの緊張が少しとけはじめた。午前中、百機以上もきながら、午後は一機も来襲しないのはなぜだろう。「熊野」はもはや攻撃の価値なしとみとめたのだろうか。大破した重巡よりも、「八十島」船団の方が攻撃目標として優先度が高いことはわかるが……。

午後二時三十分ごろ、私は艦橋後部で三宅見張士と話をしていた。私は聞き役で、見張士はいままでの勤務のこと、呉の人事部でのことなどを話していた。どうやら今日はおしまいらしいぞ、と乗員は考えはじめ、口にも出しはじめていたときであった。

「SB2C二十二機、左六十度!」

天蓋見張員からの報告は、ゆるみかかった私たちの気分をビーンとしめなおした。

「対空戦闘!」

つづいてラッパが鳴りひびく。私は半袖、半ズボンの防暑服の上に紺の雨衣を引っかけ、鉄かぶとと防弾チョッキをつけて双眼鏡のひもに首を通した。

F4F三機を先頭に、二十二機のSB2Cがやってくる。太い尾部がぐっともち上がり、胴も翼も丸みをおびたこの急降下爆撃機は、もっともいやな相手だ。

「全部、爆弾を持っています！」

と見張員が報告した。編隊は艦首方向約一万メートルを右に旋回、一列にならび出した。今度こそまちがいなくくる……。

弱った船体にかなりのショックをあたえて、主砲、高角砲が射撃を開始した。敵の先頭機が急降下にうつった。敵機の攻撃がはじまると、見張員も目を眼鏡から離して低い姿勢になる。

「熊野」はとまったままなのだから、こうなると航海士の私にも仕事がなく、ただじっと耐えるしかない。私は艦橋左舷の拡声器があるくぼみに半身を入れて片ひざをついた。

すさまじい音響が連続して耳朶を打ち、目の前の海面に水柱が上がった。その向こうにもう一本……。ガーンガーンという大きな衝撃は至近弾か、それともどこかに命中したのか。一瞬、目の前が黄色く光って真っ暗になった。熱風が全身を吹きまくった。死……という考えが脳裏をかすめる。二度、三度、おそろしく熱くて硝煙くさい風をすい込み、セキ込んだ。

と、目の前が明るくなってゆく。煙がうすれ、呼吸もらくになった。思わず顔を一なですると、掌にべっとりと血がついた。どこをやられたのかわからない。

雨衣は袖口からひじまでさけている。ひりひりするので見ると右足首の少し上がただれている。おまけに両足ともひざから足首まですね毛がきれいになくなっている。暑いのとたび重なる戦闘にめんどうがって半ズボン、素足に靴といういでたちをしていた報いだ。

煙は消えた。目のまえには幾人か信号員が重なってうちふしている。血は見えぬ、気絶か……。爆撃はちょっと途絶えている。対空砲火の音もまばらだ。

「天皇陛下万歳！」

前に出ようとした私は、聞きなれた田島文造兵曹の声にはっとした。やられているのか……。

「おい、しっかりしろ、これからだぞ！」

私はそういって倒れている信号員の間に足を入れ、一またぎ二またぎして左二番大型眼鏡の腰掛けにしがみついた。

「痛い……」

だれかにふれたらしく、うめき声がする。

「すまん、すまん」

とあやまりながら、ようやく艦橋最前部に立った。人見艦長以下、このあたりにいた乗員はおおむね健在だ。

後方に目をやって状況がわかった。一、二発が艦橋の後部を直撃したのだ。両舷とも哨信儀があった付近の甲板はぶち切れている。主として信号員たちがいたが即死。その爆風が艦橋を吹き抜けたのである。私のとなりにいた信号員長石見正夫兵曹長は、しばらく気を失ったという。

これもあとでわかったが、爆風と火炎は、天蓋後面もひとなめして多くの見張員を倒し、あるいは大火傷を負わせていた。

艦橋後方はさらに惨状ははなはだしい。一面の血潮の中に遺体がおり重なっている。書けば長いが、これらは一瞥してわかったことだった。

爆撃が再開された。右に左に水柱が上がり、艦橋はそのたびにビリビリとふるえる。いまや船体もガタガタになった感じだ。

「弾火薬庫、注水！」

人見艦長は厳然と下令した。私は伝声管に口をよせた。だめだ……通じない。直撃弾で電話も伝声管もブザーもこわれてしまったらしい。艦の中枢たる艦橋と各部をむすぶ機能は失われたのだ。

若い測的伝令が、目が見えないと口走っている。

「貴様、目はあいているじゃないか。大丈夫だ、しっかりしろ！」

と、熊川測的士がはげました。

「雷撃機！　左百三十度」

いつしのびよったのか、十数機のTBFが左斜め後方から低空でせまりつつある。そしてつぎつぎと魚雷を投下した。

「雷跡！　雷跡！」

と、だれかがさけぶ、動けない「熊野」になすすべはない。落下したとき「熊野」に向いている魚雷はすべて当たるのだ。左舷中部の機銃が雷跡の先端をねらって射撃をはじめた。

ついに最初の一本が命中した。ズシーンと腹にこたえる。つづいてズシーン……またズシーン。

「熊野」はぐっと左にかたむいた。そのまま傾斜は大きくなっていく。立ってはいられない。対空射撃の音が消え入るように細まり……完全に沈黙した。「熊野」の最期はちかい。爆弾の水柱がなお眼前に上がる。

爆風で雨衣の両ポケットとめがねを飛ばされた高橋庶務主任が、窓枠につかまり目をしばたたきながら、鳥越主計長にいう。

「総員名簿が出せませんが……」

「しかたがない」

と主計長。

「艦長、総員退去を令されては」

と河辺水雷長が進言した。傾斜は増す。左手に海面がせり上がってくる。まもなく沈む……。総員退去が令された。艦橋にいた者は、つぎつぎに右の側壁によじ登った。重傷者を助ける余裕もない。

私は艦橋右下部の側壁に立った。本来は水面に垂直なところなのだが……。

左にふねが倒れる場合は、右舷から脱れる方が安全である。しかし、幾段か前檣楼の側面を伝わり、すでに垂直にちかい上甲板をはい上がって右舷の船腹に出るようなひまはない。

なんの煙かうすい煙を通して、上甲板から船腹に上がろうとしている数十人の姿がぼんやりと見えた。

私はいまのところから水に入ることに決め、まず鉄かぶとをすてた。つづいて双眼鏡、防弾チョッキ、雨衣を脱ぎすてた。雨衣が藤島航海士からの借り物だったことをふっと思い出した。

高さ十六、七メートルあった艦橋の左も、すでに水につかろうとしている。下には重油におおわれた海が待っている。こんどは腕時計がないのに気づいた——爆風でバンドが切れたのか。

下に人がいないのをたしかめ、足から飛び込んだ。水に入ったからには、はやくふねから離れなければならない。沈没後のうずや爆発が危ない。敵機の攻撃はいつかやんでいた。どの方向に泳ぐべきか。

私は海図を思い浮かべてから、南方の陸岸に向かって泳ぎはじめた。艦橋からは近くに見えていた陸岸が、こうして水面から首だけ出して見ると、どこもずいぶん遠く見える。泳ぎにくいので靴も脱ぎすてた。

一番砲塔の横をすぎるころ、第一分隊長小林好恵大尉と、加茂川広行水雷士の真っ黒な顔に出合って声をかわす。

しばらくしてからふり返ると、「熊野」は艦尾ちかくの船底だけを見せ、推進器の付近にいくつかの人影がうごめいていた。海上には乗員の頭が点々と浮かんでいる。

タタタタ……と低い銃声が聞こえてきた。

見上げると三機……まだいたのだ。F6F一機とTBF二機。無抵抗で海に浮かぶ「熊野」の乗員に、超低速で機銃を撃ちまくる。爆音と銃撃音がぶきみにひびき、曳痕弾が水しぶきを上げる。眼前をTBFが通過した。半身を乗り出して旋回機銃をふり回している。頭上を赤い線が飛んでいった。

まもなく三機は去ったが、ふり返ると、「熊野」の姿はなかった（午後三時十五分、全没）。真水搭載作業のために陸岸に係留してあった内火艇と、ランチが救助作業をはじめている。私とおなじ方向に泳いで行くのは四、五人だけだ。水はすっかりきれいになって、顔をつけると手足の動きがよく見えた。水温は内地の夏の海とかわらず肌に心地よい。元気のいい乗員が、

「航海士、大丈夫ですかあ」

と、声をかけながら追いこして行く。私はゆっくり泳いだ。海岸の緑の樹々は確実に近づきつつある。

私は耳栓をしていることを思い出したので、立泳ぎをして綿をとり出しすてた。と、轟々と編隊の爆音が聞こえてきた。見上げると三、四十機、南西方向の上空にあって東進している。

——銃撃だけでもやられたらことだぞ。私はまた平泳ぎをはじめながら、じっとその針路を注視した。編隊は直進して東の山かげに入った。この日の最後の緊張であった。あとはフカだけだが、どうやら雷爆撃で逃げてしまったらしい。

ときおり美しいいろどりの魚が浮いているのに出くわす。大きいのを一匹つかんでみると、力なく動く。こいつも今日の戦闘の犠牲者かと思うと、なんとなく親しみと哀れみを感じて放してやった。

足首がひりひりする——そうだ、爆風でやけどしたんだった。

海底が見えてきた。深い海の底が見えるとうす気味わるく感ずるものだが、さすがにこのときはうれしかった。海底がしだいにせり上がってくる。もうよかろうと立ってみると、腰までの深さだった。足を切らないよう注意しながら、リーフを歩いて水から上がった（泳いだ距離は二千六百メートルほどであった）。

妙な色になった防暑服から水がしたたり落ちる。そこから七、八百メートルの距離にある桟橋では、内火艇とランチが乗員を上げ、それからまた救助に向かっている。歩いて桟橋までくると、乗員がむらがっていた。だれの服もひどく汚れている。

数日前に陸揚げしてあったビスケットと冷たい水が出してあり、若い比島人の男がサービスしている。私も水を飲み、ビスケットを食べた。うまかった。

乗員たちは上官や同僚や部下の顔を見つけては、うれしそうにあいさつを交わしている。ともに戦い、ともにふねを失い、ともに生き残った者の間にはなんともいえない、深い親近感があった。

砲術士青柳修少尉が桟橋を歩いてやってきた。だいぶまいった顔をしている。聞けば後部主砲指揮所から飛び込んだが、間もなく渦に引き込まれたうえ、幾人かにしがみつかれて、ようやく浮き上がったものの、かなり重油を飲んだという。

「おれの顔の色は……」

とたずねると、

「一番白いですよ」

といってくれた。

どうやら泳いでいる間に油がすっかりとれたらしい。爆風を受けたとき手にふれた血もだれかのものだったらしく、これも洗われていた。ほとんどの者が内火艇とランチにひろわれており、岸まで泳いだのは私たち数人だったようである。

最後のランチが桟橋に着いた。

「航海士、艦長の消息をきいてみてくれ」

平山高射長にいわれて、私はみんなにたずねてみた。返事がない。ひとり手をあげたが、艦長ではなく機関長のことだった。

沈没の直前まで人見艦長は元気で「熊野」を指揮していたのだ。みずからふねと運命をともにされたのか——全乗員の尊敬の的であった人見艦長にたいする哀悼と、惜別の念が私たちの胸にわき上がってきた。

ただちに人員調査が行なわれた。重傷者はちかくの建物に収容されたので、ここにならんでいるのは元気な者ばかりである。分隊ごとに整列したので、その被害のていどがはっきりわかる。

一番ひどくやられたのは通信科だった。きのうまでの累次の戦闘を通じて戦死者なし、負傷者一名というめずらしく運のいい分隊だったが、いまはわずかに七、八名がさびしそうな顔をしてならんでいる。九割が戦死したのだ。

私の分隊である航海科分隊も若干の重傷者は出していたものの、戦死は一名もなくよろこんでいたところ、いちどで激減（六十一名のうち三十三名戦死、八名重傷）してしまった——あの一発にやられたのだ。

生存者は重軽傷者をふくめ約六百名で、半数強である。

敵機来襲時の注意事項が指示されたあと、一応、解散になった。しだいに准士官以上の消息もはっきりしてきた。人見艦長、副長真田雄二大佐ともに戦死。士官室は鳥越主計長と電機分隊長村松昭男中尉が戦死。機関長稲田領中佐は重傷、山県航海長は爆風で胸を痛めて苦しそうである。

若い中、少尉のガンルームは小沢甲板士官（応急班指揮官）、井ノ山機関長付、渡辺通信士、機銃群指揮官岡野一郎少尉、電気部付中村治哉少尉、飛行部付平井有幸少尉の六名が戦死した。ブルネイ出撃時の二十名が十名戦死、三名重傷で、残るは七名。私のやけどまで軽傷の部に入れれば、六名が軽傷で、無傷は藤島航海士だけだった。

藤島少尉は艦橋で爆風の被害からまぬがれた数名の一人で、二ヵ月ほど前シンガポールで乗艦したが、内地からの途次、乗船が潜水艦に雷撃されて東シナ海で二十時間も泳ぎ、そのため服装がはずかしくて夜中に「熊野」に着任した経歴の持ち主である。

「あの時にくらべればらくでした」

と笑いながらいったが、それはそうだろう、今度は一時間とは泳がなかったのだから。

第二士官次室と准士官室の戦死者は電信長福田実、掌内務長江本光国、缶長奥野亀蔵の各中尉、機銃群指揮官小松昌幸、同友淵勇、補機長野稲清槌、操舵長東本義誉、電探士小西栄の各少尉、機械長木村政男、電機長東間一夫、暗号部付塩田元政、缶長藤島靖、主砲砲員長野口仁志、主砲幹部付山口国男、電気部分掌指揮官大橋勝明、軍医長付中岡信夫の各兵曹長であり、計十六名をかぞえた。

乗員千百三十四名のうち、十月二十四日から沈没時までの戦死者は四百九十五名であった。

8　海底地獄からの帰還

あたりを歩く。乗員たちは斜面や建物のへりに腰を下ろして語り合ったり、ぬれた衣服をかわかしたりしている。家族の写真や紙幣をたんねんにならべて干している者もいる。私の顔を見ると健在をよろこんでくれ、私も、乗員たちの健在を祝した。

爆音が聞こえてきた。B24一機が頭上を飛び去っていった。陸に上がったら敵機にたいする気持がすっかりらくになったように感ずる。どうやら乗員は空襲になっても、すばやくは避退しそうにない。

日没が近づいてきた。下士官兵と士官の一部は近くの小学校に、ほかの士官はすぐそばにある古河鉱山の社員宿舎に泊めてもらうことになった。重傷を負っている東見張長に肩を貸して負傷者収容所に行く。

公会堂か集会所らしく、このあたりでは立派な建物だが、中はガランとしており、床に敷いたござの上に三十数名の重傷者が、海から上がったままの服装で横たわっていた。軍医長の水野種一少佐と、柔和な顔つきの五十すぎに見える比島人の医師が、大わらわで手当をしている。糧食とともに医療品も若干陸揚げしてあったので助かるという話だった。

十日前の十六日にサンタクルーズで着任したばかりの稲田機関長は、右大腿部を機銃弾でくだかれ、いずれ切断しなければならないと聞いた。泳いでいる間に浴びせられた機銃掃射でも、かなりの乗員がやられたらしい。

東見張長は足と顔に火傷を負っており、目は見えないがすこぶる元気である。天蓋の後方で火炎を浴びたのだった。三宅見張士は爆風でひどく胸を痛めている。

艦橋の信号員、見張員で同じように胸痛に苦しんでいる者が多い。だれもが歯を食いしばって、そっと息をしている。絶対安静のほかに手はないという。その一人、見張員の林知頼兵曹が私をみとめて、

「航海士にふまれたおかげで助かりました」

と、苦しいなかに微笑を浮かべていう。気絶からわれにかえったらしい。私はなんとも返事のしようがなく、ただ微笑を返した。顔にやけどをした者も多い。目と口の部分をのぞい

て包帯をまいている。

やはり、見張員の岩崎勝人水兵長は弾片で右足のかかとを割られたうえに、水中爆発（泳いでいる乗員を攻撃した米機は爆弾も落としていた）の衝撃で内臓を痛めていたが、苦痛の声は一言ももらさない。

私はだれからか土地の煙草を一本もらって、火をつけ口にさした。

悲惨なのは、電探伝令の某上水であった。左下腹部から薄桃色に光る腸の一部が露出しており、分隊士の熊川中尉と三、四人の同僚が肩や足を押さえているが、もだえ、そしてうめきつづけている。

重傷者の数は比較的少ない。ともかく海にとび込んだ乗員である。そのあとで負傷した者もいるが——。

沈没がはやかったので、負傷し、あるいは艦内の下部にいて脱出できなかった乗員が多数いる。しかし、機関科員の大部は配置がなく、随意の場所にいたから生き残った者も多い。航行中の戦闘で、機械室や缶室の配置についていたならば、戦死者の数は激増したであろう。

外に出ると、先刻ボートで収容された航海幹部付原田信明兵曹の遺体が安置されていた。黙礼してから熊川中尉といっしょに夕闇がせまる丘を上がって宿舎に向かった。

二人の念頭には小沢中尉のことがあった。三人はともに兵学校を卒業し、ちょうど一年前にともに「熊野」に乗り組んだのだった。横浜のお寺の息子でいい男だった。つい数日前、兵科事務室にいた私のところにやってきて、

「おい、艦橋がやられないのはふしぎだな、今度はやられるぞ」
と、やさしい細い目をさらにほそめていった。冗談とはわかっていたが、縁起でもないことをいうものだと思いながら、
「だいたい、やっこさんたちは艦橋をねらってくるんだがね、狙うところには当たらんものだ。だから艦橋には当たらんのさ」
といい返したのだが、彼の言葉は的中し、そして自分はべつの爆弾か魚雷で死んでしまったのである。

宿舎では十数人の社員が、二十人ほどの士官のために親身になって世話をやいてくれた。交代で小さな風呂に入り、油と塩水を流す。服は生がわきであったが、さっぱりした気分になった。

従兵が仕度してくれた食事を終え、北側の窓辺から外をながめると、サンタクルーズの海はなにごともなかったかのように静まりかえっていた。

寝る段になって部屋を探したがわからなくなり、廊下のすみで熊川中尉と二人で毛布をかぶって横になった。静かな涼しい夜であった。

翌二十六日の朝、食堂に山県航海長以下の士官が集まり、今後のことについて打ち合わせが行なわれた。いずれマニラにうつることになるだろうが、少なくとも数日は自給自足するほか、いろいろと仕事がある。重傷者の処置、遺体の収容、戦死者、生存者の名簿の作成、その他の作業の分担がきめられた。

私の仕事は戦闘詳報の起案である。やっと書き上げて刷ろうという日に、何もかもフイになってしまった。一ヵ月前のことから思い出して書くほかはない。さしあたり最後の戦闘をまとめることにして、各部の士官にきいてまわった。

来襲敵機四十機、爆弾四発、魚雷五本をどこどこに受けて沈んだかは、昨夜、発電ずみである。魚雷はいずれも左舷で似たような間隔に当たっており、これが沈没につながった。片舷に五本も受けて沈まないふねは、「大和」くらいしかないだろう。

通信科員の大部は兵科事務室と通信室にいたが、一人として助かっていない。

水野軍医長など脱出した乗員の話によると、あいつぐ爆弾の命中で艦内はたちまち暗黒と化し、乗員は傾斜がまして沈没まぢかと見るや、上甲板に出ようとしたが、戦闘中の各区画は厳重に閉鎖されているため、暗さもあって手間どったうえ沈没が急だったことから、脱出できなかった者が少なくなかったらしい。真っ暗のなかで手をつなぎ合い、君が代を歌って覚悟をきめた乗員で、奇蹟的に脱け出た者もあった。

もっともおどろかされたのは、工作分隊長、木原通信大尉の話であった。

木原大尉は十名ほどの部下と、右舷の下方の一室にあったが、艦はあっというまに沈んでしまった。「熊野」は左に百四十度か百五十度くらい回転した形で着底したらしい。水深二十六メートルだったから、水圧も、その区画を押しつぶすようなことはなかった。

空気の入った箱に入れられて沈められたわけで、丸い舷窓の厚いガラスからは海水の層を通った陽光がかすかにさし込でいる。かの佐久間艇長を思わせる光景である。木原大尉はすっかり観念してすわっていた。

ところが、部下のなかに舷窓を開けよう、といい出した者がいた。ガスのような妙な室内の空気にあてられ、ぼんやりしていた木原大尉も立ち上がり、みんなでやってみることになった。生きながら埋葬された者が墓石を持ち上げようとする図である。固く締めてあった止め金をゆるめ、舷窓を開けた。ちょっと考えると海水が奔入しそうだが、そうではなく、室内に圧縮されていた空気が逃げ場をえて海面にかけ上り、乗員を押し出したのである。

木原大尉も夢中で海中をかき上がり、もう息がつづかないというときに頭が水面に出たという。私たちをなやました機銃掃射も終わったあとで、すぐボートにひろわれて上陸したが、まさに地獄の三丁目から帰還した、といってよさそうである。

笑えぬ話もあった。

上甲板配置のある水兵は、ぜんぜん泳ぎができないところから、そっと友達の工作員にたのんで浮きを作ってもらい、それを自分の戦闘配置の横において、心おきなく任務を遂行していた。ところが、最後の時がきて、それを手に取ろうとしたがない。だれかが失敬したのであろう。沈み行く船体の上で、彼はじだんだふんでくやしがっていたという。

たまたま上陸していた西大条軍医大尉に、島から見た「熊野」の最後のようすを聞くことができた（長運丸爆沈後、負傷者の手当のため派遣されていたのであるが、在艦していたら戦闘配置からみてとうてい助からなかったという）。

「ものすごい光景だった、沈むときは声を上げて泣いたよ、全員死んだと思った、でも助かってよかった、本当によかった」

と西大条大尉は私にいった。

足と腹を負傷した岩崎水兵長と、腸が出て苦しんでいた某上水は前夜のうちに死んだ。航海科員の手で岩崎水兵長と、きのう遺体で収容された原田兵曹を埋葬することになった。二人の遺体は重傷者収容所のかたわらに安置されていた。

私は掌航海長の青山総一中尉といっしょに警備隊に行き、白木の墓標を二本つくってもらって、一本ずつ碑名を書いた。

遺体の場所にもどり、数名の分隊員と何か遺族に送れるようなものを探した。二人とも最近、散髪したと見え頭髪はみじかく、重油も多少かたまっていて切りにくかったが、少し切った。原田兵曹はお守り札があった。いい形見になろう。それから二人の配置、氏名、血液型を記入してある布札をはずした。かたくなりかかっている足をのばし、手を組ませる。墓を掘りに行った分隊員が、用意ができたむねを知らせにきて、担架が上げられた。三、四百メートルさきにある警備隊の前をもう少し進むと、芝生の美しい広々とした牧場が右手にあり、その一すみにならべて二つの墓が掘ってあった。

岩崎水兵長の従兄の山下満男兵曹もきていた。

静かに遺体を入れて芭蕉の葉をのせ、かわるがわるシャベルで土をかける。盛り上がった土をきれいな形にしてから芝をおいた。墓標を立て、ビスケット、果物、椰子の実、それから水を入れた椰子の殻を供え、手を合わす。

「お前たちは幸せだったよ、こうしてみんなにりっぱなお墓を立ててもらい、土にうめられたんだから……」

と、見張員長の天野正雄兵曹がつぶやく。同感だった。――われわれもいつ死ぬことか、死んでも土に埋められてもらう見込みはなさそうだ。

その日、重傷者はイバの病院にトラックで送られた。山県航海長も送られたので、砲術長白石信秋中佐（航海長とともに十二月一日に進級）が指揮をとることになった。

十一月二十七、二十八日の両日もサンタクルーズですごした。ときどき遺体が海岸に漂着し、そのつど戦友の手で葬られた。発令所長吉田邦雄中尉が収容班を指揮して、ボートで島の海岸の捜索に当たったが、藤島少尉も元気で参加していた。

私は乗員の多くが寝泊まりしている小学校に行ってみた。元気でわらじを作ったり、椰子の実で食器を作ったりしている。一人が私にわらじを進呈してくれた。暑いやら痛いやらで閉口していたおり、とてもうれしかった。

戦死し、あるいは傷ついた乗員にはすまない話だが、時がたつにつれてなくした物が惜しくなってくる。だれもそうらしかった。

私はストップウォッチがついたスイス製の時計と、銀のシガレットケースが惜しかった。シガレットケースは開戦のころ、タイ国の駐在武官だった父がピブン首相から贈られ、それを私がもらったものだ。象が刻んであった。

——あれは兵科事務室のカバンの中だった。泳いで上陸したころはもちろん生命だけで満足していたのが、のどもとすぎれば何とやらで、われながら現金なものだと思う。

それでも身につけていたワニ皮のベルト、パイロットの万年筆、ナイフが一本残り、星子内務長に航海士は物持ちだねといわれてしまった。万年筆とナイフはずいぶんと役に立った(これらのいわば記念の品も、翌二十年七月につぎの乗艦が沈んださい、すべて失い、いまはただ右足首の上にかすかな火傷の痕跡があるのみ)。

二十八日にマニラから電報がきた。翌二十九日、掃海艇が迎えにくるという。なんだかものたりない。みんなひさしぶりに陸上で生活したので、サンタクルーズの空気がすっかり気に入ってしまったのである。

午後、数人の士官、下士官といっしょに、付近の民家をまわった。一つには流れついた機密書類をひろってはいないか、二つには私たちの宿舎の古河鉱山の社員が送別会を開いてくれるというので、鶏でも手に入らないか、と思ったからである。

取り引き用のビスケットと米を持ち、案内役兼通訳として陸軍の下士官に同行してもらった。海岸ちかくの林のなかに、点々としてそまつな床の高い家がある。何かひろっていたら出すよう伝えてもらう。

このあたりはかなり親日的だということだった。どの家にも子供が多いのにおどろく。ビスケットを少しずつわけてやった。鶏はなかなか手に入らない。大の日本びいきと聞く副村長を訪ねて話してみた。副村長いわく、牛なら一頭やろう……。ありがたい話だが料理する時間がない。

空家に、やせた豚がつながれている。

「空襲がこわくて山に逃げ込んだ連中ですよ、これじゃあ豚は餓死します」

陸軍の下士官はそういって、豚を放してやった。夕方までに鶏を何羽か持ってきてやるという男がいた。

書類も少し出てきた。煙草の巻紙に使うつもりか乾かしたり、しまったりしてある。主砲分隊員の略歴と考課表を入れた箱が見つかり、一分隊士である加茂川少尉は喜色満面、大いにうらやましがられた。これがない分隊士は残務整理に苦労するのである。機密書類はその場で焼いた。

草むらのなかの細い道を歩いて宿舎に帰ると、下の原っぱで豚を丸焼きにしていた。今夜のご馳走らしい。鶏を約束した男はどうだろうかと話していたら、ちゃんと下げてきて、一羽につき一個のわりでマッチをもらい、よろこんで帰って行った。マッチは貴重品と見える。

送別の夕食会では社員代表の送別の辞につづいて、白石砲術長が謝辞をのべ、終わって椰子酒の杯をあげた。わずか四日間の滞在であったけれども、惜別の情は深かった。

その夜、陸軍の部隊から使いの者がきた。付近にゲリラがいて、夜間に潜水艦と信号を交わしている疑いがある、いまも沖の島に怪しい光をみとめたので少数の兵力で捜索したい、ついては輸送をお願いするとのことであった。

そこで私と加茂川少尉が一隻ずつ、ボートを指揮して出かけることになった。社員の一人がピストルと仕込み杖を貸してくれた。

栈橋で武装した兵隊を乗せたカッターを曳航して沖に出る。この下に人見艦長以下四百の乗員が眠っていると思うと、名状しがたい厳粛な気持になった。海は今夜も黒い鏡のように静まりかえっている。

上陸して捜索したがうるところなく、帰ってサンタクルーズ最後の寝についた。

9 亡き戦友よ「熊野」よ

十一月二十九日、マニラに向かう日である。

正午すぎに、掃海艇が入港して桟橋に横づけした。真新しい緑色の作業服、白のズック靴、戦闘帽、それに石鹼やタオルが支給された。

撤収といっても、なにほどのことはない。ランチや内火艇は警備隊に移管され、遺体収容班はあと数日のこることになった。遺体はもう顔もすっかり変わって、名前の確認さえ困難だという。

島の海岸にならべられた遺体のそばに大とかげがいた話や、海上で漂流していた遺体を上げようとしたらフカに片足を持って行かれた話を、藤島少尉がしてくれた。彼ともひとまず別れる。

日没すこし前、見ちがえるようにさっぱりしたいでたちで、乗員は掃海艇に乗り込んだ。日が沈んでまもなく、「熊野」の乗員をぎっしりつめ込んだ掃海艇は横づけをはなし、「熊野」の沈没地点を静かに一周した。

一同で黙禱をささげ、去りがたい気持で亡き戦友に別れを告げる。

湾外に出て針路を南に転じ、マニラに向かった。仕事のない、たんなる便乗者であるうえに、ついこの間、潜水艦に幾度も攻撃されたのでどうもいい気分はしない。このころ駆逐艦、海防艦といった対潜攻撃を専門とするふねまでさかんに雷撃されているから、小さいといっても安心はできない。

このへんがよかろうと高橋少尉などと艦橋のすぐ下の機銃台に腰を下ろしたが、いささか涼しすぎた。おまけにうそかまことか知らないが、艦橋でやたらに潜水艦探知の報告をしているのが耳に入る。艇長は慣れっこになっているのか、舵もとらない。

幾度か水中探知機伝令の声に眠りをさまたげられているうちに夜が明けた。水道を通過してマニラ湾に入り、今度は空襲を気にしている間にぶじマニラ着、上陸した。さあ百機でもこい、といいたい気分である。

ひと月ちかく見ないうちに沈没艦船もふえ、桟橋付近にはあちこちに弾痕が見える。海岸ちかくで「木曾」「沖波」「初春」などが、マストや煙突を水面から出している。

桟橋からさして遠くないビルに入った。以前はここに根拠地隊司令部があったそうで、海に面している。二階と三階の空室に割り当てがなされ、士官たちもだだっ広いなんの家具調度品もない部屋を仮住居とした。白石砲術長は水交社に泊まり、南西方面艦隊司令部との連絡に当たることになった。

さて、これからどうなるか。

ここでは沈没艦船の生存者はめずらしくないし、米軍のルソン進攻も間近、という緊迫した情勢下であるから、手厚い待遇など望めぬことはわかっている。司令部の方針は、便がありしだい内地に帰す、必要な士官は席があれば航空機に乗せることになっていると聞いたが、じつはマニラ市の防衛のため、陸戦隊にとりたいハラがあるらしい。

下士官兵のなかで無章、つまり水雷とか機械とかのマーク（それぞれの学校の練習生課程を終えるとつく）を持っていない者はまわされるという話がある。

若い士官も陸戦隊の小隊長、中隊長にやられるかも知れないといううわさだった。カッパの竹槍部隊はごめんこうむりたいと思った。

私は報告の作成に必要なので、水交社裏の通信隊暗号室にかよって電報に目をとおしはじめた。宿舎から徒歩で約十五分、海岸の椰子並木とラザールの銅像がある広場の前をかよって行く。昼食と夕食は水交社でとった。マニラに着くまでは無一文だったが、食事代くらいはもらえた。

暗号室では「熊野」の発信、着信電報と関係電報を選び出すのであるが、調べる量は膨大なものだった。一日分だけでかなりの厚さがある。

おかげで、レイテの戦況も概要を知ることができた。いぜんとしてわが軍は押されており、補給はほとんど絶望的である。米軍はタクロバンだけでなく、ブラウエン、ドラグなどいくつかの飛行場を活動させている。

二日目にようやく四十何日分の電報綴りから抜粋を終わった私は、午後、連絡用の自動車で南西方面艦隊司令部に向かった。

市街を抜けてしばらく走る。車から降りておどろいた。サンタクルーズで見たようなそまつな民家が二、三十軒ならんでいて、それが司令部だった。最近、街から移転したそうだが、これなら米機もねらいそうにない。

私は通信参謀に話して、軍機親展電報綴りを見せてもらった。

「熊野」乗員のマニラ着と同じ十一月三十日に、空母「隼鷹」が入港した。陸兵と軍需品をおろしてから内地に帰るので、白石砲術長は「熊野」の乗員を便乗させてもらうよう司令部と交渉したが実現せず、収容力はありながら同艦は翌十二月一日に出港してしまった。

陸戦隊にのこすハラだったのか、もっと防備のための作業に使いたかったのかわからない。明日はどこに百名、どこどこに二百名と作業員を割り当ててくるのだった。

水交社でクラスメイトの土井輝章中尉に会った。軽巡「木曾」に乗り組んでいる。十一月十三日の空襲で沈座したが、大部分の機銃は水面上に出ているので、毎日、交代で出かけて対空警戒に当たり、米機が来襲したら射撃しなければならないという。沈むことはないのだから、これでは機銃か乗員が直撃されないかぎり、戦闘をつづけることになる。

街には緊張した空気がただよっていた。海岸通りの並木の下には各種の兵器、軍需品が偽装しておかれている。マニラの夕焼けは世界一といわれるだけあって、さすがに美しく、ながめているとしばし戦争をわすれた。一度だけガンルーム士官三人で街を歩き、メトロポリタン劇場で古いロッパ（古川緑波）の映画を観たりした。物価はおどろくほど高く、靴一足が千円すると聞いた。シンガポールも高いと思ったが、それどころではない。アイスクリームの屋台をひく少年にたずねると、一杯五円である。

「熊野」の酒保ではビールがキリンでもサクラでも三十何銭、煙草が光、桜といったところで十銭か十何銭だったのだから、あきれてしまった。

主計科の士官が奔走してくれたおかげで、靴や靴下、煙草などが渡されたが、これらも値段は高く、前渡しの賞与から支払うといくばくも残らなかった。

サンタクルーズから遺体収容班がトラックで引き揚げてきた。この道路もときどきゲリラが出没するという。

入れ代わって、〝地獄の三丁目〟から生還した木原大尉が、加茂川少尉、数名の作業員、そしてマニラから派遣された潜水夫をつれてサンタクルーズに向かった。さきにのべたように、「熊野」沈没地点の水深は二十六メートルと比較的に浅いので、暗号書その他の機密書類を引き揚げるためである。

十二月二日の夜、明早朝発の航空便があるから士官約十名は準備するよう突然、知らせがきた。私はすぐ水交社におもむいた。

玄関にちかい一室で二十歳くらいの女性が、航空便を担当する参謀の出先機関のような形で仕事をしている。大柄な美人でなかなかいばっていた。航空機は大日本航空のDC－3であるという。話しているうちに電話が入り、これまた急に臨時便がでることになった。ガラ空きの一式陸攻らしい。

「あーあ、だれか内地に帰る人はいないかしら……」

とその女性がいう。どうやら近ごろにないもったいない話らしい。

便はあったとしても、若干の士官は下士官兵とともに残らなければならない。二階に宿泊中の白石砲術長は先任将校として、帰国組と残留組をきめた。私は帰国組であった。三日未明起床、残留する士官に後事をたくし、全員のすみやかな帰国を祈りながら宿舎を出た。外はまだ暗い。水交社から自動車でニコルスフィールドに向かう途中で、空が白みかけてきた。

十一月二十五日から一週間を経過している。その前の空襲は、十三、十四の両日と十九日であった。今日あたりやってくる公算は大きい。ルソン上空で米機に発見されたらどうなるか。なんの武器も持たない旅客機である。海面すれすれをはって逃がれようとするだろうが、まずまちがいなく撃墜されそうである。最近、「武蔵」の士官たちを乗せたダグラス機が落とされたといううわさも耳にしていた。

機内に入る。星子内務長、水野軍医長、河辺水雷長、平山高射長、機械分隊長福田正男少佐、小林主砲分隊長、西大条軍医大尉、以上が士官室士官。第二士官次室士官数名とガンル

ームから私、それからよその士官が二、三名。ガンルームの私以外の帰国者は、一式陸攻に乗ることになっている。

よその士官の一人は、「初春」で泳いだクラスメイトの新井田康平中尉だった。

二基のエンジンが回転をはじめ、やがて機は暁の空に舞い上がった。ルソン西岸の上空、高度約四千メートルを北上する。右下にサンタクルーズ、ついでリンガエン湾が見える。ときどき、東ないし南東の方角が気になって目を向ける。あの積乱雲の中からグラマンの編隊が出てくるのではないか――。

弁当がくばられた。すこぶるうまかった。風は入ってこないがうすら寒い。まもなくルソンの北岸は後になり、台湾が見えてきた。高雄上空で一度旋回してから着陸した。マニラから二時間半くらいであったろうか。

「熊野」はこれだけの距離を一週間かけて航海する予定で、「青葉」や「マタ三一船団」とともにマニラを出港したのだった。あれからほぼひと月がたつ。

機外はすこし寒い。三十分後に離陸。台湾山脈の上空は気流が悪く、さんざんふりまわされた。新竹で士官一人をおろし、すぐに離陸してまもなく台北に到着、ここで一泊となる。降りてみて寒さにふるえ上がってしまった。街の人はだれもが冬着なのに、私たちはうすいシャツに緑色の略装だった。

士官室士官は湘南閣、士官次室士官は海軍クラブと、別れて宿泊することになった。私は新井田中尉と海軍クラブの八畳の間をもらい、寒いのでさっそく寝床にもぐり込む。

昼食、夕食ともになかなかのご馳走だった。なにしろマニラの食事は悪かったから……。ひさしぶりに畳の上で床の間の生花をながめたり、ドテラを着たり、故国の情緒を楽しんだ。

夕食後、羊かんやバナナをつめ込んで動けないくらいになっていると、青山中尉がメリヤスのシャツを持ってきてくれた。赤い顔をしている。

「おや、ずいぶんよい色をしていますね」

というと、にこにこしながら、

「航海士たちの分までありがたく頂戴しましたよ」

「へえ、あったんですか、それは残念」

「ええと、このシャツは十八円六十五銭です。それから、砂糖を土産に買うでしょう。十斤ばかりね。一斤が三十七銭だそうです」

翌朝、メリヤスシャツを着込み、弁当を風呂敷包みに入れ、十斤の砂糖をぶらさげて飛行場に行く。話を聞くと、私たち海軍クラブの方が、湘南閣よりは待遇がよかったらしい。

やがて、DC-3は晴れ上がった空に向かって台北をあとにし、快適な飛行をつづけた。空間の一点で静止しているかのようである。

正午、沖縄本島の小禄飛行場に着いた。昼食をとって休息中に、内地から比島に向かう途中の零戦が二十機ばかり着陸したが、二機が目の前で脚を折り、翼端を接地してしまった。これでは前線基地に着くまでに、半数あるいはそれ以下にへってしまうのも道理だと思った。

小禄発、福岡に向かう。眼下の沖縄列島はパノラマのように美しい。九州にさしかかるとしだいに天候が悪化し、ときおり雲に入って窓の外は白一色になる。動揺もはげしい。雲間から出ると、阿蘇だ、天草だ、とにぎやかになる。

ほどなく雁ノ巣飛行場着、五ヵ月ぶりに内地の土をふんだ。十二月四日の午後四時ごろであったろうか。

かんたんな通関手続きを終えて、自動車で街に出た。星子内務長と平山高射長は明朝、空路東京に向かうという。ご真影を海軍省に納めるためである。

呉に行くあとの士官は、夕食後、博多駅から上り列車に乗った。

十二月というのに夏服の私たちは乗客の視線を浴びている。列車は一路、東へと走りつづけた。

沈没時の生存者は六百三十九名であったが、その大部分は陸戦隊として残され、四百九十四名が比島の山野で散華した。戦死者の累計は九百八十九名、乗員のほぼ九割に達した。

（昭和五十五年「丸」二月号収載。筆者は重巡「熊野」航海士）

重巡「最上」出撃せよ

ミッドウェーの惨劇を艦長が吐露する痛恨の手記——曾爾　章

1　ワレ新艦長着任セリ

昭和十六年九月十四日、おりから呉軍港に在泊中であった重巡「最上」に艦長として着任した日は、私にとっては、生涯わすれられない日であった。

桟橋には私を「最上」にむかえるための内火艇が用意されており、そこには新しい赤のフチどりをした艦長用の敷物がひときわ美しく敷かれてあった。

やがて、しつらえられた席にどっかと腰を下ろした私の前方、艦首には艦長公式乗艇をしめすペンデントがひらひらとはためいていて、艇を指揮する若い少尉は、こんどの新艦長はどんな人だろうかとひそかに観察しているようにみえる。

まもなく私の乗艇は「最上」右舷梯にピタリと横づけされた。そして私はいささか厳粛な面もちで副長（福岡徳次郎中佐）以下、乗員総員が威儀を正して出迎えるなかを一歩一歩、舷梯をしずかにのぼってゆく。

と、前任艦長の有賀武夫大佐がニコニコと出迎えに出てこられる。私の前任艦である五千五百トン級の軽巡「長良」とちがって、一万トンの重巡はいかにもドッシリしている感じで、たのもしさがいっぱいであった。

こうして、私は衛兵礼式とサイドパイプ（儀礼の一種で兵曹のふく号笛、ピョーといった厳粛なもので英海軍の伝統をうけついでいるが、ほとんど世界各国海軍でほぼ共通のもののようであった）、総員の敬礼のうちに、第一歩を「最上」上甲板にしるしたのであった。ときに午前十一時であった。

私は艦長公室で前任者の有賀大佐から必要な申しつぎを受け、昼食をともにしたあと、同大佐は十二時すぎ、総員の見送りをうけつつ、つぎの任地に赴任するため退艦していった。

そのあと私は、ただちに総員集合を命じ、着任をつげるとどうじに、時局重大なるおりから、さらに任務に専念するようにと訓示した。このとき「最上」が在港各艦に布告するためにかかげた旗旒信号は、「ワレ新艦長着任セリ」であった。

私は一休みしてから関係官衙（鎮守府、工廠、軍需品、港務部など）および各艦に、着任のあいさつをするため歴訪した。

当時の風習として、訪問先の相手方が不在などのため、直接に来意をつげることができない場合は、名刺の右すみを少し折って直接、本人が訪問してきたことをしめす風習があったが、これも英国あたりからつたわってきたものと思うが、なかなか奥ゆかしいものであった。

こうして公式儀礼行事もおわり、ひとり静かに艦長公室にすわって正面をながめると、入江為守子爵《ししやく》（侍従をつとめた人）謹書とした御製が目にはいった。

〈広き野を流れ行けども最上川　海に入るまでにごらざりけり〉

と雄渾《こん》な筆跡で書かれた、みごとな扁額をシゲシゲとみつめているうちに、私はこれからさきの重任にいつか思いをめぐらすのであった。

当時の第七戦隊司令官は栗田健男少将であり、一番艦「熊野」（旗艦・艦長田中菊松大佐）、二番艦「鈴谷」（艦長木村昌福大佐）、三番艦「三隈」（艦長崎山釈夫大佐）で、「最上」は四番艦に指定されていた。

着任後しばらくは、主として瀬戸内海方面にあって諸訓練に従事しつつ、きたるべき有事にそなえることになった。

私はこの訓練期間に、何はともあれ艦になじむことがいちばん大切なことと考えて、みずからもまたきびしく訓練に従事したのであった。

2　あゝ堂々の出陣の日

そうこうするうちにも郵便物の検閲や、ついで当分のあいだ私信を禁止する等々ただならぬ気配を感じとられる事態が起こりつつあった。

そして十一月十七日、第二艦隊旗艦「愛宕」から、『一〇〇〇指揮官参集せよ』という旗信があって、各隊司令官、司令、各艦長、先任参謀などがぞくぞくと「愛宕」に参集した。

するとら司令長官近藤信竹中将は、「かねて覚悟はおたがいにできているはずであるが……」と前おきしたあと、征戦にのぞむに当たっての心がまえについて緊張した口ぶりで訓示をのべ、

「まもなく展開命令も発令されることであろうから、そのむね心得よ」

と一同につたえたのであった。

この瞬間、私はシマッタという一念でいっぱいだった。これは私自身の対米観からくるもので、武者ぶるいどころか、少しはやまったかナァという一種の名状しがたい気分におそわれていたのである。これは決して尻込みでもなく、まけ惜しみでもない、まして自分の身惜しさの腰ぬけ的態度でもない、妙な気持におそわれていた。

やがて長官訓示が終わって、つぎに作戦一般について、また展開より開戦にいたるまでの行動にかんしての注意など、参謀長からの説明があって、それがすんだあとかんたんながら出陣祝いの祝盃があげられた。

こうして十一月二十日、わが「最上」は戦略展開地である海南島の三亜にむけ、コッソリと呉軍港を出港していった。これが内地の山々の見おさめという感傷などはつゆほどもなく、四隻編隊で威風堂々と、しかしだれの見送りもなく、静まりかえって粛々と出港して行ったのである。

その航海のとちゅう「第二開戦準備」が発令されたので、私は全艦に最後の準備作業を命じた。開戦前であったが、いつ会敵（？）ということになるかわからないのであるから、油

断もスキもない。艦隊は厳重な警戒のうちに出港いらい一週間目の十一月二十六日、ぶじ三亜港沖に到着し、指定された掃海水道を通過して、午前十一時に入港した。

みれば港内には、マレー方面の作戦を担当するわが部隊の大部分が集結していて、旗艦「鳥海」(長官小沢治三郎中将)をはじめ数十隻の大小艦艇がいた。

十二月四日午前七時、第十一駆逐隊を直衛として、いよいよ三亜を出撃した「最上」は、陸軍マレー部隊(シンガポール攻略任務の陸軍部隊乗船の商船隊)を護衛して仏印沿岸ぞいに南下した。とちゅういくつかの船影を発見したが、そのたびに船の国籍、行動などに注意をはらいつつ、時に停船を命じ、臨検を命じたこともあったが、企図の秘匿に成功して、ついにシャム湾に入った。

ここにもすでに多数の日本船が海面をうめるようにひしめいていて、ときたま南洋特有のスコールがあり、視界は不良であったが、それがかえって艦隊の隠蔽には好都合だった。

十二月五日は天候回復、満月中天にかかり、太白西方にかかるのをながめつつ全軍粛として声なく、南下をつづけた。

かくて十二月八日、われわれは洋上で開戦の報を知った。そして、すでにマレー半島方面では予定の敵前上陸に成功、コタバル方面に進出した陸軍部隊だけがやや苦戦したとの報もつたわってきた。とすれば、これでマレー半島方面のわが艦隊の任務もおわるはずである。

このような情勢の下で、われわれは十二月二十日、はじめてカムラン湾に入港した。この湾は当時、仏印(現在のベトナム)東海岸きっての良湾で、はばひろい湾口を通じて外洋に接しており、ふところ深く、水深もまた適当（十六メートル前後）で、あくまで波しずか、背後にはすぐベトナムの南北をむすぶ主要幹線道路や鉄道が通っており、内外の形勢からもまたとない重要地点で、地政学的にみても北のハイフォン、南のサイゴンに伍し、仏印の三大重要港湾ともいうべきものであった。

そこでわが海軍においても、はやくからこの方面における作戦の根拠地の一つとして活用することに着眼し、湾内の掃海はもちろん、掃海水道（出入航路）を設定するとどうじに警泊に適するよう、万事、手配していたのであった。

われわれが入港した時にはすでにマレー部隊旗艦「鳥海」をはじめ、「愛宕」「金剛」その他多数の艦艇が入泊していたが、湾が広大であるためか、アチコチに点々として散在しているかのように見えるくらいであった。

なにはともあれ、近く迎春というので、カムラン湾に特設されていた軍需支部の心づくしの迎春用品の配給を受けて、艦内にも形ばかりの松かざりもできあがり、お正月の餅も用意された。正月が近いといっても、ここは仏印の南の方でむし暑く、気温も平均二十五度、六度をこえていて扇風機のかきまわす風も、なんとなく息苦しくさえ感じられた。

それでも乗員にはひさしぶりに入浴させ、少しでもコザッパリした気持で迎春させようと副長以下幹部はあれこれと気をくばっていた。

しかし、戦場には盆も正月もない。元日も明るくなるのを待ちかまえていたかのように、わが「最上」からも哨戒機（搭載している水上偵察機）を飛ばせての哨戒がはじまる。

しかし、年末もおしせまって艦内で不幸にも病没した一乗員の遺体をそのままにして迎春もあるまいと、湾の南奥にあるキャラット入江の海辺で荼毘《だび》に付した。かくしてカムラン湾にもついに「最上」の一兵員の墓標が立ったのである。

そして元旦、東方海上に昇る太陽をおがみながら、型どおりの新年遥拝式が終わり、かんたんな祝盃をあげている間にも、ひっきりなしに敵情についての入電があった。

私は式が終えると内火艇を用意させ、まず旗艦「熊野」におもむいて、栗田司令官に新年のあいさつをのべ、ついで僚艦「鈴谷」と「三隈」を歴訪して帰艦したが、おりから「鈴谷」の木村艦長は大きな紙を机の上にのばして書き初めの用意をしており、その赤い毛布がしかれていたのが印象的であった。

「三隈」の崎山艦長は部下の一人とゆっくり囲碁をたのしんでいた。いずれも戦場くささをみじんも感じなかったくらい、のんびりとお正月をたのしんでいた。

こんなぐあいで、太平洋戦争初期からカムラン湾はわが海軍の基地として、舞台の表面におどりでたわけであるが、この時から三十八年前の日露戦争当時は、かの有名なバルチック艦隊の総勢四十数隻にのぼる大艦隊が万苦をしのびはるばる東航し、最後の補給休養をとり、しかもロジェストウェンスキー提督が、最後の決断を下した地として、因縁浅からざるものがあるのをおぼえた。

この港は北方近くにホンゲイ無煙炭の出炭地をひかえ、補給にはもっとも便利で、しかも大艦隊をいれるにたる広さをもち、また付近に防諜上有害になるような港湾都市もなく、かくれ場所としても絶好の地であり、当時のロシアの友好国であったフランスが暗黙裡にここを提供し、便宜をあたえたのであろう。

時はうつりベトナム戦争では、米軍はここに一大補給基地を建設して、不敗の態勢をつくってしまった。それほど重要な地点であったのである。

こうしてみると、ここカムラン湾こそは、歴史的に見てもそれぞれの時代に応じ、道化的舞台となり主役を演じているかのようにみえる。

3 ついに英二戦艦を逸す

このころ、マレー半島の一角コタバル、シンゴラ方面に上陸した陸軍部隊は一路南進をつづけ、はやくも主力はシンガポールにせまり、一方、フィリピン方面でもマニラにせまり、ダバオに上陸するなどはなやかな場面が展開され、香港陥落、ウエーキ島、グアム島など相ついでわが手中におちる状況であった。

わが第二艦隊の戦場であるこの方面でもボルネオ平定、ミリ作戦など一連の作戦がつぎからつぎへと敢行せられ、その激しさはつぎのような、緒戦期の損害としては痛かったが、やむをえない代償をはらわされた。

つまり、十二月十七日にはミリ沖で新鋭駆逐艦「東雲《しののめ》」が被雷沈没したのをはじめ、ついでボルネオ島クチン泊地にあった輸送船が襲撃をうけて香取丸が沈没、その他にも損害がでて、クチン攻略部隊はそうとう混乱したが、ようやくのこと揚陸に成功した。

損害はこれにとどまらず、直接支援に任じていた第二十駆逐隊の新鋭「狭霧《さぎり》」がまた敵潜の餌食となり、大火災のあと沈没のやむなきにいたったほか、特設砲艦第二雲洋丸があえなく沈没した。これらの部隊をさらに沖合にいて支援していたわれわれ重巡陣は、この報告を聞くたびに切歯扼腕してくやしがったものであった。

さて、ここで、わが「最上」の出番ともなったマレー沖海戦について記してみたいと思う。開戦の前後からバタビア沖海戦のころまで、この海域にあった敵の水上部隊は英国の極東艦隊を主力とした米豪蘭の艦隊であって、いつ海戦がおこるかわからない情勢にあった。

わが国としてもこのころから、シンガポールに対する航空戦をつよめて、さかんに海陸軍による航空攻撃をかけていた。

したがって、われわれはいつも、会敵即応の態勢で行動していた。ところが十二月九日、伊五八潜は急電を発し、『駆逐艦五隻に護衛された英戦艦プリンス・オブ・ウェールズ、レパルスの二隻がマレー東岸に出現、針路二十度、速力二十ノットで北上中』との敵情第一信がはいった。

そこでこの方面に行動するわが部隊は、即時全力待機（いつでも全力運転ができるように諸準備を完了する状態）を下命され、第七戦隊を先頭に同夜十時ごろには至近距離にたっし、得意の夜戦をもって一泡ふかそうと緊急運動にかかった。

しかし、念願むなしくかんじんの索敵機は触接を失い、われわれはこの目で、探照灯の光芒《ぼう》を遠距離ながら確認したものの視界不良にはばまれ、追撃ついにならず、後事を潜水部隊と航空部隊にたくし、断念せざるをえなかった。

この最新鋭を誇った英海軍の二大戦艦は、なにひとつ成果らしいものもおさめず十日の午後、わが鹿屋航空隊などの八十機の雷爆撃をこうむり、司令長官トーマス・フィリップス提督以下多数の将兵とともに沈没し去り、チャーチルをして顔色を失わしめたのであった。

これは日本海軍はもとより、世界的にみても初の対艦船雷撃の成果であり、この一戦こそは、わが海軍航空隊による先鞭的決戦新戦術の壮挙であった。

そして、みずからあみだし、みずから演出したこの航空決戦の方式によって、その後あべこべにみずからが潰え去るという皮肉な運命に見舞われようとは予想もしなかったのであった。

このマレー沖航空戦について、当時、鹿屋航空隊司令としてこの作戦の指揮にあたった藤吉直四郎大佐（私と同期の生粋の飛行機屋さんで初期のころは飛行船にも乗っていた）は、みずからの手記につぎのようにしるしている。

『私が鹿屋航空隊司令として在任中のこと、にわかに第二十一航空戦隊に編入せられることとなり、十六年十一月下旬に一式陸攻五十四機の大部分を台湾・台中の飛行場に移動した。そして十二月一日、命令によりその半数（二十七機）をひきいて台中からサイゴンに進出させられることとなり、海南島を経由してサイゴンのツドモー飛行場に到着して、元山・美幌航空隊などと同居していた。

十二月九日、「英艦隊シンガポールを出港、ただちに出撃せよ！」という電命を受け出動したが、この日はついに敵を発見するにいたらず、やむなく午後十時、基地にふたたび帰ってきた。この時は爆弾装備であった。

翌十日は最初から雷撃と決定せられ、未明から出撃準備を行なった。そして用意完了とともに出撃した。美幌、元山両航空隊も相ついで出撃したが、わが一式陸攻は元山隊などの九六陸攻より速力がはやかった。そんな関係からかえって九六陸攻隊がはやく接敵し、攻撃を開始したらしい。その九六陸攻隊がさきに攻撃にうつったようすを、こっこくと電報傍受で知り、気が気でなく、私は一刻もはやく敵位置を知らせたいと思い、ついに平文電報で十一時すぎにつぎの指示をあたえた。

「敵主力二隻駆逐艦をともないクアンタンの東方百カイリ、速力二十五ノット針路北、全軍突撃せよ」

飛行隊はうまくこれを受信し、午後二時から三時までの間に猛烈な防御砲火をくぐり、宮内少佐の指揮官機を先頭に第一中隊（鍋田大尉）、第二中隊（東大尉）、第三中隊（壱岐大尉）らがそれぞれ突入、雷撃を敢行し、英国極東艦隊じまんの二大戦艦と大型駆逐艦一隻を撃沈するという戦果をおさめた。わが軍の損害は三機十四人の戦死者をだした……』

いまは亡い藤吉君も地下で、これらの部下と再会して戦闘物語に花を咲かせていることだろう。

その後一月十六日には、シンガポールを脱出した敵艦隊群出現の報に、北北東二十メートルの強風がすさぶ荒天のもと、重巡でさえ動揺が十六度におよぶ難航をつづけ、「今度こそは!」とオットリ刀よろしく急追したのであったが、ふたたび会敵できず、無念の涙をのんだのである。

かくて二月下旬から、主舞台はジャワ海へとうつった。

4　赤道直下の大失策

ジャワ海はボルネオ本島の南に横たわる幅約四百キロくらいのせまい海だ。濃紺の黒潮を見なれているわれわれの目には、この海の淡緑色の浅黒いような海の色はパッとしない存在であった。

そして、台風などの特別な状態以外はまるで池のようだといった方がピンとくるくらい、いやに静かな海で、いかにも女性的な感じのある、南方特有のヒッソリとした心もなごむような海面である。

われわれがこの年の紀元節(二月十一日)を迎えたのもこの洋上であった。

私は昭和十四年いらい、これで四度目の紀元節をこの付近でむかえているが、ずいぶん縁があったものだ。二月といえば内地では寒さの盛りだが、この付近では猛暑の候で二月十一日の記録をみると、当日の艦内の温度はざっとつぎのような数字で、まったく酷熱地獄みたいであった。

缶室や甲板通路などで四十五度。

病室でも三十七度前後。

私がいつも使っていた艦橋の艦長休憩室でさえ三十五度にたっした。

しかも、行動が赤道を出たり入ったりの毎日で、まったく赤道を股にかける連合艦隊というところだった。このころ、しきりと米・オランダ連合の少なくとも五、六隻の巡洋艦からなる部隊が出没しているという気配が濃厚で、いずれそのうち会敵するであろうと警戒は厳重をきわめていた。

しかし、緊張の度がすぎ、ときには失敗を演じた。

というのは、この海は静かなること鏡のごとしとは前にのべたとおりで、海上に浮遊するヤシの実や、竹材などを敵の潜望鏡などと数回にわたって誤認し、攻撃をしかけたり、水平線上に見えかくれするヤシ樹を敵艦のマストと思って、いそぎ増速して近接するとちがっていたり、ぬかにクギみたいな場面や、夜間にひかる赤青色の強い変光星を敵機と見まちがえたり、味方飛行機をあやまって射撃したりなど、ばかばかしい錯覚も起こったりした。一つは暑さのため、多少、気分がイライラしていたせいもあったろう。

そうこうするうちに大きな不覚から、不意打ちをくった事件がもち上がった。それは二月十四日の空襲時のことであった。

この朝、クラバット湾の敵水上機基地の攻撃に向かって発艦したわが艦載機は、行きがけの駄賃とばかりに、シンケップ島南方で北上中の敵魚雷艇を発見し、これに銃爆撃をくわえて大破炎上させての帰途、本艦の所在を見失い、燃料もあと数リットルと報じてきたので、不時着の危険もありうると判断し、やむなく最後の手段として、煙突からの黒煙を高くふき出して位置を知らせた。さいわい飛行機の方ではこれを確認し、三機が相ついで帰投した。

そして、やれやれと思う間もなく機体の揚収にとりかかった。揚収のため、艦は航進を停止し、デリックを舷側に向けて揚収索に飛行機をつり下げ、いちいち艦上に収容するのでかなり手間がかかる作業であった。

この時であった。「最上」と僚艦「三隈」の中間に突如として爆弾が落下してきたかと思うと、大水柱をあげた。味方機の誤爆かと思いながら落ちついて上空を見上げていると、つづいて第二集弾が舷側ちかくに落ちたので、はじめて敵襲と気がつき、「対空戦闘!」を令し、面舵いっぱいで避弾の処置をとると、艦ははやくも第三集弾に見舞われていた。いつのまにか英・ブレンハイム型九機編隊に襲われていたのであった。

わが「最上」は煤煙をあげて「おいで、おいで」したとはつゆ知らず、ウマウマと奇襲をかけられた形となったが、さいわい両艦とも被害はなく、いたずらに海中の魚を成仏させたにすぎず、「最上」には記念に数個の弾片を残していったのであった。万一、被害でもあったら、半月後に起こったバタビア沖海戦にも参加できなかったばかりでなく、戦史上に一つの汚点を残すことになったであろう。

5　眠れるジャワ海の悲劇

ジャワ海方面での戦機がなんとなく動きはじめた二月中旬、わが戦隊は次期作戦基地としてアナンバス島をえらんで、しばらくの仮睡をすることとなった。

アナンバス島は北緯三度、東経百六度にある洋上の群島で小じんまりした泊地を擁し、補給基地あるいは潜水艦基地としては手ごろな小湾であった。たぶん昔のある時期には遠洋漁業の前進基地として活用されたこともあったのであろう。

陸上にはこれという建物もなく、廃墟になったレンガ造りの崩壊したような建物が一つ、二つ（むかし、貯蔵倉庫に使用したものだろうか）ある程度にすぎない。それも海賊の住み家にでもしたら格好の場所のような感じであった。戦隊はしばらくの仮睡——といっても無警戒、手放しの休息ではなく、できる範囲の警戒はいつもぬかりなくしていたのであったが——何かしらノンビリしたものがあった。

しかし、長居は無用と二月二十四日、ふたたび見ることもあるまいこの泊地を出港した。このころ、バリ島やクーペンデリー方面に進出した味方の作戦に対応するかのように、バタビア方面の敵艦隊はホーキンス型巡洋艦二隻に駆逐艦数隻をもってスンダ海峡その他に出没し、いつ待望の一戦が起こるかわからないような状況になっていった。

そして事実、この〝極楽の海〟にもいよいよ修羅の風が吹きはじめ、とうぜん来るべき一連の海戦がつぎつぎに起きたのであった。

それは、ジャワ占領をめざす陸軍部隊の海上輸送と護衛にはじまり、二月十九日、わが新鋭第八駆逐隊がバリ島付近で敵巡二隻、駆逐艦三隻と遭遇し、得意の夜戦によってこれに大損害をあたえた、いわゆるバリ島沖海戦から開始された。

昼夜三十時間にわたるこの戦闘は、少ない駆逐艦を見くびった敵巡に猛然と肉薄する、捨て身の戦法が効を奏して大戦果をおさめたものだったが、わが駆逐艦（「満潮」）が機械室に命中した敵弾のため、一時航行不能におちいったほかは、これという被害もなく、一方的勝利に終わった観があった。

しかし、この戦闘で日清戦争当時、『勇敢なる水兵』としてうたわれたエピソードにも似た話題も残している。戦いが終わったとき、ある重傷の乗員が突如たち上がり、「敵艦は沈んだか、わが艦の火災は消えたか」と叫んだというのである。

当時はまだ、レーダーなどの装備はもちろんなく、もっぱら眼鏡（広視界、高倍率の双眼鏡はできていたが）一点ばりの視力肉眼による見張りを主としたから、先日の二月十四日のような雲量が多く、しかも湿気がひどいときは眼鏡はくもるし、長時間ぶっつづけの見張りはそのむずかしさにくわえて、水偵揚収作業に気をとられていた間の出来事だったから、まさに虚をつかれた不意打ちの一幕もあったのである。

それも、長い時間のようだが、わずか一分たらずのことであり、まったくもって油断もスキもあったものではない。

それにもましていちばん残念だったのは、この海域で補給任務を終わって帰途についた特務艦「鶴見」が、ずっと後日ではあるが、三月四日、南緯四度二十分、東経百八度二十分の地点で不幸にも敵潜にやられ、沈没し去ったことだ。低速の特務艦をたとえバタビア沖海戦が終わった安堵《あんど》感があったにしても、危険な海面を裸で航行させたことは手ぬかりというべきで、戦死した乗員に対してはただただ申しわけなく、つつしんで敬弔の意を表する。

波しずかなジャワ海にもいろいろと思い出があるが、もっとも大きい思い出はバタビア沖海戦である。「最上」としてはもちろん初陣の戦闘であり、はなばなしい活躍と、感状という名誉をもかちえた海戦でもあった。

しばらくは、この戦闘について語ってみよう。

6　怒れ、ほえよ「最上」

昭和十七年二月下旬、われわれはジャワ攻略の今村均中将を軍司令官とする陸軍部隊（同軍の参謀長岡崎清三郎少将は私と中学同窓の先輩であり、終戦後、当時の状況などについてくわしく知ることができた）が乗船する船団の間接護衛と、支援の任務をもって行動していた。

直衛は原顕三郎司令官麾《き》下の第五水雷戦隊（旗艦「名取」）であった。

ジャワ海に進入後、第七戦隊第一小隊（「熊野」「鈴谷」）が分離し、別働隊となってスラバヤ沖方面に行動していたので、バタビア沖海戦に参加したのは第二小隊（「三隈」「最上」）のみであった。そのころ陸軍部隊は、上陸地点であるバンタム湾をめざしてこっこくと迫っていた。

前日の早朝、偵察機から、「バタビア北東四十カイリに敵巡三、駆逐艦二出現、われ、これに触接中！」との急電を受け、輸送船団は「名取」の誘導のもとに一時反転して、再突入の機会をうかがい、われわれ「最上」は所定配備について、この邪魔物を一掃しようと、はやる心をおさえつつ戦機の到来を待っていた。

一方、スラバヤ方面では、おりからこの方面で行動中の第五戦隊、第二、第四水雷戦隊が敵巡洋艦群を捕捉して快勝をおさめ、陸軍部隊も予定どおり上陸するなどの情報もあり、相呼応する好機と思われた。

この敵艦隊はオランダ軽巡デロイテルを旗艦として英重巡エクゼター、米重巡ヒューストン、豪巡パース、それに後陣としてオランダ軽巡ジャワがつづくという堂々の陣であった。

バンタム湾には三月一日の午前零時に入泊、という予定であったから、護衛部隊も敵情に応じてたくみに機を失せず行動する一方、スラバヤ沖海戦で打ちもらされたこの敵をかならず捕捉するようにつとめた。

これに対し敵艦隊は、窮鼠かえって猫をかむの例のように、はたせるかな輸送船団の側面をおびやかすように、襲いかかったのであった。

三月一日午前零時十分、二十ノットの速力で南下中のわれわれは、とおくバンタム湾方面で、打ち上げ花火のような星弾や曳痕弾らしいものが交錯しているのをみとめた。きれいな夜景といっては当たらないであろうが、戦場でなければうっとりながめるような情景だった。しかし、そんな悠長な気分にまきこまれたのもほんの一時で、なにかただごとではない異常を感じた私は、直観的に増速を命じ、これが何物であるか確認すべくノースウォッチャー灯台を左舷に見つつ、一気に南下してバンタム湾内に殺到、すでに戦火が開かれていた戦場にたっすると、有無をいわさず戦闘に参加した。

このとき「三隈」艦長は信号を発し、「われ今より敵に止めを刺す」と宣言し、まず戦場を整理することから行動をはじめ、混戦の防止につとめた。

いうまでもなく、これは巡洋艦二隻を主力とする駆逐艦、魚雷艇、哨戒艇などをふくむ残敵で、空中からの攻撃と呼応してわが輸送船団に一撃をくわえたとたんに、わが艦隊に捕捉され交戦となったもので、時まさに三月一日、零時四十分のことであった。

陸軍部隊は輸送船上からこのみごとな夜戦を観戦できたとのことであったが、むかし源平屋島の戦いで、那須与市が敵味方監視の中にあって、弓矢八幡を念じ、晴れの離れ業を演じた、あの一幕の現代版がはからずもここに出現したのであった。

とはいうものの戦闘海面はことのほかせまく、あちこちに島や暗礁があって、思うぞんぶん暴れまわるのにはすこぶる窮屈なうえに、暗夜の高速運動であるだけに、艦長としては、戦闘指揮と艦の保安について極度に神経をつかった。したがって敵艦を軸として同航、反航と、そのつど戦闘側が変わり、照射指揮にもきわめてやっかいな面があった。

当時、艦長としての心境は、初陣であるだけに緊張はしたものの、平素の訓練どおり個艦の全戦闘力を、敵の一艦に集中するといった、全力投球をするのみであった。

そこで戦闘にくわわるに当たっては、戦闘側を下令するとともに、まず九三魚雷（酸素魚雷）の一撃をくわえるべく水雷長に、「敵一番艦同航発射！」を下命し、ついで砲戦を下令し、射距離一万一千メートルで主砲射撃を開始、文字どおり撃って撃って撃ちまくった。

わが「最上」の二十センチ主砲は初弾から命中弾をだし、敵艦はたちまち艦橋付近から炎上しはじめ火だるまになったが、それでも必死になって応戦してくる。その敵巡の姿が探照灯の光芒のなかにクッキリと見え、付近海面も一時は真っ赤に色どられて、戦場は一段と物すごさをくわえた。

なにしろ、「三隈」「最上」の集中攻撃をうけては、さすがの米重巡ヒューストンもあえなく戦闘力を失い、ついでわれわれは目標を敵の二番艦に変更し、豪巡パースを猛撃、瞬時にして大火災、大爆発を起こさせて、これまた、たちまち沈没させた。

そこで「三隈」「最上」はさらに反転し、すでに航行不能におちいったヒューストンに対し、われわれに続行する駆逐艦「敷波」が敵に近接、魚雷一本を発射し、これがみごとヒューストンの艦中央に命中、同艦もついに沈没のうきめにあったのである。

こうして戦闘時間やく一時間にして、海面はもとの静寂に帰り、ジャワ海からはついに敵の艦影はなくなった。

かくしてわれわれの初夜戦はアッケなく終わりをつげたが、火だるまの敵艦からは最後まで反撃がくりかえされ、なかなかの負けじ魂を発揮していたのには、敵ながらも心から感心したが、弾丸はついに一発も日本艦艇には命中することなく、乗員にも一人の負傷者も出さなかった。まさに「最上」にとっては幸運な初陣であった。

米巡ヒューストンは、私がかつて上海にいたとき、当時の米極東艦隊の一艦として堂々揚子江上を圧倒していた重巡であって、まことに奇遇というか、こんなところでお目にかかり、最期を見とどけたのもなにかの奇縁であったと思っている。

この海戦が終了して午前三時半ごろ、第十一駆逐隊が暗中に敵のタンカー一隻が逃走中なのを発見し、ただちに雷撃してこれを撃沈したほか、小艦艇を擱《かく》座させたり炎上させたりして、小ものまで全艦艇をたたきつぶし、陸軍部隊も安心して予定どおり上陸を完了したのであった。

当時の岡崎参謀長はのちに、船上からまたとないめずらしい海戦を見物させてもらったと、私をまえにして呵々大笑したものであった。

こうのべてくると、海戦もいと楽しげに聞こえるが、バンタム湾に五十数隻の輸送船団をもって送りこんだ第十六軍主力の揚陸には、かけがえのない損害もあったのである。空海からの敵の攻撃により、佐倉丸などの擱座があり、今村軍司令官以下の首脳部も一時は重油の浮かぶ海を泳ぎ、顔も手も真っ黒になって文字どおり、油アゲになって上陸するという一場面もあったのである。

とにかく、われわれとしては十二月以来、いくどとなく敵を追いまわしたあげくの戦闘であったためか、重荷をおろしたような、一時に溜飲が下がったような思いであったが、過去数ヵ月をこの数時間に圧縮した感があり、残敵とはいっても獅子が一兎を討つにも全力をあげるように、見敵必滅の伝統と、永年にわたる訓練の成果をあますところなく発揮し、かつて米極東艦隊旗艦として、威風堂々、われわれも一目をおいていた最新鋭のヒューストンが相手だったので、敵に不足はなかったわけで、後日、山本五十六連合艦隊司令長官から第七戦隊第二小隊、ならびに駆逐艦「敷波」に対し、武勲の感状をいただいたのは、このうえもない名誉なことであった。

この海戦で、沈没した敵巡洋艦の乗員のうちで捕虜となったものは、米巡ヒューストンで准士官以上が最小限八名、豪巡パース准士官以上四名、下士官兵数十名にたっし、これによっていろいろと情報を獲得したのであったが、一方、この戦闘で「最上」は主砲弾約二百発、高角砲弾四十発を消耗していた。ちなみに、左に感状の写しをそえておく。

感　状

蘭印部隊第三護衛隊　第七戦隊第二小隊及敷波

昭和十七年二月ジャワ攻略作戦ニ際シ第十六軍主力ノ船団ヲ上陸点ジャワ島西部地区ニ護衛スルニ当リ各部隊周到ナル計画ト緊密適切ナル協同ノ下ニシバシバ来襲スル敵潜水艦飛行機ヲ撃壊シ特ニ三月一日未明船団泊地ニ進入直後之ヲ奇襲セントシテ進入シ来レ

ル米豪巡洋艦二隻及駆逐艦二隻ヲ発見スルヤ各隊協力善戦奮闘シ遂ニ敵ヲ殲《せん》滅シテ克ク護衛ノ任ヲ全フセルハ其功績顕著ナリト認ム依テ茲ニ感状ヲ授与ス

昭和十七年十月八日

連合艦隊司令長官　山本五十六

7　インド洋をわが手に

やがて四月に入ると、インド洋方面作戦が計画され、これに参加する予定兵力は第一航空艦隊、第四航空戦隊、わが第七戦隊、そのほか駆逐隊などであったが、これらはいったん準備基地であるラングーン南方にあるメルギー泊地に集結し、作戦打ち合わせなどが行なわれた。

このメルギー湾はラングーンにいたる航路にあり、側面防備にも好適の地で、とくにこの方面の作戦基地としては重要な地点であった。

われわれの作戦はインド洋方面における敵空母をはじめとして、セイロン島の陸上施設や、飛行機などに対する攻撃とあわせ、所在の敵海上兵力を一掃せんとするにあり、作戦はさらに、インド東海岸航路上にある商船の捕捉、つまり通商破壊戦にも応ずべく、とくにわれわれ重巡隊は通商破壊戦を主任務としていたのであった。

そこで艦隊は北方部隊、中央隊、南方部隊の三隊にわかれてインド洋東海岸に殺到し、それぞれの割り当て海域に対して、まず水偵を飛ばし、われわれ「三隈」「最上」の南方部隊は北方および南東方向百八十〜二百カイリにわたる区域の敵情偵察を行ないつつ、敵性商船の所在を確認するとともに、これに近迫し、まず乗組員の退去を命じ、それをたしかめたあと砲撃をくわえ、炎上沈没を確認してつぎのエモノに向かうといった状況をくりかえしたのであったが、われわれ南方部隊だけでも約十隻の商船を撃沈していた。

この作戦のさなかのある日のこと、私が艦上から射撃指揮をしながら奮戦ぶりをみていると、わが「最上」から発進した水偵一機が、おりしもボートで避退している商船乗組員に対し銃撃をくわえているのを発見した。そこで私は、その搭乗員吉本飛行兵曹長(後日、ミッドウェー沖海戦で機銃掃射の一弾を右手首にうけ切断、ついに戦傷死す)が帰艦すると、さっそく艦橋によぶ。

「艦長は偵察報告を命じたが。銃撃をくわえよとは命じなかったはず、無防備のボートで逃れんとする無抵抗の乗組員に銃撃をくわえるとは武士のとるべき道ではない」

とつよくいましめたのであった。

これをそばで聞いていた、ある乗組員は戦後、私に対し、あのときの艦長の厳然たる態度はまことに印象的で、いまだに目のまえに見えるようだと述懐していた。

捕虜虐待うんぬんは戦後の戦犯指名の主な理由としてとり上げられたが、日本人にもこうした態度をとったものがあったという一例を申しのべておきたい。

とにかく、風のないだインド洋ではあったが、乗船からのがれてボートに乗りうつったものは、布切れで帆をかけ、少しでもはやく陸地にちかづこうとあせっている状況が、いまでも手にとるように見えてくる。

こうして「最上」は、インド東岸のマドラス港入口の灯台がみえる七、八カイリまで近接したとき、ようやく航路遮断と通商破壊を終了したのであったが、この日の獲物の総計は約四十隻で、十二、三万トンにもたっしていた。

このほか航空部隊による成果は、巡洋艦二隻大破、飛行機六十機以上を陸上飛行場で撃破したと報ぜられ、一日の大暴れ戦法としてはきわめて成果があったように思われた。かくて四月十一日、われわれはシンガポール（当時は昭南と呼称した）に入泊した。

シンガポール島のセレター軍港はジョホール水道に面した海域で、陸上施設は荒れはて、浮ドックがポツンと姿を水上に現わしているほか、惨憺たるありさまであった。

私は所在の根拠地隊幹部の案内をうけて、およそのところを見てまわったが、かつての大英国の東洋一の根拠地としては、昔の威風はほとんど残っていないように感じられた。また、軍港設備につづく陸上建築物なども、その多くはそのままのようであり、進撃後の荒廃といった感じが深かった。

その後、わが「最上」はジャワ海、インド洋方面における作戦行動が一段落ついたので、船体、兵器、機関などの修理や、軍需品の補給、乗員の補充交代などのため母港呉軍港に帰還したのであるが、いらい約一ヵ月にわたるあいだに、ようやくその目的をたっして、連合艦隊の大部分が在泊していた柱島泊地に投錨したのは、昭和十七年五月二十一日のことであった。そして、その日はまた、わが第七戦隊が出撃する前日のことであった。

この日、われわれ重巡四隻の艦長は、栗田健男司令官にともなわれ、柱島に停泊する連合艦隊旗艦「大和」の山本五十六司令長官のまえに伺候した。私がこの大戦艦を訪れたのは、後にも先にもこれがただの一回であった。

山のように巨大な「大和」は、わが重巡「最上」がたのみとする二十センチ砲塔にくらべると、まるで大人と子供を比較する以上に大きい四十六センチ三連装三基の巨大な砲塔をもち、かつてわが「最上」の主砲であった十五・五センチ砲が、副砲となってちょこんとこの巨大な砲塔の上に乗っていた。舷梯をのぼって艦首の方をながめると、遥かにかすんで見えるくらいの前ソリの甲板、私はただ「巨大だナァ」とおどろき、あきれるばかりだった。

中甲板に降りてみると、迷路のようではあるが通路の幅もひろく、総体がユッタリした感じであった。やがて長官室に入り、正面に起立していた長官の前に一列にならんで型通りのあいさつがすみ、栗田第二艦隊司令官からバタビア沖海戦の概要をごくかんたんに説明すると、長官は、「ごくろうであった」と一言、ねぎらいの言葉をのべられた。

この間、五分もたっていないだろう、私はジッと長官のようすを見守っていたが、「ほんとうに将に将たる長官だナァ」と感心するばかりであった。もの数を多くいうわけでもなく、姿勢をいろいろ動かすでもない、そんな山本さんからは主将という重さがあふれ出ていた感があった。そして私自身、これを手本にいっそう修練をつまねばと思った。

8　ミッドウェー作戦のなぞ

昭和十七年五月二十二日の早朝、わが第七戦隊は、在泊艦の登舷礼式におくられ、柱島泊地を出撃した。そして、豊後水道沖で第八駆逐隊（「荒潮」「朝潮」）と合同したあと、一路南下した。

このころ敵潜による警戒網は厳重に張りめぐらされていたらしく、その出没状況がひんぴんとして入電していたので、少なからず神経を使い、警戒おさおさおこたりなく数日がすぎた。もう気温は南洋なみで、乗員一同がはやくも防暑服を着用しはじめるころ、戦隊はぶじグアム島アプラ港に到着した。

この日の午後、第七戦隊の各艦長四人は旗艦に集合させられ、このたびの作戦一般の打合わせと、指示を受けて帰艦したのであったが、その夕刻、寸暇をえた私は僚艦「三隈」艦長の崎山大佐とともに、陸上視察におもむいた。しかし、これが彼の人との永久の別れとなろうなどとは夢想だにしなかった。

が、その間にも、出撃前の補給として給油船サンチャゴ丸から重油五百トン、給水船から清水七十トンの積み込みも完了していた。

グアム島（当時は大宮島と呼んでいた）はサイパン、ロタ島などにちかい島で、わが国委任統治時代にも、これらの島の間にはなにかと交渉があり、親しい島としてつき合っていたようだが、米領とあっていろいろの点が異なっていた。

私は昭和七、八年ごろ、遠航の帰途この付近を通過するさいに、できるかぎり近接して当時の少尉候補生にグアム島の一般状況を説明し、かつ遠望させて将来の参考にさせたことがある。

今回のグアム島攻略戦にも、このなかには当時の若武者もいくらかくわわっていたはずだが、少しでも役に立ったであろうか、などとなつかしく思い出していた。が、いずれにせよ、陸上をふむのは今回がはじめてであった。

アプラ港は、要港としては小規模な設備しかなく、主として潜水艦の基地として、あるいは通信基地として利用されるていどであったが、さすがは米領で道路は完全舗装、開戦まもなくの攻略戦のツメ跡もあまり認められず、小さな店も開店しており、小貝をちりばめたハンドバッグみたいなものなどを売っていて、いたってのどかな風景であった。

ミッドウェー作戦、それはわが海軍のおこなう全力支援のもとにミッドウェー島攻略を目的とするものであった。これには陸軍一木支隊（総兵力三千名）と第二連合陸戦隊（横須賀、呉、各第五特別陸戦隊・指揮官の門前大佐以下総員約二千八百名）、これに一木支隊指揮下の独立工兵隊、船舶隊、独立高射砲隊などの歴戦の部隊があてられていた。

そして、これらの部隊は極秘裏に宇品港で普洋丸ほか五隻の輸送船に乗船し、一路、前進基地のサイパン島にむかい、五月二十五日には、船団はぶじサイパン泊地についた。一般方略によれば、これら揚陸予定部隊は、ミッドウェー島環礁内にあるサンド島、およびイースタン島に上陸攻撃する手配になっていて、二連特の方はサンド島に、一木支隊はイースタン島（同島に飛行場があった）を攻略することが予定されていた。

ところが、ミッドウェー島攻略は、つぎのどのような手がかりを得るためのものであったか、究極の戦略目的はわれわれにはうかがい知ることができなかった。ハワイ攻略を前提としてのものだったか、あるいは不沈飛行場ともいえるこの島の航空基地を活用して、敵艦隊を遮断する目的か、また、ここを足がかりに、敵機動部隊撃滅の砦《とりで》とするつもりであったか、それともハワイに対する無言の圧力をかける精神的なものをねらったものか、よくわからないが、ミッドウェー作戦は戦わぬさきから日本軍の敗けだったのである。

おそるべき防諜上の失敗、それだけではない。ミッドウェー島正面に行動したわが海軍とっておきの機動部隊、主力部隊の進攻にあたっての索敵法は完全無欠であっただろうか。なるほど前正面の哨戒は厳重に計画、実施されたようであるが、うかつにも側面哨戒に手ぬかりがあったらしく、ようやく巡洋艦搭載水上偵察機（ゲタバキの小型水上飛行機、略して水偵といった。艦上カタパルトから射出し、任務終了後ふきんの基地に着水させるか、または搭載艦ふきんの海上に着水して、デリックをもって揚収するのを建て前とした）の一機が、偶然にも側面に伏在する有力な敵機動部隊を発見したのであった。

その第一報をうけた機動部隊では、陸上攻撃か、艦船攻撃かの攻撃兵装の変更などに、相当の混乱をきたし、それも敵にわが部隊が発見されて約五分おくれてようやく発見したというしまつで、このわずかの時間差がミッドウェー海戦の運命を決定づけ、春秋の筆法をもってすれば、この五分間が日本をして敗戦にみちびいた大きな導火線となったといわざるをえない、惜しみても余りあることながら事実は事実、どうすることもできない運命の神のいたずらというほかはない。

作戦計画なり企画なりが、万一にも事前にもれたり、暴露したりするようなことがあれば、すでに戦わぬさきに敗北したも同じようなものである。

真珠湾の奇襲がこまかい神経をつかって企図秘匿につとめたのは周知の通りであったが、こんどのミッドウェー作戦も極秘裏に計画され、かつ準備されたにもかかわらず、どうしたことか、一木支隊の乗船が宇品を出港した前後に、わが軍の企図が米海軍の太平洋艦隊司令長官・ニミッツ大将の手中にはいり、その情報は麾下の全艦隊に伝達され、激撃手配がなされていたのであった。

それには、いまから見ればおどろくほどの精度がしめされていた。どうしてこんな正確な企図がもれたかわからないが、おそらく小さないろいろの徴候のつみ重ねにより、総合判断されたものであろうが、今日でいう電子計算機で総合判断を出すようなものであったろう。

いずれにしてもウッカリしたことであり、思わぬ誤算があったのであって、これもミッドウェー海戦の敗北の重大な一因であったことにまちがいなく、このおそるべき諜報の触角に気づかなかったことは、大失敗というほかはない。

当時われわれは、防備の詳細などすこしも知らず、ただ、「六月六日の早暁を期し、ミッドウェー環礁イースタン島の敵飛行場にたいし艦砲射撃をくわえるべし」という指令であったから、ある程度の飛行場設備と各種航空機が常駐している、くらいしか推定できなかった。

ミッドウェー島ではいつか、このような日のくるであろうことを予期してか、潜水艦基地の設備はもちろん、各種の要塞砲、対上陸舟艇砲、対空砲などあらゆる砲火を装備し、水際には鉄条網、水中障害物、機雷などをもって、アリの通るすきもないくらい厳重な防備でかこまれ、守備隊の隊長ジャノン海兵中佐以下は、「水際で日本軍を殲滅せよ!」というスローガンをかかげて死守の覚悟をもって、待ちかまえていたようで、実際にわが攻略軍が戦闘を開始していたら、そうとうの被害があったであろうと推察される。

(注・この運命の一木支隊は、作戦中止のため無傷のまま反転し、内地帰還のとちゅうで再反転して、逆に地獄の釜にもひとしいガダルカナル作戦に転用され、同島のエスペランス岬に上陸し、敵飛行場攻撃におもむいたがその目的を達せず、全滅にひとしい結果となり、日本の部隊中でももっとも悲劇的な部隊となった)

かくしてミッドウェー島沖の戦闘は、間接ではあったが米海軍に決戦を挑んだもので、かつての日露戦争のとき乾坤一擲、祖国の運命をかけて急派されたバルチック艦隊が、わが東郷艦隊に最後の一戦をいどんだ日本海大海戦にも比すべく、形はことなっていても結果がもたらした祖国の運命という点から見れば、決定打であったことは両者おなじであり、この意味からいえば、重大な意味を持っていたものといえる。

ともかく、つぎにわれわれの体験したミッドウェー海戦のもようを再現してみよう。

9　目前の巨大な艦影

一木支隊を主とするミッドウェー島攻略部隊をのせた船団は、田中頼三少将を司令官とする水雷戦隊の直接護衛をうけると二梯団にわかれ、サイパン基地から錨を上げ、いったんニセ航路をとってタロ島の東方を南下したのち、ミッドウェー島方向に転針、六月六日夜の突入を期して、ひそかにミッドウェー島に近接しつつあった。

これを間接に掩護し、六月六日の早朝にはミッドウェー島に艦砲射撃をくわえる任務をもつわれわれ第七戦隊は、五月二十八日の午後五時四十五分、旗艦「熊野」を先頭に第八駆逐隊と、燃料補給任務をもつ日栄丸をともなってグアム泊地を発し、十四ノットの速力をもってグアム、ロタ両島の間を通過し、東航の途についた。

海上はあくまでおだやかで、翌二十九日の払暁時には、さきに出港した輸送船団の一団を前方はるかに望見し、所在海面には味方部隊をあちこちに確認しつつ、おだやかにつかずはなれずの態勢で、針路五十度から九十度でジグザグ運動を行ないつつ進撃した。

こうして五月三十日までには全軍ともそれぞれの基地を出撃して、一路ミッドウェー島沖に集結すべく行動中であった。当時、同島付近に先遣されていたわが潜水艦によるミッドウェー島を中心とする哨戒により、およその状況はわかっていた。

もちろん、米側による厳重な日施哨戒もくりかえされていたので、ウッカリすると発見される危険もあったが、さいわいそれに引っかかりもせず近接することができた。

このころわが第七戦隊は、六月六日未明からの攻撃に対応するため、六月五日の午後から第五戦闘速力（いろいろな速力区分があったが、戦闘速力を数段にわけていて、第五戦速はほぼ全力航行の速力三十五ノット）とした。豪快な重巡戦隊の海を圧する堂々の航進であって、随伴の駆逐艦もみるみるうちにおくれて、はるか後方の水平線ちかくにあった。その間にも私は緊張して、ずっと艦橋に立ちつづけていた。

そのうちに高速航行にもしだいに目もなれてきて、多少の心のゆとりもできたので、いちばん気にかかっている明早朝の艦砲射撃についての打ち合わせと、指示を行なうべく一時、操艦を航海長の山内少佐にまかせたあと、砲術長の佐久間（良也）中佐をよんで、飛行場の図面をひろげて射撃の打ち合わせを行なった。

なにぶんにも今まで、こんな種類の対陸上射撃をしたこともないのだから、よほど詳細な打ち合わせをしておかないと、せっかくの痛棒が痛棒にならないようでは意味をなさない、私にはそればかりが気になっていた。

こうして六月五日も何事もなく暮れてゆくかのように、夕闇はようやく付近海面をおおい、その中を驀進する黒い浮城四隻の堂々の堅陣が東方をめざして、ひたすらに白波を蹴立てている姿のみが、暗闇の中にあった。

ところが午後十時ごろ、どうしたことかミッドウェー島砲撃中止の命令がとどいた。そこで第七戦隊はやむなく針路を北々西に変針し、速力も第三戦速（二十八ノット）に落とした。

それからまもなく、たしか午後十一時二十分ごろであったかと思うが、旗艦「熊野」から突如、「右前方、浮上潜水艦発見」「赤々」の無線電話指令をうけた。もちろん、戦隊は厳重な灯火管制と無線封止中で、短波無線電話のみが通信可能であった。

「赤々」とは、「左四十五度、緊急一斉回頭」という意味で、単縦陣の一本棒航行の各艦がそれぞれ一斉に左舷に針路を四十五度ずつ回頭し、梯陣となるのである。

もちろんこの緊急措置は、突然に浮上潜水艦を発見したので、危険をさける第一段階の処理であり、この緊急斉動は非常のさいにはときどきとられる処置であった。

ことに無線電話指令であるため、念には念を入れ、「二番艦了解」「三番艦了解」とそれぞれ逐次報告し、「各艦了解」の報告をえてはじめて「発動」が下令され、「二番艦発動」「三番艦発動」「三番艦発動」「四番艦発動」――これで指揮官は、「各艦発動」の報告をえてはじめて、命令どおりに行動したことを了解するのが常道であり、念には念を入れるよう訓練されていた。

が、ここに偶然であったか、過失であったか、不運の一幕があった。というのは、この運動が終わらないうちにかさねて旗艦から、「赤々」の指令があったのである。つまり二回連続の「左四十五度、緊急一斉回頭」を命じられたのであった。

この指令がどうしたことか「最上」の操艦責任者である私にも、航海長の耳にもたっしなかったのである。

たぶん電話の一時的な故障か、あるいは電話員がいましがた「赤々」とくりかえされたのは何らかの誤りであろうと独断し、艦橋に報告しなかったか、のどちらかであったろう。

いまにして考えてみると、この二回目の「赤々」のとき、「さらに赤々」とか「赤々九十度」（左九十度、緊急一斉回頭の意）と下令されていたならば、こんな過誤や、不幸はなかったかも知れないと残念でならない。

とにかく、事実は事実、まことに不運というか、過失というか運命のいたずらの一瞬であった。

私は第一回目の「緊急斉動」を実施後、針路が定まったので、いそぎ右四十五度方向に双眼鏡をあててはるか遠くをながめると、たしかに黒一点が見える。浮上している潜水艦にまちがいない。一、二分間だったが、ごく短時間、私はその動静を注視していた。

そのとき、私のすぐうしろに立っていた副長（福岡徳次郎中佐）が、

「『三隈』が近いぞ！」

とさけんだ。その直後、私がひよっと眼鏡から目をはなし、右方を見ると、黒山のような

前続艦「三隈」の姿がおおいかぶさるように近接しているではないか！

ギョッとするひまもなく私は、とっさに大声一番、

「取舵いっぱい、急げ！」

と、そのときの操艦者である航海長に指令したが、なにぶんにも第三戦速（二十八ノット）で近づく「三隈」をさけるべくもない。

やっと舵の効果がききはじめたかどうかという一瞬、「最上」の艦首をもって「三隈」の左舷中部を擦過してしまった。

艦橋にいた私には、そんな大きな衝撃は感じなかったが、中甲板にいた部下の一員はこの当時のことをつぎのように述懐している。

「何時ごろであったか、ウツラウツラ仮睡していると、突然、ズシーンとものすごい音とともに、艦はファッと浮き上がるように上下にゆれ、私はベッドから放り出されていた。魚雷命中か、触雷か、座礁か何かわからないが、ただごとではない。私はいそいで上甲板に出てみた。ヒヤリとした夜気が顔面をかすってすぎてゆく。

みれば、いままで白波を立てて全速航海中であったのに、なんと後進で動いているではないか。前甲板にいってみると、一番砲塔付近には多くの兵員が集まって、なにやら個々に叫んでいる。

ふと見ると、あの恰好のよいせり上がった艦首の錨甲板がないではないか。

艦内では緊急ブザー命令で、『防水！　第一防水蓆《むしろ》出し方前部』と伝わっているのがかす

かに聞こえた。ハッとなって応急防水の仕事にとりかかった」

これによっても当時の状況の一場面がうかがわれるが、ここでいう防水蓆というのは、吃水線下になんらかのために万一、破口や亀裂が生じたときは、とりあえずこれを損傷の部分に当て、ちょうど膏薬でも張るようにして、何畳敷もあるような一枚の防水用マット——四すみにリングつきのロープがついている——を張ったり、ゆるめたりして傷口へ持って行けるように工夫したものである。

10 わが「最上」あやうし

やがて副長から、「応急防水完了」という報告があった。私も心の中では一分でもはやく、この報告をえたかった。

というのは、夜明けとともに、近くのミッドウェー島から航空攻撃をかけられることは必定と覚悟していたし、それに応ずるためには一刻もはやく後進行動をやめ、前進運動をとって艦の自由を少しでも保持することが先決であったからである。

私はテレトークをもって艦内各部、とくに機械室、缶室、発電機室など艦底付近に配置されている乗員に状況一般を通告し、やがて起こるであろう対航空戦闘にそなえるように命じた。

ついで私は、さっそく、「後進を停止し、じょじょに前進」を指令したあと、綿密に防水の状況を検討させた。速力を増せばそれだけ損傷部に重荷がかかり、万一にもたのみとする第一段の防水隔壁を破壊するようなことにでもなれば、それこそ大変だから、慎重にじょじょに前進速力を増してみた。

艦首を失った「最上」は速力を増すごとに、ものすごい波を右左にかきわける結果となった。

が、その直後、「防水異状なし」との報告がきたので、それならばどの程度まで耐えられるかためしてみようと、そこは航海専門の私であったので、ついには全力に近い馬力をあげてみて、すかさず艦速を測定してみた。

おどろいたことには、二十八ノットくらいは出せる機関馬力で、やっと十六ノット前後しか出ないことがわかった。

それだけではない。このまま運転すれば、予想外の燃料消費があることも承知しているから、むやみやたらにいつまでもこの速力で航行するというわけにもいかない。

また一方、通常速力(経済速力ともいう。速力は十二〜十四、せいぜい十六ノット)が減軸航行でいちばん燃料消費が少ないこともわかってはいたが、いまは非常時、それにこの通常速力から全力まで馬力をあげるのには、そうとう時間がかかる。

敵をみてからでは間に合わないことも知っているので、ままよ、対空戦闘の場合だけは全力運転をして少しでも高速力を維持し、回避運動を容易ならしめようと決心して、私は傷ついた「最上」を西方に向けた。

「最上」の前方には、「三隈」が警戒しながら航行していた。

11　すべては艦長の責任？

こうして運命の日、六月六日は明け放たれた。十二～十四ノットの速力で航行する「最上」は、昔流でいえば音なしのかまえよろしく、警戒を厳にしていつでもござんなれと待ちかまえ、艦内にはピンと糸を張ったような空気が満ちていた。

なにしろ、一万トンをこえる排水量の鉄の浮城が、二十八ノットというものすごい速力で駆っていたのだから、そのモーメンタムは想像を絶する大きいものであるにちがいない。それがたとえ触接程度にしたところで、無傷ですむはずはない。

触衝の瞬間、私は暗黒の中に一条の火柱の立つのを見た。そして、てっきりさきほどの敵潜水艦の魚雷攻撃を受け、艦首部に命中したのではないかと錯覚したくらいであった。

これは後日わかったことではあるが、艦首に航空用燃料倉庫があり、そこには若干の燃料が入れてあったのだが、それが触衝の衝撃で艦首部がメチャメチャにこわれ、鼻柱がガクンと砕けたように倉庫は跡形もないほどになっていたので、おそらくその時に高オクタン揮発油が発火、爆発したためだろうと推定される。

なにはともあれ、明朝のだいじな任務を前にしての不祥事に、私はシマッタと感ずるとともに、潜水艦伏在海面でもあり、これからの艦の保安に全力をあげざるをえなかった。

私はすぐに電話をもって事故の概要と、損害の状況を司令官に報告するとともに、艦内防水を指令して損傷部をくわしく調査させ、この間にもじょじょに第三戦速から減速し、ついで後進行動をとった。

それは、防水の状況がわかるまで前進行動は危険と判断したからであった。

いずれにせよ、潜水艦が近くにいることは確実なのだから、停止をすることはこのさいもっとも危険で、いたずらに敵に好餌をあたえるだけと直感し、後進して艦を移動させながら防水作業を行なわせた。

その間にも調査はすすみ、第一砲塔の下方前部は艦長公室、艦長私室となっており、それから先は倉庫、錨鎖庫になっていたが、艦長公室の防水壁は健在であり、艦長私室から前の方は、グチャグチャに破損していることがわかった。

私が、防水蓆をさらに展張させてようやく一時的にも防水に成功し、これ以上は浸水の心配はないと確認できるようになったのは、数時間後であった。副長以下（応急指揮官は猿渡内務長）の指揮、努力がやっと効を奏したのであった。

いまから考えると、あのとっさの夜間灯火管制をしているさなか、しかも通路の防水扉はしめたままになっているとき、せまい艦内であれだけの活動ができ、とにもかくにも防水に成功したことは、奇蹟的というよりほかに言葉が見当たらない。乗員の真剣な活躍に感謝しつつ、私はその後の処置をとったのであった。

この失敗は、時間にすればたとえ一、二分であったにしても、艦長自身が敵潜の状況に注意をうばわれ、艦全般に対する監視にぬかりがあったためで、だれの責任でもない、艦長自身の手ぬかりであったのだ。私はこのときいらい大いに悩んだものであった。

この痛手があるからこそ、これまで『最上戦記』など手記する気持になれなかったのであった。

思えば、これが「最上」の艦霊が慟哭《どうこく》した初夜でもあった。私もほとんど夢中であり、乗員も不慮の出来事におどろくひまもなく、命じられた作業に夢中であったが、私自身はぬぐいさることのできない悩みの中にも、いかにしてこの敵対中の現状を処置すべきかを考えぬき、そのあげくの判断に狂いがなかったことが、せめてものなぐさめであった。動中静とかいうが、まさにこの言葉どおりの状況がこの夜の真相であった。

やがて司令官から、「三隈」は「最上」を護衛（「朝潮」と「荒潮」がくわえられて、六月七日の早朝に合同した）して戦場を離脱し、トラック島泊地へ回航せよ、という命を受けた。

連合艦隊司令部でも、ミッドウェー島北方海面で虎ノ子空母が相ついで沈没する悲運もあったので、ついに同島の艦砲射撃をとりやめることとなり、さしもの大作戦もここに敗戦のまま終息するのやむなきにいたった。

六月六日の朝をむかえたとき、僚艦「三隈」の状況はどうかとみれば、さいわいにほとんど外観的には損傷もなく、全速航行も可能のようすで、わが「最上」の前程にあって、たくみに警戒行動をしているのを見て、一応の安心はしたものの、私は手旗信号によって、×カヨカ×（艦長より艦長への略符）「貴艦の損傷程度如何？」と送信したところ、折り返し、×へ×「中部外鈑大なる異状なし、准士官以上一人負傷した程度」とのことで、私もようやくヤレヤレと胸をなでおろしたのであった。

これから先は、「三隈」艦長指揮のもとに西進が開始された。

やがて、そのうちに――第七戦隊第一小隊（「熊野」「鈴谷」）は連合艦隊主力に合同せよ――という命令があって、僚艦三隻のうち「三隈」をのぞいた二艦は、われわれと分離して、北西方に去って行った。

12　傷心の頭上に敵機群

不吉な予感はついに的中した。

翌六日は早朝から索敵機の発見するところとなり、その第一撃はB17十六機編隊をもってする水平爆撃からはじまった。この「最上」と「三隈」に各八機ずつという割合で殺到した敵機は、雲間を利用して高高度（高度約四千～五千メートル）で来襲した。

この集団に対しては、われわれも充分の余裕をもって、ちょうど平時の訓練とおなじように、敵機の爆弾投下と同時に取舵変針回避（投下から海面上に落下するまで一分近くかかる）

し、そのたびに爆弾は「最上」の右舷艦尾方向数百メートルの海中に落下し、轟音とともに一大水柱があがった。だが敵機の照準は、なかなかに正確であった。もし、「最上」が直進していれば、まんまと命中していたであろう。

ところが、この水平爆撃と相前後して、もう一つの集団が雲間を利用して近づいていたのであった。

もちろん、このときは対空戦闘を下令し、総員が戦闘配置についていたが、この敵に対しては、防御砲火もとどかぬ高高度であったため、射撃はせずにすんだ。

つぎに近づいてきた第三梯団のB17に対しては、はじめて二十センチ主砲による遠距離防御砲火を浴びせかけたが、遠距離と高高度のため、これも逃してしまった。

しかしいつ、どうして近づいたかわからないが、またも後方近距離に百雷の一時におちるような轟音とともに、大型爆弾の集団が海面を見舞った。これがもし一発でも命中していたなら、艦は木端みじんになっていたに相違ない。幸いにいずれも艦尾方向にはずれて、いたずらに巨大な海水の柱を立てていただけであった。

終戦後、私はアメリカの技術調査団が来日したときに呼びだされて、水平爆撃と急降下爆撃について、受け身の側からの所見をもとめられたことがあった。これは前者が主として陸軍関係、後者は海軍関係の攻撃で、ここにも陸、海軍の間における航空攻撃に対する功名争いみたいな一場面を見たような感じがした。

私はそのとき率直に、私の経験による所見を述べたが、ともかく大型爆弾による直撃だけはまぬがれたのであった。

だが、この後に来るべきものがついにやってきた。というのは、急降下爆撃隊の来襲がいよいよはじまったのだ。

この日の午前六時ごろ（日本時間）であったか、見張員が、

「左三十度、敵編隊近づく！」

とさけんだ。今度はまちがいなく急降下爆撃機であった。

私はすかさず対空戦闘を令し、敵機の近接につれて主砲、ついでダンダンダンという音とともにも高角砲、そのつぎにダダダ……という連続音の二十五ミリ機銃がものすごい防御砲火を浴びせかける。

空を見上げると、敵機は頭上で編隊をとき、一機ずつ、ヒラリと体をかわすように「最上」めがけて急降下爆撃態勢にうつる。どの機もそれぞれの爆撃投下点にたっすると、スッと黒い爆弾を落とす。この爆弾は私の頭上に吸い込まれるような錯覚さえ感ずるほど、ものすごい加速度で艦をめがけてくる。

私は、そのときの高度と距離に応じ、直感的に緊急回避操艦の命令を出す。一秒、半秒の狂いも命取りとなるセッパつまった瞬間であり、私でさえ、それこそ神のような姿で号令をかけていたにちがいない。やがて投弾はつぎつぎと避けられ、至近弾となって舷側水面で炸裂する。その直後に無数の弾片は舷側や付近の構造を破壊するが、さいわい大事にはいたら

なかった。

こうして何波かの編隊爆撃は避けたのであったが、敵機は投弾すると機銃掃射をおこないながら、艦橋スレスレに舞いおり、スイと身をかわしてはヒラリと怪鳥が逃げるように遠ざかって行く。

その一瞬、ある乗員は星のマークを見、また操艦中は若い搭乗員の緊張した顔がはっきり見えたという。それほど近くを飛んで去っていく。さすがの私も、敵の搭乗員もなかなかの度胸と技量だワイと思った。

第一日は水平爆撃と、数回にわたる急降下爆撃機の来襲をうけたが、命中弾はなく、至近弾として水面炸裂したものが二、三あったが、大した被害はなかった。

何波であったろうか、ひっきりなしの強襲で、文字どおり応接にいとまがない乗員は、戦闘配置についたきりで休むひまもない。そこでこの日は戦闘配食を命じ、昼食は各自戦闘配置についたままオニギリか、堅パンをかじってすませたのであった。

来襲した敵機のなかの数機は機銃弾の命中により、あるいは高角砲弾の炸裂によって、空中分解をおこして海上に墜落したものがあったが、それを目撃してそのつど、手を打って快哉をさけぶ乗員もいた。私もすかさずテレトークを通し、艦内全般に私の直声をもって、戦況と敵機撃墜を知らせ、士気の鼓舞につとめた。

しかし、艦上をほとんどスレスレに「ゴーン」と爆音をのこして、怪鳥のような軽快さでヒラリと機体をかわして飛び去るのを見るのは、けっして気持のよいものではない。「畜生！　二度と来たら帰すまい」と、りきんでみてもどうにもならぬ。ただ高角砲、機銃の効果を待つだけである。

これらに配置をもつ乗員は射手、旋回手ともに無防備の砲台にあって、頭上に舞いおりる敵飛行機にけんめいに照準をあわせ、連続射撃をするその余念のない、神のような姿を見ては、私の操艦の責任がいやが上にも重さをましてくるのを感じた。このような状況だから、腹がへったとか、眠いとかいうような雑念は一つもなく、ただときおりのどが乾くのを覚えるだけで、時間の観念などいっさいなかった。

13　「三隈」を護りたまえ

明けて六月七日の午前二時ごろ、前日の午後に下令されていた第八駆逐隊の「朝潮」「荒潮」が合同し、われわれの護衛の位置についた。

大洋の夜明けは早かった。いつものことながら私は、日の出三十分くらい前にはすでに、総員を起こして戦闘配置につけて警戒を厳にした。

昨日は夕刻まで、北方の水平線上に敵水上偵察機（飛行艇のようであった）が終始触接していたので、今日は昨日のつづきがはじまるにちがいないと乗員一同も覚悟をきめ、気おいこんで各自の戦闘配置についた。

はたせるかな、見張員はいちはやく敵機を発見した。

「左百十度、飛行機六機、一八〇(一万八千メートル)、右へ向かう!」

ついで、「飛行機は艦上機らしい」と報告してきた。ついに敵空母から発進した艦上攻撃機がやってきたらしい。昨日の数波はたぶんミッドウェー島の飛行場から飛び立ってきたものであろう。

「今日の敵は手ごわいぞ!」と、私も思わずこぶしをにぎりしめた。

「対空戦闘!」の号令とともに艦は高速運転にうつった(といってもせいぜい二、三ノットの増速である)。つぎの瞬間、敵の六機は、おりかさなるように「最上」めがけて殺到してきた。

みれば遠方からも「三隈」の主砲がピカッと遠雷のようにひびき、早くも防御砲火をおくって、われわれを少しでも掩護してくれているようであった。

この第一波は、どうにか至近弾ていどで終わったが、ホッとする間もなく、第二波が数群にわかれての異方向から、同時攻撃をかけられてはいかなる神技といえども、艦を蛇がウネるようにはあやつることはできない。

「最上」はこの第二波の集中攻撃を受け、ついに数弾の直撃をくらった。そしてこのときから修羅場さながら、文字どおりの死闘がはじまった。

まず、一弾は後部五番砲塔の天蓋を直撃、大きい、厚い天蓋に大穴があいてふきとんでしまい、砲塔内でいましがたまで防御砲火をおくっていた砲塔員は、たちまちにして全員が散華し、それこそ肉片は飛び散り、目をおおわせるものがあった。

こんなとき応急員と傷者運搬員は危険をおかして、まず重傷者から下部治療室に運び込むのであるが、その配置についたものが、とても、正視できないほどの惨状であったと述懐している。

また、後日になってから、この砲塔には夜になると怪火が見られる、と艦内でうわさし合ったという。この一事からも当時の状況がうかがわれると思う。また、そのときの破片は、となりの第四砲塔の側室をやぶって砲塔内に侵入し、この砲塔員若干を死傷せしめている。

さらに他の三弾は飛行甲板に落ち、カタパルト上にあった三機の飛行機を跡かたもなく粉砕し、その下の甲板に火災を起こさせた。

この飛行甲板の下には六十一センチの酸素魚雷が発射管に装塡されたままになっており、万一このうちの一発でも誘爆したら、艦は一瞬にして破壊される危険をはらんでいた。担任の内藤水雷長は、

「艦長、危険です、魚雷を射出放棄します！」

と、私の命令を待つ。私はすかさず、

「射出せよ！」

と断を下し、この恐ろしい誘爆だけはまぬがれた。

しかし、火災を消すために撒水した海水はこの甲板にあふれ、しかもそれがいつか熱湯となってしまい、この処理には大いにこまった。

また、爆発の衝撃により甲板の鈑が曲がりくねり、この付近にあった機械室などへの出入扉が変形して開閉不能となり、ここからでた熱湯が、アチコチから集まって下の方に侵入するさわぎに、応急長以下の応急員はさんざん手を焼いたようだ。

このころになると、艦内は蜂の巣をつついたような騒動で、昼食も何もあったものではない。こうした飛行甲板や上甲板での状況は、機械室、缶室、発電機室にいるものはわからないし、出入扉が開閉不能とあっては、閉塞されたも同様である。にもかかわらず、発電機指揮官分隊長の金盛良治機関中尉は、テレトークを通じ、私が伝える戦況を部下に伝達し、士気を鼓舞するとともに、

「艦長は健在ですか? ガンバッて下さい、私らも最後までガンバリます!」

とさけびつづけ、その苦しさについては一言もふれなかった。

艦内でも温度の一番たかい発電機室から、その状況を報告するとともに、艦長のぶじを確かめ、かつ激励してくれたアノ声は、若々しくはあったが、私は胸をつかれる思いで聞いた。ちょうど潜水艦が海底に沈座して浮上できないとき、海上と電話連絡して、最後までがんばったかつての四三潜水艦その他の悲壮な話を聞いていたが、まさにそのときのような感じで、ただ電話(テレトーク)線一本が最後まで艦長と金盛中尉とをつないだのであった。

かくして戦闘最中のこととて、ひどく曲がった出入扉をどうすることもできず、ついに一機械室員と、発電機室員の大部分はその持ち場で、戦死のやむなきにいたった。艦長としてこれを見殺しにするわけでもなかったが、みすみす優秀な乗員を失ったこと、涙をのむ以上

の悲痛さを感じて、いてもたってもいられない気持であった。

そして、戦死者の約半数はこの配置にいた乗員であり、あと半数は主として防御砲火配置のものであって、上甲板は足のふみ場もないくらい惨憺たるありさまであった。

このときまで、蜜のある花にむらがる蜂のように襲いかかっていた敵飛行機は、命中弾をあたえたので一安心したのか、ホコさきをかえ、全速に近い高速で前方を行動していた「三隈」に殺到したようである。

一瞬のおりをさいて目を「三隈」に向けてみると、火災であろうか、黒い煙が上がっているし、命中弾があったのか、とにかく異状を感じた。

まもなく、「三隈」の高島副長から私あてにつぎのような信号がとどいた。

「われ艦長重傷、いまより副長が指揮をとる」

これはこまったことになった。艦長が重傷では艦の中心が失われたも同然である。

そのうち（これは後日わかったことであるが）敵の投弾が煙突から入り、ついに速力発揮が不可能となり、みるみるうちに速力が減っていく。

この不運の爆弾は機械室指揮所で爆発、機関長以下、多数の戦死者をだした。このため「三隈」の機械はついに停止し、これからは「最上」が護衛しなくてはならないという状態に逆転した。不運なときは不運なことがかさなるものだ。

私はしばらく戦況をみていたが、「三隈」も苦戦のようすであるが、空襲のあいまを見てとりあえず重傷者、ついでその他の生存者を収容すべく、駆逐艦「朝潮」「荒潮」を「三隈」に横づけにちかい状態に接近させて、乗員の収容を命じた。これを「三隈」の高島副長にも通告したのであったが、艦長の負傷程度などは知るべくもなく、ただ不運の艦長の武運を祈るばかりであった。

しかし、この作業中、またしても一集団の艦載機が、むらがるようにして来襲した。

このとき「最上」は「三隈」の至近距離に停止していたが、このままでは「朝潮」「荒潮」も危険と判断した私は、即座に高島副長と――「荒潮」は本作業中、被弾により舵故障、人力操舵のやむなきにいたった――「朝潮」駆逐艦長に対し、

「一時、生存者収容作業をやめ、日没ごろふたたび収容を開始す。その時機はのちに定む」

と、手旗信号で命令して、残念ながら、一時的に収容作業を中止し、西方に避退をはじめた。

洋上では朝の明るくなるのもはやいが、夕方の暗くなるのも早い。午後になって雲がだんだんと厚くなり、海上はうすぐらくなってきた。日没ごろになって「朝潮」に対し、

「『三隈』地点にいたり、さきの作業を続行、終了しだい『最上』に合同せよ」と発信した。

やがて、何時間かが経過した。

「朝潮」は暗闇のなかを「最上」の所在海面に帰ってきて信号でいわく、

「『三隈』所在海面にいたりしも艦影をみとめず、付近を捜索すれどもむなし」

と――ついに沈没したのかと暗然たるものがしばし胸中を去来した。

「三隈」には、私が海軍兵学校教官として在職中、期指導官として、主として訓育を担当し

た第六十七期生徒であった安達亨爾君が分隊長として乗り組んでおり、機銃指揮官として奮戦していたはずだ。その彼もついに戦死したのかと、若い彼の面影がチラと脳裏をかすめ、水づく屍《かばね》とはこんな状況をいうのかと、唇をかんだのであった。

14　すでに僚艦の姿なし

「最上」では戦闘が一段落をつげるとともに、「艦内片づけ」の号令がかかった。このあとしまつが戦闘にもおとらぬ作業であった。

このころ艦橋にいた信号員が、

「艦長、背中に血がにじんでいます！」

という。

自分では少しも気づかず防暑服を着ていたので、少量の出血でもにじみでたものであろう。だれが知らせたのか、間もなく加藤（政男）軍医長が艦橋にやってきてくれた。

「いそがしい負傷者の手当のさいちゅうだろうから、私のほうは後刻でよろしい」

とはいったものの、軍医長はもう私の防暑服をぬがせていた。

どうやら背の中央部に、爆弾のごく小さな破片が横にはいっているらしく、ピンセットがそうとう深く入るといっていたが、今ここでどうすることもできない。内地に帰着のうえでレントゲンをかけて抜き出したらといって、応急処置をしてくれたにとどまった。

その後、今日にいたるまで痛みもおぼえず、支障もないまま放置しているが、記念すべき小破片が身体内に巣くっているのもひにくである。

私は第二回目の重傷者収容を「朝潮」に命じたが、夜戦になれている駆逐艦長以下が捜索してもあの巨大な「三隈」の船体をみとめることができなかったということは、沈没したことを意味する以外のなにものでもなく、それを確認していないだけ、私はやるせない気持とともにハタと当惑した。

さて、どうすべきか、所在先任者として決断を下すべき時期である。私は四囲の状況をあわせ考え、とっさに、つぎの要旨の報告を暗号電信をもって打電するよう、通信長の篠崎大尉に命じた。

『昨日来の敵艦上機による強襲により、「最上」被弾せるも戦闘航行に支障なし。「三隈」また、ついに被弾、航行能力を失したるもののごとし、われとりあえず重傷者を収容、西航を続航す。二〇〇〇「朝潮」の報告によれば、「三隈」所在海面にいたるも艦影を見ずという。確認したるものなきも、沈没せる算大なりとみとむ。撃墜機数両日の戦闘で八機』

私は暗然として「三隈」および乗員戦死者の霊に長い黙禱をささげた。

「最上」艦霊がやるせない思いで慟哭をつづけたのもこの日であった。親友以上に、いつもつれそった「三隈」と、永久の訣別となり、かつ、さきに手負いの「最上」また、第二の太刀をうけて乗員の約一割にちかい勇敢な乗員を戦死させたことにたいし、「艦長よ、まだ努力が足らぬぞよ」とお叱りをうけたような気持で、命もちぢまる思いであった。

いままでは四艦が雁《がん》行して仲よく西航をつづけていたが、この晩からは「朝潮」(「荒潮」は人力操舵のため、ずっと後方におくれて続行)との単縦陣でさびしい退避行となった。

終戦後、アメリカ軍の技術調査団が来日したとき、私はたびたびGHQに呼びだされ、種々の質問と所見をもとめられたことがあったさい、私はぎゃくに質問をあびせた。それは、いちばん気にかかっていた僚艦「三隈」の最期のことであった。

それに答えてこんな返事であった。

『「三隈」は傷ついたまま、あの地点にしばし浮かんでいたが、日没までの間にわが(米)潜水艦の雷撃をうけてあの地点ふきんでついに沈没した。潜水艦は浮上してそのふきん海面にうかんでいる乗員を救い上げようとしたが、大部分のものは救いあげられることを拒否した。しかし、何人かを救いあげて捕虜とした。

したがって、これらの人びとは遠からず帰国をゆるされるであろうから、当時の状況はこれらの人たちにたしかめてみられたら、なおよく判明するであろう』

とのことであった。なんでもこの救出を拒否したのは、准士官以上の階級のものが多かった、とつけくわえてしらせてくれた。

こうして戦後になって、「三隈」の最期を確認したのであった。

私はこのことをすぐ当局に連絡して、事後処理上の参考にしてもらったが、なんとも痛々しいことであった。

15　血と肉片の地獄絵図

「最上」は艦首部を損傷しているので、艦首の造波抵抗が非常に大きく、左右にかきわける艦首波から推定すると、よほどの高速力で走っているかのように見えるのは当然で、高い空中から観測すればなおさら、そんな錯覚にとらわれてもふしぎではない。

はたして敵機は、「最上」の速力を最少二十八ノットと観測して報告していたらしく、払暁の哨戒もこの速力を基準に計画されたものと思われる。

したがって、はるか前方を主に捜索していて、その報告はたぶん、「捜索すれども敵影なし」とでも打電したのであろう。

私は戦闘中はもちろん、戦闘が一段落ついたあとも、一歩も艦橋の指揮所からはなれなかったので、見わたすかぎりの上甲板の状況以外、艦内のくわしい状況は実際に見ていない。副長以下にぜんぶ処置をまかせていたので、ときおりその報告の要旨を受けるだけであった。

しかし、つぎの日からは艦内の片づけ、清掃作業が本格的に行なわれた。いちばん困難なのは、遺体と負傷者の処置であった。艦内でもひろい室といえば、前部の士官室と士官次室などで、重軽傷者はぜんぶこの両室に収容された。

いろいろな重傷者、いたみにたえるウメキ声、これをはげます所属分隊員、けんめいに手当をする軍医長以下の看護科員、まるで戦場そのものであった。ある応急員は、当時のもようをつぎのように書き残している。

『上半身のないもの、片腕がちぎれたもの、首のない屍、内蔵が露出して黒こげの者、外傷はないが、強烈な爆風にやられたであろう者など、生ぐさい血のにおいは、焼けあとのペンキのにおいとまじって、異様なまでの光景を呈している。

血は流れっぱなし、艦が動揺するたびに、左舷から右舷へ、また右舷から左舷へと、甲板を流れ移動し、うっかり歩くと、すべって転ぶような地獄絵図にも比すべきありさまだったが、分隊員は戦死者の枕元に堅パンなどをお供えすることを忘れていなかった。また、艦内を片づける兵員たちは、手を洗うにも水はそこらにない。そんな手を忘れたかのように、堅パンをかじりながら働いている。

そのうち、つかれ果てて前後もなく、戦死体や負傷者の近くに、ゴロンと横になっているものが見うけられた』

戦死体は、分隊員が遺髪と爪をていねいにつみとり、また姓名確認のため、防暑服のどこか、あるいは靴などに記されている姓名をあたって、確認する作業も一方ならぬ難作業であったようである。

これも後日に知ったことであるが、機械室で戦死した同科員が、最期のきわに隔壁(バルクヘッド)や側壁に書き残した「仇をとってくれ」「天皇陛下万歳」など、当時の景況を推量してみるとき、涙なくしてはとうてい読まれない最後の文字が、釘か鉄片で書きつけられていた。

また、爆弾のためにまがった鉄鈑をのぞきこんで、細い懐中電灯で照らしだされた真っ黒く焼けただれた遺体をみつけ、ひきずりだすと、整備靴をはいているし、その靴に書いていた名前で、やっと自分の分隊員であることを確認して、ギョッとしたものもいたという。こんな状態であったので、一段落するまでは容易ならぬ作業であった。

これも後で知りえたことではあったが、某機銃射手はその配置で射撃中、敵機の機銃掃射弾を浴び、その場で戦死したにもかかわらず、機銃の銃把から手をはずしていなかったという報告を受けたり、またある運転下士官は、運転ハンドルに体をしばりつけ、ハンドルにふせたままの形で戦死した、との報告を聞き、私は、さらに暗然たらざるをえなかった。

勇敢なこんな乗員があったればこそ、二日連続の強襲にもかかわらず、ヨタヨタ動きではあるが、深傷の艦を相当の乗員（約千名）とともに、基地まで回航できたのである。

そして、一に艦霊慟哭しながらも、「最上」を守護してくださったと、感激せずにはいられなかった。

空襲第一日目は何波が来襲したか忘れたが、その応対にいとまがなく、みな戦闘配置を一時もはなれることができなかったのだから、相当ひんぱんだったのだけはわかる。

さいわいにも命中弾がなく、一、二発の至近弾が舷側付近の水面で炸裂し、外鈑に無数の小孔をあけ、ちょうど蜂の巣のようになっていることが後日、判明した。これからも、いかに爆弾が小破片となって四散したかがうかがわれた。

六日の被害は、このほか機銃掃射による戦死二名、重傷二名であったが、このなかの吉本飛行兵曹長は艦橋後部で左腕を銃貫され、治療室にはこばれて、ついに左腕を切断のやむなきにいたったのであるが、さらに翌第二日目の被弾により、治療室で悲惨な戦死をとげた。

空襲第二日は既述のとおりで、「三隈」生存者を駆逐艦に収容中、第三波の空襲をうけてやむなく「三隈」の側をはなれ、西方に避退するうち、ようやく夕闇がせまり、これ以上の空襲はもはやないものと判断した私は、「撃ち方やめ！」を号令して、この日の戦闘のホコをおさめたが、焼けつくような海上での奮戦で、艦も兵器も乗員もクタクタになっていた。

そして、艦は夜間対潜警戒を厳重にしつつ速力を十二ノットに減速（燃料消費を顧慮）して、第二艦隊長官の指示によって針路を三百度にとり、航行をつづけたのであった。

16 北上する敗残の艦隊

これよりさき、はるか東南方の水平線上に飛行機一機を発見した。よくみると敵の水上偵察機である。それが水偵である以上、敵の水上部隊がちかづいていることは確実で、遠からずこれが視界内にあらわれ、砲戦を強いられることになる。

こうなると、いよいよ「最上」も最後の力をふりしぼって砲戦を交えなければならない。私はさっそく艦内高声令達器をもって、直接この状況を説明し、その心がまえをするように

連合艦隊各部隊行動図（17年6月6日午前零時〜午後9時（日本時間））

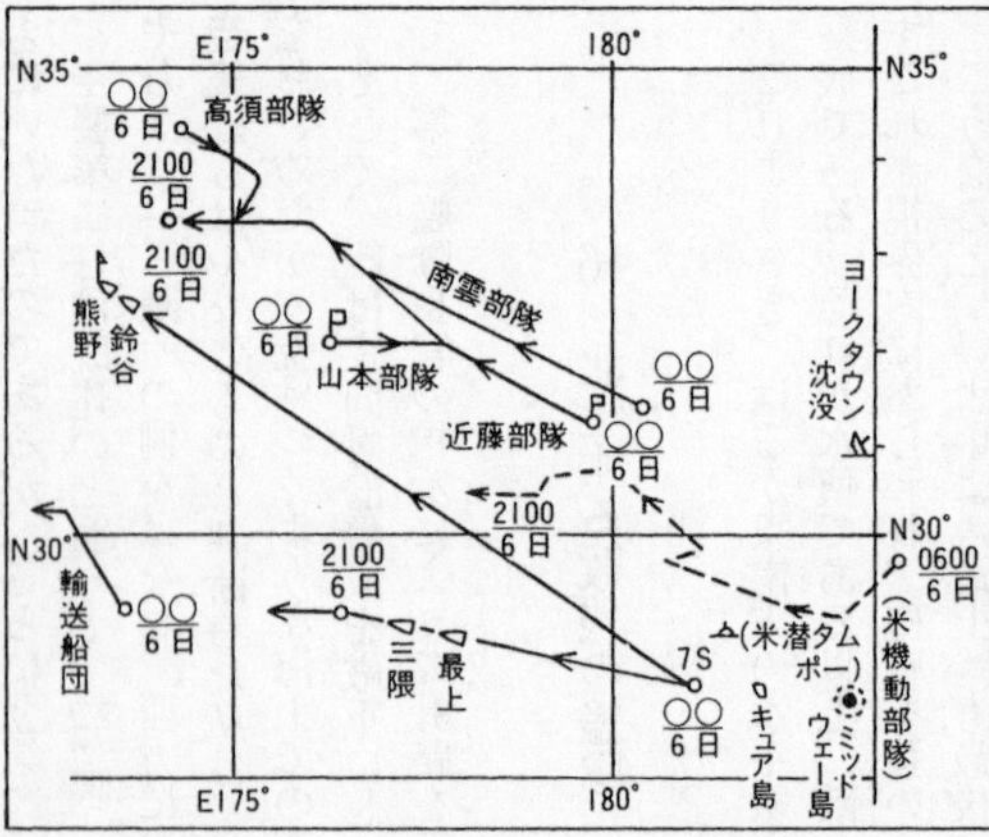

命じた。

それとともに、通信長（篠崎尚彦大尉）をよんで、つぎの通信文を発信するよう命じた。

『今暁来、敵水偵に触接せらる。敵水上部隊ちかしと判断す。われこれを、連合艦隊主力の方面に誘致する如く行動す』

右の意味の電文を平文で発信するように命じられた通信長は、厳禁されている長文の平文通信を見て、

「艦長、平文発信ですか？」

といって、ギョッとしたようすで反問した。

「そのとおり」

私はふたたび念を押して発信を命じた。そして、この発信が終わったのは、まさに午後十二時二十五分であった。

折り返し第二艦隊長官から、「最上」の針路を三百度とするよう指示されたのである。

後日の調べによると、当日は敵の重巡戦隊一隊（四隻）が「最上」を追跡中であったが、

「最上」の平文発信を傍受し、日本海軍の主力ちかしと判断して危険と思ったのか、追跡をやめたことがわかった。

まことに危機一髪、不利な砲戦をせずにすむ結果となった。そのためもあってか、この平文発信はどこからもお叱りをうけずにすんだ。あるいは緊急処置の一つとして見逃されたものであろうか。

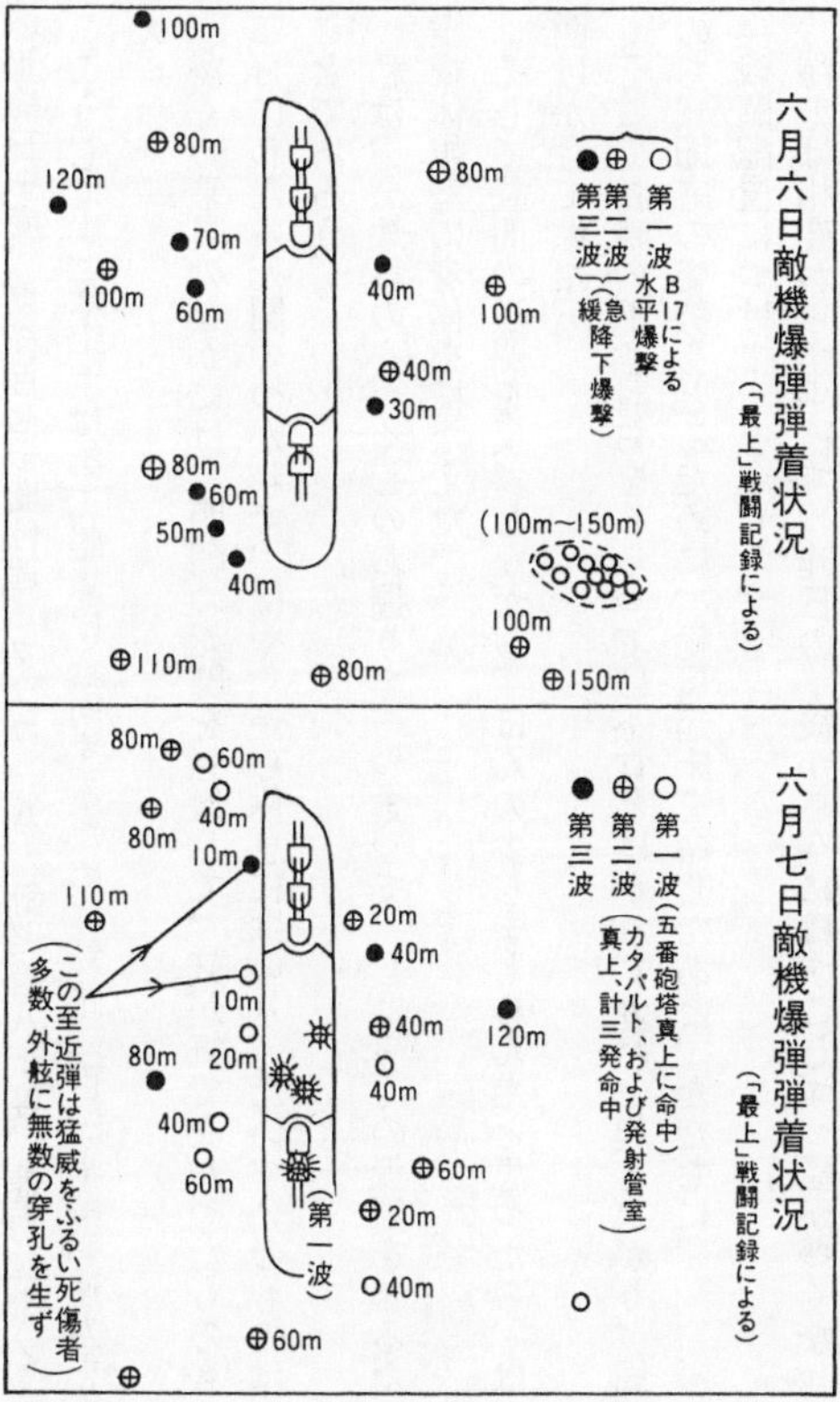

その後、七日午後六時、第二艦隊長官より、「最上」「荒潮」「朝潮」あての電命があった。
『針路二百三十度、全力トナセ、ワレ地点、（地点は暗号でだいた

い北緯三十度、東経百七十度付近）フソワ一八、針路百八十度、速力二十ノット」

こうして、「最上」は第二艦隊に合同するために針路二百三十度、速力を十四ノットとした。

多くの乗員のなかには、明朝の死闘を想像して、気が気でなかったものもいたであろうが、二日にわたる死闘のつかれで、はやくから休息にはいり、たいていのものはグッスリ眠ったことであろう。

私は、烹炊員の心づくしのお握りを一つ食って、しばらくの仮眠をとるため、艦橋にある艦長休憩室に身体を横たえた。

そして昼間の激闘を反芻しながら、ほんの少しまどろんだと思ったら、はや夜は白じらと明けかけていた。

そこで払暁の不意討ちをくらっては不覚とばかり、ガバと起き上がり、周囲を見まわしたのち、即応の姿勢をとるために、総員起床を命じたあと、ただちに、

「戦闘配置につけ！」を令した。

海上は相変わらず平穏で、昨日の午後から空にはすこしずつ雲が多くなっていたが、今朝は天気も上々、視界はすきとおるように良好であった。

午前三時をすぎるころ、前方はるかの水平線上にマストが見えはじめた。わが第二艦隊の主力である。やがて近づくにつれ、各艦の姿がつぎつぎと現われる。艦隊はすでに反転して北上しているのだ。しかし、敵襲に即応の態勢は充分にととのえているようすだった。

まもなく、艦隊旗艦から発光信号が送られてきた。

『駆逐艦一隻ハ如何ニセシヤ』

むりもない、艦隊旗艦からは、「最上」の後方十カイリを人力操舵で左右にフラフラと続行している「荒潮」は、まだ見えないのだ。そこでさっそくつぎの信号を送る。

『荒潮ハ、ワガ後方十カイリヲ人力操舵ニテ続行中』

やがて旗艦でも、「荒潮」をみとめたらしい。かくて「最上」「朝潮」「荒潮」の三艦は、二艦隊に合同、ときに六月八日の午前四時ごろであった。

合同後の三艦は、戦傷者を「熊野」と「鈴谷」に移乗させ、ふたたび艦隊と分離してトラック島に向けて航行を開始した。

さて、六月六日、七日両日にわたる対空戦闘において、敵機は何時ごろ何機くらい来襲したか、これを正確に知ることは、今日ではいたって困難であるが、米側の記録からだいたいの推定をくだすことができるので、つぎにかかげることにする。（注・時刻はいずれも日本時間）

〔六月六日〕

第一波　B17十六機（基地発進時刻は不明）

早朝（午前五時ごろ）来襲、水平爆撃、高度四千～五千メートルにて「三隈」「最上」に各八機あて投下、被害なし。

第二波　艦爆十二機（緩降下六機、急降下六機）
　午前五時五分、発進（基地よりと推定）、午前六時五分ごろ「最上」に集中攻撃。
第三波　B17十二機発進せるも目標発見するにいたらず帰投（基地発進時刻は不明）
（注）「三隈」より発進電報（宛GF、2F、7S）
(1)六日、基地飛行機十六機の攻撃をうけたるにとどまりわが方の被害なし。
(2)午前五時三十四分、B17八機の爆撃をうけたるもこれを撃退、被害なし。
(3)六日午前六時五分、「最上」連続爆撃をうけつつあり、被害なし。飛行機一機撃墜を追加す。

〔六月七日〕
第一波　艦爆二十六機、艦攻八機、午前五時、空母ホーネットより発進（「最上」に命中二発）、午前六時四十五分、来襲。
第二波　艦爆三十一機、艦攻十五機、午前七時四十五分、空母エンタープライズより発進、午前九時三十分、来襲、「三隈」に命中弾、「最上」に命中二発（火災）、命中一発（機械室上）。
第三波　艦爆二十四機、艦攻八機、午前十時三十分、ホーネットより発進、午前十一時四十五分、来襲、「三隈」に命中魚雷、誘爆。
第四波　B17二十六機、基地より発進せるも目標発見せず帰投、さらに十二時三十分、エンタープライズより偵察機二機発進せるも「最上」を発見せず、「三隈」を撮影後に帰投。

このように来襲敵機は、B17十六機、戦爆合計百二十四機となるが、わが対空砲火による撃墜数は合計十数機ていどであったと思う（「最上」の撃墜機数は八機）。

17 海の武人はかえらず

そのとき私は、副長から、「水葬準備よろし」との報告をうけ、いまさらのようにギョッとした気持に襲われた。

「最上」での戦死者九十一柱は、前に記したように大部分が六月六日いらいの対空戦闘による敵の急降下爆撃と機銃掃射によるもので、直接と間接とを問わず、それぞれの部署において力いっぱい勇戦奮闘してくれた部下である。私の率直な気持からいえば、なんとかして遺骨を艦とともに内地帰着後、故郷へ送りとどけたいのはやまやまであった。

だが、暑い南洋の海上でさらに数日間、この遺骸を保存することは、当時の艦内事情からみても不可能なことであり、防腐剤などもない現状では他に方法はないという副長、軍医長の説明で、水葬のやむない事情もわかったので、私は涙をのんでその準備を命じた。

遺骨のかわりとして各分隊員たちは、遺髪、爪などの一部を残して、それぞれ新しい毛布で遺骸をまき、官氏名を確認してそれぞれ名札をつけ、おもりとして演習用砲弾を結びつけ、飛行科関係の戦死者にはとくにプロペラの部品をもくわえて、せめてもの生前の兵器として愛用操縦した飛行機の一部分を、遺体とともに、という友情あつい分隊員の行きとどいた処置もあったように聞いている。

かくて六月八日午後三時から、「海行かば」の軍歌のように、水葬の礼で送ることとなった。後甲板にはこび出された遺体をかこむように、配置にいるもの以外は総員が整列して、開始を静かに待っていた。

形ばかりにしつらえた祭壇には当時、艦内に貯蔵していたジャガイモや玉ネギ、罐詰類、それに堅パンまでも供えてある。香の代わりに蚊取線香が代用してあるのも痛々しい。そして、乗員のなかのお経に心得のある何人かが導師の代わりをつとめていた。

私は後甲板の一段たかい所にたたずみ、読経のすむのを待って、あたかも生きている乗員に呼びかけるように、

「数日来の戦闘において諸君がしめした武勲のはたらきは、軍艦『最上』の伝統として、他の乗員の範とするにたるもので、私はご遺骨なりとも故郷へおとどけしたいが、いつ会敵するかわからない今日、水葬の礼をもって送るほか手段はないことを許してくれ……」

と、一つはその武勲をたたえ、一つは私のせつない胸の中を訴えた。言葉としてはみじかいものであったが、私の頬にはいつの間にか涙がつたって流れていた。

やがて私は、しずかに水葬の執行を副長に命じた。後甲板にならんでいる一列の銃隊と、ラッパ隊も沈痛の面もちでその瞬間を待っている。

やがて、庶務主任の読み上げる戦死者の官氏名が終わると、関係分隊員の手で、最後部にそなえつけた滑り板まで運ばれ、弔銃と「命を捨てて」のラッパに送られ、一体、一体、すべるように「最上」のスクリューがかき回す航跡流のなかに落下して行った。

しばらくは航跡流の白い渦の上に浮かんで、「最上」に追いすがるかのように見えていたが、ついに海中に沈んで行く。そして、この海を永久の墓場として静まって行ったのである。

私をはじめ乗員一同は、遺体の一人ひとりに挙手の礼をもってお送りしたのであったが、私は最初から最後の一体の水葬が終わるまで、挙手の礼の手をおろすことはできなかった。

私はいつまでも、いつまでも、ながくつづく航跡流に目をとどめ、遠くに目をうつし、白く消えて行く航跡流を追った。

もし、ご家族がこの状況をみられたらと思うと、いかに水漬く屍となることが、海上武人のほんらいの姿とはいえ、暗然たる気分にならざるをえなかった。

しばらくは直立不動のまま、熱い太陽の直射をあびながら、私は、後甲板から立ち去ることができなかった。多くの乗員もまた同じ気持であったろうが、解散を命じてもなかなか立ち去らず、海に目をやっているようすであった。

しかし、私は艦長である。その直後ハッとわれに返り、またいつ、どんなことが起きるかわからないと、急ぎ足で艦橋の指揮所に帰りつくと、実弾のこめてある拳銃のサックの上にドッカと腰をおろし、さらにするどく四周を見まわすのであった。

この日の航海日誌には、北緯二十七度〇分、東経百六十八度三十分の地点において、「最上」戦死者九十一柱の水葬を執行す、と記入された。この地点はほぼミッドウェーとトラック島との中間であった。

この水葬の間にも、たえまなく弔銃とラッパの音が交錯したが、私にはそれが礼式というより、「最上」艦霊の一つ一つの慟哭としか聞こえなかった。

このあと戦死者の遺留品は、分隊員の手によって整理保管され、内地帰還後にそれぞれのご遺族のお手元にとどいたと思っている。

なお、「最上」と同海面で重傷をうけた「三隈」艦長の崎山釈夫大佐は、トラック入港直前についに戦傷死された。なんともいい知れぬ悲運な艦長であったと、これを伝え聞いた私は、ただただ敬弔の祈りをささげるだけであった。

18　光りかがやいたイカリ

さて、艦首をもぎとられた「最上」は、重い足をひきずるようにしてトラック島泊地をめざしたものの、この航海はまた苦労の連続であった。

私は毎日のように機関長から当日の燃料消費高と、現在高の報告をえていたが、六月五、六、七日とほとんど連続して全力運転（約十五万馬力）にちかい航海をしたので、燃料の残高もいささか心細くなってきたし、また敵の空襲圏外に出たと判断できたので、できるだけはやく燃料補給をしようとしてけんめいだったからである。

そして、なにはともあれ、補給船の日栄丸と連絡をとり、会合地点を打ち合わせたうえで洋上補給をすることにした。

当時の洋上補給法には縦曳給油と横曳給油の二通りがあった。前者は補給船の直後に受給船をちかづけ、導索を通し、重油蛇管の授受を行ない、両船とも同速力となって、蛇管にむりをおよぼさないように操艦して重油をおくってもらう方法であった。

後者は舷々相摩す、といっても間隔が数メートルから十メートル程度になるようにならび、同針路、同速力とし、導索を通し蛇管を授受して送油を受ける方法で、これはかんたんなようではあるが、なかなか操艦に慎重を要し、技術的にみても相当むずかしい面があるのがつねであった。

そこで私は、損傷の状況その他、海面状況からみて縦曳給油の方法をとることにして、これを日栄丸に通告して手配をさせた。

こうして補給は順調に行なわれ、何百トンであったか、とにかく補給をすませ、ようやく離脱することができて、やれやれこれでもう一戦できると意気ごんで前程をいそいだのであった。

この日、ミッドウェー島の西北方面にあった連合艦隊主力部隊はつぎつぎと引きあげの途についたのだったが、そのうちの第四水雷戦隊の駆逐艦数隻が「最上」にちかづいてきた。この戦隊司令官は、私が若いころからお世話になった西村祥治少将であった。やがてその水戦の旗艦から、本艦あてに手旗信号が送られてきた。

×シカヨカ×（司令官より艦長への略符）『連日のご奮戦ご苦労さま。ここに武運めでたい貴艦に会し、感慨無量なり。乗員一同によろしくお伝え乞う』

私は、むかしの恩情を今日そのままにみる気持におそわれ、胸があつくなるほどありがたかった。

私はすぐ×へ×（返の略符）『ご厚情を深謝し、貴隊のご武運めでたからんことを祈る』と返信してお別れした。

この西村司令官はその後、戦艦戦隊司令官に転任され、後日、レイテ湾なぐり込みの一幕の主役をつとめて、その乗艦とともにレイテ湾で歿せられた。

その後、数日がすぎ、さいわい会敵もせず南西航をつづけ、六月十三日、はるか前方にトラック諸島の島影を確認してヤレヤレの感がふかかった。

トラック泊地は、広大な環礁にかこまれた内海みたいなところで、適当な深さをもち、多くの島嶼が散在した絶好の泊地であり、ここへ出入しうる出入り口は北、南のほか一ヵ所程度の水路が開けているだけで、すぐ外海は何千メートルの深海になっている。

私は「最上」の現状から、いちばん操艦がしやすく、出入が容易な北水道をえらんだ。だが、この出入り口ふきんがまたいちばん危険なのである。というのは、潜水艦にとっては絶好の待ち伏せ地点であり、また、出入する艦船はいずれかの水道を通らねばならないからである。

私は環礁に近づくにしたがい、とくに対潜警戒を厳重にするよう下令し、じょじょに北水道に近づいていった。いつか海面の色は濃紺の深海から、淡緑色の浅海色になったようだ。いよいよ問題の出入り口にさしかかったのである。おかしいなァと思ったが、いまさらどうすることもできない。

と、そのとたん、艦は急に速力をおとした。

やむなくそのままで航行をつづけることにしたが、このとき、ふと私の頭をかすめたことがあった。そうだ「三隈」と触傷して艦首部を破損したさい、錨鎖庫もこわれているはず、したがってヒョッとすると、百八十メートルにもおよぶ錨鎖がたれさがっているのかもしれない、と推定した。何十トンという重さの錨鎖を百八十メートルも吊り下げて、よくぞ何日間も航海ができたものだ。

それにしても力強い機関の馬力には、ただただ、おどろくばかりであった。

さいわいにも環礁内はあまり岩礁はないから、ひっかかって切断するところはないと判断し、そのまま錨地まで航進し、夕暮どきになってやっと奥まった錨地に到着し、どうやらぶじだった反対舷の錨を投入して安着した。

投錨後に引きずっていた右舷の錨鎖を引きあげてみたら、なんと各リンクは研磨したようにピカピカ光っているではないか、私は長い海軍生活中にもこんな錨鎖は見たことがない。思えば、トラック北水道から錨地まで何カイリだったたか、この間に海底の珊瑚礁でみがかれたというわけであるが、これを見た乗員はまた一つのおどろきを味わったのであった。

まずは比較的安全な錨地に安着したので、何日間かの戦塵を洗いおとすべく、総員ともにひさしぶりに入浴させ、休養をとらせた。

私自身も何日かぶりに入浴、それもいつものようにカラスの行水ではあったが、この日ぐらいサッパリ感じたことはなかった。そして、下着類も新しいものととりかえ、生き返ったような気分になった。

この夜は乗員一同さぞ安心して、何日かぶりの熟睡をとったことであろう。

19　トラック泊地の奇遇

当時のトラック泊地は内地と、南東方にひろがっていた戦域や、南方最大の基地であったラバウルなどの中間に位置し、たいていの水上部隊は南東方面、とくにソロモン、ラバウル方面に出ていく途中、必ずといってよいほど寄泊して、補給休養をとったところであった。

そんな関係から、私はトラック在泊中、ときどきめずらしい戦友などに面会することができた。そのなかでもっともよろこばしく、かつ、悲しい思い出となった対面の一つ二つを記してみよう。

その一つは、第六戦隊にぞくする重巡「衣笠」がソロモン方面への出撃の途次、トラックに立ちよった機会に、私と海兵同期の艦長・沢正雄大佐が、遠い錨地からわざわざ内火艇を仕立てて訪問してくれたことであった。

そのとき、当直見張りの信号員が、

「『衣笠』内火艇がきます、艦長乗艇の（内火艇の敷物でわかる、所轄長用のものは緑か赤であった。将官用のは黄色と区別されていた）ようです」

とさけぶと、その声に副直将校はすかさず、私室にいた私に報告してくれた。

私は沢君にまちがいないと直感して甲板に出た。そして、ニコニコと笑みをたたえて舷梯を登ってくる沢君の英姿を見て、こんなところで、こんな姿でお目にかかる奇遇をうれしくも、またありがたくも感じた。

かたい握手もソコソコに私は艦長公室に沢君を案内し、彼がのべてくれるいろいろの言葉、それは情けある武士のなぐさめとして、気持よく受けとった。

なにぶんにも、ひさしぶりの対面で花がさき、話は小一時間もつづいた。やがて彼は錨地も遠いし、あまり長く艦をあけてもおけないから失礼するといって、ソソクサと舷梯をおりて彼の内火艇に乗って帰艦の途についた。私は舷側に立ってしばらく見送ったのであったが、これが最後になろうなど夢にも思わなかった。

その後、「衣笠」は第六戦隊司令官五藤存知少将にひきいられ、トラックを出撃してソロモン方面に向かい、敵飛行機と会戦して、沢艦長は艦橋で戦闘指揮中にたまたま命中した爆弾によって、壮烈な戦死をとげられ、「衣笠」もついに沈没するのやむなきにいたったという。私はこのことを後日知り、これまた夢のような心地がしてならなかった。

その後、数日か十数日たったある日、こんども第六戦隊所属の重巡「加古」が入泊してきた。

「加古」艦長も私と同期の高橋雄次大佐で、戦後、『鉄底海峡』の著者として同艦の戦闘記録を書き残した人であるが、その彼が入泊後、ヒョッコリと来艦してくれた。

まったく予期せざる戦友の訪問を受け、甲板にならべてあった椅子に腰かけての短時間の話し合いも、数時間もの話にもましてうれしく、私はまた沢君のときと同じく彼の激励をうれしくいただいた。

彼の乗艦「加古」は武運よくツラギ、その他ソロモン海域で赫々たる武勲をかさねたが、戦場からの引き揚げの途中、遺憾ながら敵潜の雷撃により乗艦沈没の悲運を味わったという。

しかし、艦長の判断ならびに処置よろしきをえて、艦長以下乗員の大多数が救助せられ、生還されたことは不幸中の幸いとして高橋君もホッとしていられることだろう。そして、現在でも、彼としては消すことのできない印象として残っているにちがいない。

20　あ、母港の山々が……

トラック入港後は戦闘後のいろいろの後始末で多忙ではあったが、乗員の気分もやっと落ちつきはじめ、いくぶんトゲトゲしい殺気だった異様の気分もうすらいできたように見うけられ、六月五日以後の一連の出来事をゆっくり考えなおしてみる余裕さえ生じてきた。

私も艦長としての責任を考えると、好きだった煙草ものんきそうにふかす気持にもなれず、あまり愉快な顔つきをしていなかったらしい。

福岡副長などがそれを見ぬいたのか、ときおり、

「艦長、過ぎたこと、できてしまったことをいつまでも追及してみても、しょせんあまり大したことはないでしょう、戦争はまだ長いし、お身体だけは気をつけてご自愛下さい」

と、しきりになぐさめてくれたのもこのころのことであった。

「最上」はここで、内地帰還の航海にたえるていどの仮修理を、工作艦「明石」の手によって実施されることになり、まもなく「明石」は「最上」に横づけされた。

私はこの修理期間中に、長いあいだ土をふまない乗員の健康保持のため、何組かにわけて短時間の散歩上陸をゆるしたり、また、日没後には短時間だったが艦上映画会を催してたのしませたり、できるだけその無聊《ぶりよう》をなぐさめ、かつ休養をとらせるように心がけた。

こうして「明石」工作長以下、直接の係の真剣な努力がくりかえされ、水中破損状況の撮影や、破損部の水中切断、外鈑損傷状況の調査から、型取り、青写真の作成などに、なみなみならぬ不休の努力がはじまったのである。

そして仮修理ではあるが、艦首の波切り部分を工作して取りつけられるまでにでき上がった。この間、約二ヵ月にわたる工作であった。

仮修理が完成した日、私は試運転のため出動してみずから工作の効果を試してみた。環礁

内の静かな海ではあったが、このたびの工作はみごと大成功をおさめ、艦はすべるように航行し、なんらの抵抗もなく、操縦も容易であり、内地へ帰還するくらいの航海ならば充分にたえうることを確認し、「仮修理完了」を報告して後命を待った。

まもなく、「最上」は「明石」を護衛して佐世保に回航せよ、との命を受け、いままでやっかいになった「明石」を護衛して、八月五日の午前八時、トラック基地を発して、ようやく帰還の途についたのであった。

わが「最上」は「明石」に先立って出港し、まず環礁北口ふきんの対潜哨戒を厳重にし、ときおり爆雷を投下して威嚇警戒を行ないつつ、「明石」の安全出港を見まもった。

そして、まもなく外洋に出て単縦陣となり、之字運動を実施しながら北上した。このときには「最上」も「明石」の工作のおかげで、仮修理ながら波切りができたので軽やかに航行することができ、運動も自由になった。

鼻柱を強打してうちヒシがれたものが、外科治療によって整形手術を行ない、どうにか外観上は昔日の姿をとりもどした形になっていた。

さいわいに、途中の数日間は会敵もせず、九州西岸の山々を指呼の間にながめつつ北上したときは、正直いって親のふところにでもかかえられるような、なんともいえぬなごんだ気持であった。なつかしい佐世保軍港の向後崎を入って工廠岸壁についたのは八月十一日で、お盆の前であった。

岸壁に横づけされるとすぐ工廠側から工廠長以下、造船、造兵などの係員が来艦して、

「最上」の状況をみてまわった。その当時のもようは一工廠員が、「これはスゴカデスタイ」と九州弁でいった言葉が、万事よく表現している。

「最上」は、その後まもなく入渠して、本格的に外鈑修理と艦首部の復旧修理を行なうことになったが、そのうちに、この機会を利用して水上機母艦を兼ねたような、大改造修理をすることになったと後日きいた。

入渠となると、艦内の便所や入浴などは、船渠わきの特設のものを使用しなければならず、烹炊室も艦内のものが使用できないので、なにかと不便が多く、また長い間には船渠に墜落するといった事故もよくあるので、ここでもまたウカウカできなかったという次第であった。

21　北方海域できく後日談

そうこうするうち、十一月のある日、私は重巡「那智」艦長に転任の命をうけた。

それまでの私は、毎日のように、まるで愛児の治療を見るように、あちこち修理されてゆく個所を見てまわり、さぞ痛かったであろうと手でなでるような気持で、「最上」の各部をめぐりあるいた。

もちろん、艦内神社には内地帰還の報告とともに、お祭りもぬかりなく実施して、感謝の祈りはおこたらなかった。

しかし、いまの私はながく「最上」にとどまることはゆるされない。北方海面で待つ「那智」へ赴任しなければならないからである。

私は後任艦長である佐々木静吾大佐（海兵四十五期、私のつぎのクラス）の着任を前に、総員を船渠側に集合させ（入渠中は一つの場所に重いものをおくことは禁ぜられているので、総員集合などはドック側の石だたみの陸上を使うほかはなかった）、私は長いながい訣別のことばをついだ。

愛児と別れるつらさ、文字どおり生死をともにした乗員一人ひとりの顔が、私をのぞきこんでいる、というよりは凝視して、一言も聞きもらすまいと聞き入ってくれた。真剣な顔、顔、その目つきは今も忘れることはできない。

やがて、新艦長の着任を一同とともに迎え、艦長公室で申しつぎをすませたのであったが、佐々木大佐はこれまでにもよく知っていたので、この手負いの愛児の後事をたくするにはもってこいの人であった。

こうして私も、いよいよ「最上」を離れるときがきた。その私の乗った内火艇が遠くなるまで、岸壁に行儀よくならんで見送ってくれた乗員のふる帽子が、いつまでも、いつまでも私の眼中に残った。

思えば、私が最後の艦内神社への参拝で祈ったことばは、

「艦霊よ、ながく『最上』の将来を見守って下さい」

という一言だけであった。

そのあと私は、ながい国鉄による縦走をはたし、「北国へ来たなあ」と感じつつ大湊に停泊中であった重巡「那智」に着任し、それから約一ヵ月間の北方海域での活動に入ったのであった。

「最上」が損傷部の修理をおわって出動したことは、後日、北方海域にいたときに知ったが、どうぞ武運長久であれ、と祈らずにはいられなかった。

その後、昭和十八年四月には再度の大改装が行なわれ、四番、五番両砲塔を撤去し、水偵十一機を搭載するよう、飛行甲板を改装されたが、私はこの「最上」の再出発の姿をみることなくして終わった。

戦局はいよいよ急迫し、翌昭和十九年十月のレイテ攻防戦にさいしては、レイテ湾に侵入した優勢な敵艦隊に殴り込みで強襲攻撃をかけるため、「最上」は西村部隊（祥治中将、旗艦「山城」）の一艦として参加した。

十月二十五日にはレイテ湾に侵入し、同日午前四時ごろから戦闘を開始して敵艦隊のレーダー射撃により中部甲板、艦橋などに被弾し、そのために生じた火災にもめげず奮戦したのであったが、艦長（私より二、三代後で藤間良大佐、私と同郷人）以下、多数の戦死者を出したあと、午前八時三十分ごろ、ついに航行不能となり、午前九時ごろには敵機二十七機の集中攻撃をうけて大火災を生じ、午後一時七分、スリガオ海峡入り口の西方約四十カイリの地点で、わが駆逐艦「曙《あけぼの》」の雷撃によりみずからの身を沈め、九年三ヵ月の艦齢を終えたのであった。

なお、私の恩師ともいうべき西村中将も、この戦闘で旗艦「山城」とともに戦死された。

その温顔はいまなお私の前にちらついてやまない。

私はこれらのことの概略を後日になって知り、あの「最上」艦長室にかかげてあった重厚清楚であった御製額が、艦とともに千ひろの海底に沈んでしまったであろうことを考えて、かぎりない感慨をおぼえたものである。

私の、この素朴な胸中はいま、「最上」の最後の奮戦のもようを想像してつたないものではあるが、つぎのような歌にたくして、せめてもの慰めにしている。

広い海に鎮まりませど　船霊に直安かれとおろがみまつる
そして、つつしんで「最上」艦霊の安らかに鎮まりますことを祈念するとともに、「最上」において戦死された将兵、および僚艦「三隈」とともにミッドウェー沖に眠っている戦友の霊安かれとお祈りして、この手記を終わりたいと思う。


（昭和四十五年「丸」六月号収載。筆者は重巡「最上」艦長）

レイテ沖この非情なる大海戦

史上最大の海戦から奇蹟的に生還した激闘の記録——井上団平

1　江田島できく開戦の報

「帝国陸海軍は米英両国と戦争状態に入れり」

昭和十六年十二月八日の朝、ラジオのスイッチを入れると、大本営発表の開戦ニュースが、興奮の電波に乗って、しずかな官舎街に霹靂のように流れた。

このとき海軍大尉の最若年教官として江田島海軍兵学校で教鞭をとっていた私は、

「ついに来るものがきた」

と一瞬、緊張の雰囲気につつまれたものであった。

二ヵ月ほど前に呉に入港した艦隊配属の艦が、臨戦準備のために艦内の非戦闘用品を陸揚げしたさい、それとなく江田島の官舎を訪ねてくれた級友も、言外にそのことをにおわせて出港していったが、こんなにはやく開戦の日がこようとは、夢想だにしていなかった。それだけに、日本の開戦計画は厳重に秘密がたもたれ、ことこまかに実行にうつされていったといえる。

その日、私が八時ごろ教官室に出勤してみると、ひっきりなしに戦況の放送をしているラジオと教官連中の興奮した熱気のため、室内はムンムンとしていた。

しかし、海軍がなによりも重視していた兵学校生徒の教育は、平常と変わりなくすすめられ、校長の草鹿任一中将（のち第十一航艦司令長官）も勉学の大切なことを説いて、悲憤慷《こう》慨《がい》するのをつよく、いましめられた。

私には日華事変いらい、久しく国民の頭上にのしかかっていた黒い雲が、きれいさっぱりとりはらわれたという気持と、強敵米英を屈服させる日までわが国が歩むであろう道のけわしさを思う気持、さらに、おそらく戦争終結の日まで生きのびることがむずかしいと考えられる自己への対決の気持が、一日中、複雑に交錯するのをおさえきれなかった。

その間にもラジオは、ひっきりなしに連合艦隊の大戦果を報道し、これが日本の戦勝に通ずる瑞《ずい》兆であれとさかんに宣伝していた。

事実、周到な計画によって、わが海軍が緒戦の大勝利をあげたことは昼夜をわかたぬ猛訓練と、卓越した海戦技術の結果であって、われながら胸の高鳴る感激をおぼえはしたものの、当面の大敵アメリカ海軍の実力を充分すぎるほど知っていたわれわれには、なお一抹の不安を禁じえないものがあった。

それは、かつて十年ほどまえ、練習艦隊でアメリカ西海岸を航海して知った物質文明のたくましさが、日本より少なくとも二十年はすすんでいると思われたことや、アメリカ艦隊の日々の訓練がわが海軍のそれにもおとらぬ猛烈なものであり、さらに圧倒的な兵力を、即応の態勢でハワイに常駐させ、日本に威圧をくわえていたことから生じる漠然たる危惧の念であった。

そのころのラジオや新聞、雑誌を通じての日本の世論は、「米英おそるるに足らず」といったものばかりで、両国の自由主義や、個人主義のわるい半面だけを見た、皮相の見解ばかりがおおかった。

しかし、雄大な国力と、世界第一の海軍力を持つアメリカの真の力が、とうてい日本のおよぶところでないことを知っていたわが海軍の中央当局や、実施部隊の首脳には、開戦に反対の態度をとる者が多かったこともいまや周知のこととなっている。が、このように真実を見とおして天下の大勢に抗し、公正な主張をつらぬくために勇気ある態度をとることは、いつの世にあってもむずかしいことであったのかも知れない。

教官室から官舎にかえると、結婚二年目の若い妻は笑顔で私をむかえてくれた。日本の運命を左右するような大戦争が起こったのに、まだ子供のなかった妻は、まるで平生とかわるところのないような態度で私に応対している。無知か、はたまたえらいのか、私には女性としての妻の心理がよくわからない気持であった。

しかし、それよりも心をなやました問題は、いつ消えはてるとも知れないわが身の将来にたいして、妻としての覚悟を新たにしてもらうことであった。

軍人の妻として嫁いできた日から、今日あることはおたがいに承知づくのことであるとはいうものの、いざとなると心に迷いを生ずるのは、やはり凡人のあさましさであろう。

幸か不幸か、明日にも出陣しなければならないような境遇でもなかったので、いよいよ乗艦、出征という命令でも受けたならはっきり解決しようと、自己逃避の妥協策でその日を終わったのであった。卑怯といえばそうかも知れない、と自身に言い聞かせつつ――。

ラジオは夜にはいってもやすむことなく、ハワイ攻撃や南方方面のニュースをつたえていた。

私が昭和七年に海軍兵学校を卒業してから、開戦にいたるまでの大部分の艦隊生活は、文字どおり〝月々火水木金々〟の猛訓練で、十五年五月に私が、兵学校教官として陸上勤務を命じられたころのわが艦隊の実力は、世界列強に比類のないものとの自信を、艦隊配属隊員の脳裏に深くきざみつけていた。

しかし、孫子の言葉にある「敵を知り己れを知る者は百戦また危うからず」の名言のうち、「ほんとうの敵を知る」ことの少なかったことは、否むことのできないところであった。あの軍国主義一色にぬりつぶされた時代にあって、敵を知るがゆえに、米海軍との対決を危惧するなどの弱音ははけるものでなかったのがそのころの実情である。

それよりもむしろ、物質力の劣勢を精神力がおぎない、天佑神助を期待する非科学的な信条が、陸海軍の兵術思想の中心をなしていたといえよう。

精神力、もとよりとうとぶべし。さりながらそこにはあくまで限界がある。彼我の戦闘力を比較して物的要素が同等であれば、精神力のすぐれているほうが勝つ。物的要素に較差があれば、それをいかにしておぎなうか、精神力に何パーセントの期待ができるか、このへんの見つもりは、きわめて非理論的であったことは否定できない。

2　血気にはやる若者たち

この間にもわが陸海軍の進攻作戦は、疾風枯葉をまくごとく電撃的にすすめられ、昭和十七年三月には予定どおり西太平洋の敵重要拠点の大部分を攻略し、ヨーロッパにおけるドイツ・イタリアの作戦の成功と呼応して、戦局の見とおしはきわめて明るいものがあった。したがって、当時の中学生（いまの高校生）の陸海軍諸学校への入学志望熱も大へんなもので、天下の秀才兵学校に集まるの観を呈していた。

そして教える教官も、教えられる生徒も、将来の出陣を期してともどもに張り切った毎日を送っていた。

そのころ、妙な通達が中央当局から学校にもたらされた。その内容は、

「犠牲的精神と、廉恥心をとうとぶ軍人となるような生徒教育にさらに努力せよ」

といった意味のものであった。

教官連中にはその内容が、精神訓育の中心をなしている問題であり、またそれについては、とくに力をそそいで教育していた関係もあって、キツネにつままれたような思いがした。

そこで、ひそかに探りを入れてみると、ハワイ攻撃に従事した若年将校のなかに、捕虜となった者のあることが、米側発表（日本では未公表）に出たため、厳重にいましめたものであることが判明した。

「一死報国、醜虜《しゅうりょ》のはずかしめを受けず」という戦前の軍人精神は、帝国陸海軍の伝統のなかにうけつがれていたものの、立体作戦、広域作戦を戦っていた太平洋戦局のどこかで捕虜という不名誉な処遇をうけるのに、いかんともできなかった不運の人もあるにはあっただろう。

死ぬにも死なれず、捕虜となった場合どうするか。これは大きな問題である。そうかといって、醜虜のはずかしめをうけることを肯定することは、きびしい軍紀を維持するためにはゆるされないことであるし、伝統の大和魂をふみにじる意味からもみとめられないことである。

そこで私は純真な生徒たちに対しては、前記のことにもとくに深くふれないで、校則にさだめられたとおりの教育をすすめる態度をとっていたが、自分自身すら軍人としての精神修養の道のはるかに遠いことを感じていたので、自信をもって指導することが、きわめてむずかしいと思っていたことも事実であった。

こうして開戦いらい戦勝、戦勝に明け暮れて、国民の気持もうわずりがちであった昭和十七年四月十八日、ドーリットル中佐の指揮する米陸軍B25爆撃機隊は、突如として東京、名古屋、神戸、四日市の各都市を空襲し、国民の心胆をさむからしめた。

このころ兵学校生徒は、毎日の作業日誌をつけて、所見をそえて教官に提出する規則になっていたが、この空襲にたいする所見のなかに、

「日本国民はこれくらいの空襲でへこたれるものではない。われわれはますます勉学にはげみ、この仇はかならず討つ」

といったものが多数あった。

二十歳前の年齢層の生徒が書いた所見としては、まことにりっぱで敬服させるものがあったが、私は前にのべたように、戦勝の安易感におぼれるのをいましめる意味で、

「神州を夷狄《いてき》に侵されたことは、元寇《こう》の役と今回の空襲の二回である。その意味ではきわめて重大な出来事であり、充分に覚悟を新たにしなければならない」

と朱書きの所見をつけて彼らに返却した。

私の所見が生徒に、いかなる影響をあたえたか知るよしもなかったが、三千年の歴史において日本は、元国の侵寇を天佑神助によって撃ちはらい、「神州不抜」の信念と伝統に燃えていたのに、昭和になってついに史上二回目の侵寇をうけるにいたったことは、先祖に対してほんとうに申しわけないことであり、さらにフンドシのひもを引きしめねばならない、と思ったのがいつわらない私の気持であった。

それかあらぬか二ヵ月後の六月五日、ミッドウェー海戦においてはじめて惨敗した帝国海軍は、これを契機としてしだいに後退をつづけ、ついに立つあたわざる打撃をうけるにいたったのである。

3 われの乗艦は〝いすず〟

第一線の決死的な苦労にくらべれば、波静かな江田島の生活は平和そのもので、平時とかわらぬ教育の明け暮れであった。

だが、海戦後三ヵ月もたつと、「だれだれが、どこそこの海戦でやられたらしい……」といったようなうわさが、チラホラと耳にはいるようになった。たまたまそれが知っている人であると、胸中暗然たるものがわいてくるのをおぼえたが、国の前途をうれい、軍人の本分を思うと、いつまでも気にしてはいられない。

このような考えはずいぶんと薄情な感じもしたが、個人的な憐憫の情と、国家にたいする犠牲的献身の倫理とは、はっきりとわりきらなければ自己を制することは不可能だからであった。

私は、この気持を軍人の二面的性格と、私なりに定義して、そのころの自己を律していた。こんな考え方はほかの人にもあったかどうかは知らないが、みな心に期したところがあったらしく、校内での日常生活は官舎での私生活もふくめて、かえってほがらかなものだった。

そうこうするうちに、ハワイやジャワ沖の海戦で赫々《かくかく》たる戦果をあげた武勲の勇士たちが、任期を終えて、つぎつぎに兵学校に転勤してくるようになった。

また、真珠湾口に勇名をうたわれた潜水隊の司令が呉に帰港して、壮絶苦闘の実戦談を全員に講演して聞かせてくれたこともあった。

そのほか個人的に江田島を訪れて従軍の所感や、兵学校教育にたいする真剣な忠告をあたえてくれる先輩なども数多くあった。

このような経過につれて、校内には前線への転属を熱心に志願する教官や生徒もふえて、そのためでもあろうか、生徒の卒業期が半年以上もはやめられることにもなった。

とにかく国家の重大時期にさいして、護国の大任をまっとうしようとする若い将兵の意気には、まことにさかんなものがあり、はじめの勝ちっぷりがますます、それに輪をかけたようである。

なかでも若い中、少尉級の将校が飛行機や潜水艦の大活躍に刺激されて、どちらかといえば人のきらうこれらの勤務にぞくぞくと志願していったことは、国家的要求によるものとはいうものの、後年の特攻隊志願や学徒応召の素地をなしていたようにも考えられる。

昭和十七年六月はじめのミッドウェー海戦は、わが作戦の前途に暗影を投じた意味では、画期的なものであった。一方、国民の士気をうしなわせない配慮からか、大本営の戦果発表は相変わらずわが軍の勝利をつたえるものであったが、この海戦が不覚の、最初の敗北であったことはほどなくわれわれにもわかってきた。

そして兵学校着任いらい、すでに一年以上を経過していた私にも、いよいよ交代出陣の日の近いことがいつとはなしに予想されてきた。それほどミッドウェー海戦における艦や乗員の犠牲が大きかったのである。

そのうち六月下旬のある日、私は所属していた航海科の科長大野中佐から、七月十日付をもって巡洋艦「五十鈴」の航海長兼分隊長に補職される旨の内報をうけた。

もちろん私には、上海《しゃんはい》陸戦隊や揚子江遡江作戦など、弾丸の下をくぐった経験は充分に持ちあわせていたので、戦争そのものに対する恐怖心はぜんぜん考えられなかったが、それでも引きつぎ準備や引っ越し準備、それに最愛の妻への訣別のことなどを考えると、いよいよ来るものが来た、という覚悟を新たにさせるものがあった。

この内報をうけてから、いよいよ横須賀軍港に在泊中の「五十鈴」に向けて出発するまでの約半月間は、やれ荷造り、やれ送別会といそがしい毎日の連続であった。

もうずいぶん前のできごとであるので、いまはなにも記憶に残っているものはないが、ただ一つ妻への訣別の言葉は、厳粛な気持で書いたせいか、はっきりとおぼえている。

「最愛の妻へ
結婚いらい、夫としてなに一つ充分なことをしてやることもできなかったが、よく夫に仕えてくれたお前の貞節には、心から感謝する。このたび前線に転勤を命ぜられたことは男子の本懐これにすぎるものはなく、武運の長久を確信して大いに働くつもりであるが、いつなんどき戦死するかはかりがたいので、その時の覚悟だけは充分に持っていてもらいたい。

もし戦死の知らせがあったとき、子供があったならばそれを養育して井上の家を守ってもらいたい。また、もし子供がなかったら、再婚して幸福な人世を送ってもらうことになんら反対はしない」

私はこうしたためて、自分の爪と髪の毛を少々切って白紙につつみ、封書のなかにいっしょに入れて、表に「遺書」と墨書し、かたわらに、「戦死の報があったら開封してもよいが、それ以外はけっして開いてはならない」と細書し、横須賀にむけて出発する当日、これを妻に手渡した。

この遺書はとうとう終戦の日まで開封されることなくすみ、最後は私の手で焼却されたので、私以外にはだれも知らない。もし、この内容を私以外の人が知るような結果が起こっていたら、今ごろこんなのんきな戦争体験記は、海底か、地底でつづられていることであろう。

こうして先輩、同僚の親切心あふれる見送りのうちに江田島を出発したのは、たしか昭和十七年七月九日であった。

4　ジンクスは勝利のみ

開戦の日から昭和十七年六月五日のミッドウェー海戦までを第一段作戦と名づけて、陸海軍はこの間に南方の重要地域のおよそを占領してしまっていた。

そこで私の乗艦する巡洋艦「五十鈴」も、第二段作戦の初期にあたる七月下旬には、すでに占領ずみのオランダ領モルッカ諸島のアンボンに進出していた。

乗員はいずれも歴戦の勇士ばかりであったし、艦名「五十鈴」は伊勢大神宮の神域を流れる川からとった名前であったので、乗員はみなつねに神助を確信し、「五十鈴」のゆくところ戦勝あるのみというジンクスめいた信念にもえていた。

そして、かつて第一段作戦においても香港占領作戦に参加し、みごとな功績をのこした経験を持っていただけに、〝新参〟の私でさえも、自分が航海長として乗艦しているかぎり敵にやっつけられるようなへまはしないし、天佑神助によって必ずそれを実現して見せると、最初から自信めいたものを持っていた。

「五十鈴」がアンボンに進出した目的は、ニューギニア島の西南、ちょうど亀の首がよだれをたらしたようなかっこうに見えるオランダ領アル群島、ケイ群島の占領作戦を支援するためであった。

停泊地のアンボン港は天然の良港で、アンボン島のふところ深く入りこみ、波静かなところであったが、泊地の水深がひじょうに深いのが玉にキズであった。そのとき「五十鈴」が停泊していた地点なども、岸からわずか二百メートルのところで、水深九十メートルもあったくらいである。

そして潮の干満などで艦の向きが変わったりすると、陸上のビンロー樹の枝が艦尾から手のとどくようなところにあった。しかし、さいわいなことには風がほとんどないので、座礁したり、錨をひきずるような心配はまったくなく、安全な泊地であった。

「五十鈴」が入港したころのアンボンの形勢は、占領後まもない関係もあり、また日本軍の南進作戦を警戒する意味もあってか、朝な夕な敵の偵察をかねた攻撃隊が来襲してくるという緊張した状況下にあった。

ひとたび陸上部隊のサイレンが「空襲警報」をつたえると、艦内ではただちに総員配置につき、砲員も機銃員も戦闘服装に身をかためて、一撃必墜の闘志に満を持して敵機にそなえている。

一方、急設された陸上飛行場のあたりに砂煙りが立ったとみるや、爆音もすさまじく零式戦闘機が飛び立ってゆき、敵機がわが艦上の見張員の眼鏡のなかに発見されるまでに、零戦は敵機をはるか彼方の空に捕捉してまたたく間に撃墜していった。

そのころの零戦は攻撃力、防御力、運動性能にかんして世界一の俊英戦闘機であったので、連合軍側ではネイビー０（零の０と帝王の王に通じる）とよんでおそれていたが、もちろんわが海軍の緒戦の大戦果はこの零式戦闘機と、高速で大遠距離を突進して敵の戦艦をも轟沈する酸素魚雷の威力におうところがきわめて大きかったのであるが、いま零戦の威力を目前に見たとき、乗員は手をたたいてよろこんだものであった。

このような敵機の来襲は、毎日ほとんど定時に行なわれていたので、われわれは定時の艦内掃除を日課手入れといっていたのになぞらえて、「日課手入れ」という異名で呼ぶようになった。

そして、いつものように、夕方の「日課手入れ」を終えると、静かな夜のアンボンの街へ保健のための散歩上陸がときたまゆるされた。艦上の生活に明け暮れていると、陸上の土をふむことは何物にもかえられない楽しみであり、乗員の保健上からもきわめて大切なことであった。

そのうえ街には、現地住民の適当な家をかりて、士官クラブや下士官兵集会所も設けられ、入浴や散髪もできるようになっていたので、私もある夜のこと、散歩がてらに上陸してみたことがあった。

さっそくクラブに行ってみると、そこで偶然にも兵学校同期の戦友、津田大尉に出くわした。ひさしぶりの陸上での入浴が終わると、いつ再会できるともはかりがたい二人は、酒卓をかこんで久闊を叙し、戦線のよもやま話に花を咲かせたあと、深夜ちかく同君の顔なじみの現地人家庭を訪れた。

津田の話によると、アンボンは南緯三度に位置しているので、年中高温であるうえに、湿度が高いので、ヤシや果物などは自然に育ち、住民は労せずして食料を手に入れることができる、したがって原地人の大部分は、なまけグセがついてほとんど働かず、暑気の去った深夜を利用して音楽やダンスを楽しんですごしているとのことであった。

ついてみると、今をさかりに現地人の若者たちが、ギターをかき鳴らし、ドラムをたたいて歌ったり踊ったりして、その間には強烈な原地酒を飲んでいるようであった。

しかし、私には、それが被征服民の悲哀を一時の享楽に逃避させているとしかみられず、私はそこで津田とわかれて帰艦したのであったが、その津田大尉も終戦の年の三月五日、輸送機で内地へ帰るとちゅう遭難、戦死して今はない。

5　楽しきは南洋旅行

アル群島、ケイ群島も七月下旬には難なく海軍陸戦隊によって占領され、「五十鈴」はごく短時間だけ、海上を遊弋して支援しただけに終わった。

この作戦が終了してまもない、七月も終わりに近かったある日、艦隊司令長官から、

「『五十鈴』はメルギーに進出せよ」

という電報命令があった。

さあ大変である。

正直なところメルギーとはいったいどこにあるのか、任務はなにか、サッパリわからない。が、とにかくアンボンを出港した。

そのうちによく調べてみると、メルギーとはマレー半島の西岸、ビルマ領内にあることがわかった。

三日間の航海ののち、目的地メルギーに入港して見ると、そこにはわが海軍の精鋭、第二艦隊が灰色の海を圧して、堂々たる停泊陣形をしていた。

このときのわれわれをとりまく状況はつぎのようなものであった。

「航空機偵察によれば、セイロン島ツリンコマリ港には戦艦、空母をふくむ有力なる英国艦

隊が停泊している。前進部隊は航空部隊と協力してこの敵艦隊を撃滅せよ――」

「五十鈴」の士気はいよいよ上がり、戦闘即応の態勢で待機していたが、しかし、残念なことには大本営の命令によって、この作戦は中止となり、集合していた各部隊は解散してメルギーをはなれたのであった。

それからの「五十鈴」はたいした作戦もないまま、セレベス島マカッサル、ジャワ島スラバヤとバタビア、マレー半島シンガポールとペナン、ビルマのメルギー、スマトラ島サバンなどの各港をめぐりあるいたにすぎなかった。

これらの各地はいうまでもなく英国や、オランダの極東政策の重要拠点であったので、港湾や市街の建設には巨額の費用をかけたらしく、いずれも目を見はらせるものがあった。第一段作戦における戦闘で埠頭《ふとう》やビルなどは、ところどころ破壊されたままになってはいたが、さっそく日本軍の作戦拠点に転用され、どこへ行ってもわが陸海軍の兵隊たちが氾濫していた。そして、英蘭人の圧迫から解放された現地人は、意外に明るい顔でわれわれを迎え、よく協力してくれた。

「五十鈴」が南方に進出したころから約一ヵ月の南方警備は、しごくのんびりしたもので、最前線の戦友にはまことに相すまないと思われる毎日がつづいていた。私はこんなときこそ名所旧跡を訪ね、見聞をひろめるにこしたことはないと考え、寄港地ではよくあちこちと歩きまわった。

ペナンはマラッカ海峡の北口をやくする美しい港で、インド洋で作戦をしていた潜水艦の根拠地でもあった。

英海軍の使用していた陸上の建物はほとんどすべて日本軍に徴用され、みどりの芝生に映える瀟洒な水交社には、そのころ日本では見られもしなかった冷房つきの寝室や、きれいなローンテニスのコートなどがあり、快的な生活がすごせたので、上陸のゆるされたときなどにはよく利用したものである。

だが、熱帯の直射日光は容赦なく艦の鉄板に照りつけ、せまい艦内はムンムンするほど暑く、扇風機もカラまわりするような毎日がつづく。そこで、たまの上陸にテニスで汗を流し、冷えた一杯のビールに気持をしずめる楽しみは、海軍軍人でなければ味わえない別世界であった。

こんなときにはふと自分が、戦地という厳粛な環境のなかにあることを忘れることさえあった。そして水交社の窓ごしに白浪をけたててインド洋に出撃してゆく潜水艦を見ていると、自分のすごしている現在の一時が、戦争というきびしい現実や、人類の長い歴史にいかなる役割をはたしているのだろうか、と懐疑的な気持に襲われるのだった。

また、ジャワ島は蘭印政庁の施策が行きとどいてよく開けており、とくにスラバヤやバタビアは戦陣にあるわれわれの心をなぐさめてくれた明るい近代都市であった。

それに軍政機関で発行していた日本軍の軍票の値打ちが大変なものであったので、そのころ内地ではもう見ることのできなかった錦織物や高級雑貨などが割安で手に入り、内地転属を目前にひかえた戦友のなかには、これらを土産品として買いあさる人も多かった。

戦争、戦争といっても四六時中戦争しているのではなく、その合間には内地では想像もされない生活と楽しさが訪れることもある。そこには明日をも知れない軍人の運命と、人間性の調和による一時の安らぎがあって、戦争の苦しみを忘れさせ、持ちこたえさせる何物かがあった。

こんな毎日が南方の島々を背景として、約一月ちかくもつづいたのであった。

6　ソロモンの危機一髪

日本軍が緒戦の戦果を整理し、占領地住民の宣撫工作をはじめたころは、米軍にとってはまき返しの準備段階にあったので、戦闘らしい戦闘は南方海域にかんするかぎり起こらなかった。

しかし、マッカーサー指揮下の米陸軍が強力な海軍部隊の支援の下にガダルカナル島に上陸してからは、戦局は急激に変わっていった。

と同時に、このころジャワやボルネオ方面で警備にあたっていた「五十鈴」も、第十二戦隊の僚艦「鬼怒」「名取」とともにラバウル方面に進出を命じられた。

ガダルカナルの作戦は南方諸島制圧の天王山である。ガダルカナル島の奪取をめぐる日本海軍の死闘は、翌十八年の二月七日までちょうど六ヵ月間つづいている。

そして第一次から第三次までのソロモン海戦、南太平洋海戦をふくむ約十二回の海戦は、ことごとくガ島を目標に戦われたことを思えば、この作戦がいかに凄惨なものであったかわかると思う。

また、ガ島を撤収して以後の戦局が、文字どおり米軍に有利に展開していったことを思えば、同島の戦略的価値がいかに大きいものであったかもうなずかれよう。

ガ島における日本海軍の作戦は、陸軍にたいする物資輸送作戦と、米海軍水上部隊の排撃が主任務であったが、艦船と飛行機のすべてをそそぎこんで同島の占領を確保しようとして努力した日本海軍も、戦時生産を軌道にのせ終わった合衆国の膨大な物力の前に、ジリジリと追い込まれていった。

このとき輸送作戦に従事していた「五十鈴」が、あやうく沈没寸前の危機を脱した思い出は、いまでも忘れることはできない。

ガ島守備軍の弾薬や食糧を満載した高速船団十一隻を護衛する重巡「鳥海」以下の輸送部隊が、ブーゲンビル島の南のショートランドを出港したのは、昭和十七年十一月中旬のことであった。

船団は当時、生き残っていた優秀船ばかりで、そのなかには、私がかつて進水式に参列したことのある三井船舶のキャンベラ丸や青葉山丸、箱根山丸などの名も見えていた。いずれも積載量一万トン、速力十八ノットの高速船で、これらの船団をぶじに送りとどけることにより、ガ島の日本陸軍守備隊は起死回生の総攻撃に立ち上がる計画であった。

しかし、ガ島に近づくにつれ、近海を遊弋中の米空母部隊から発進する艦上機は、入れかわり立ちかわり船団を攻撃して、わが虎の子の優秀船をつぎつぎに撃沈していった。

こんなときには敵機も輸送船ばかりを狙うので、護送艦は対空射撃に専念でき、また、ほとんど被害を受けることもない。だが、貴重な物資を積んだ優秀船がつぎつぎに沈められてゆく姿は、まったくわが身をけずられるような思いであった。

このような惨憺たる対空戦闘のはて、満身創痍で泊地まで突入した船は二隻のみであったが、それも停泊のまま攻撃を受けて炎上してしまい、その結果、地上軍の作戦計画は完全に挫折してしまった。

この間に味方の飛行機はどうしていたのか、輸送部隊の上空を守る味方戦闘機の数はすくなく、しかもガ島の戦場は、味方飛行場から戦闘機の行動できる範囲をはるかにでていたので、戦場上空における滞空時間は極端にすくなく、どうにもならないというのが実情であった。

そのうえ周辺の海には、キンケード麾《き》下の米第七艦隊と、ハルゼー長官の指揮する第三艦隊の空母、戦艦を主力とする大艦隊が蝟《い》集しているので、日本海軍も正攻法はかけられない。夜戦による奇襲を敢行するか、散発的な航空攻撃をかけるのがせいいっぱいであった。切歯扼腕とはまさにこのことである。

こんなことで期待された輸送作戦も失敗に終わって、護送部隊も涙をのんで急遽、帰途についたのであったが、往路は商船ばかりを狙った敵機も、こんどは好餌ござんなれとばかり、全力をあげて護送部隊に襲いかかってきた。

もちろん、味方は対空防御隊形をつくって、二十八ノットの戦闘速力でショートランドに向かって、まっしぐらに突きすすんだのであったが、その翌日の十一月十五日、数波にわたる敵機の攻撃を受けてしまった。

こうなるといかにせん、護送部隊のなかでも最老齢艦の「五十鈴」は、速力の出方が思わしくなく、すこしずつ落伍していった。落伍したが最後、敵機は好餌とばかりわが「五十鈴」に攻撃を集中してくる。

そのうち、ついに一発の爆弾が缶室至近の海中で爆発、その一瞬、大きな爆音とともに船体をふるわして黒い煙がふき上がり、艦の行き脚も目にみえてへっていった。そして急激に右舷にかたむいたかと思うと、いまにも沈没しそうな状態におちいった。

後甲板の方を見るとさかんに火炎が上がって、甲板員が右往左往しながら消火作業にあたっている。

上空にはなおも敵機が「五十鈴」の最後を見守るように、ぐるぐるととび回っている。

一方、味方はと見れば、優速の新鋭艦はすでにはるか水平線のかなたに白いウエーキを残しながら姿を消しつつあった。心細いことこのうえもない。

しかし、被害をこれ以上だきないためにも、「五十鈴」一艦だけが犠牲になることも海戦の定則であるので、不服をいうことは禁物である。

ついにオレの一生もこれで最後かと覚悟しながら、応急対策にけんめいになっていたとき、砲戦指揮所から砲術長の進言が艦橋にとどいた。

「艦がまさに沈没するように見せかけるため、煙突から黒い煙幕を出した方がよくはないか?」

との意見である。

さっそく機関指揮所に連絡すると煙幕展張は可能だという。そこで私は、艦長の許可をえて、ただちに煙幕の展張を命じた。

まもなく黒煙はもうもうとして四周をおおった。

艦は二十度くらいに右にかたむいていて、いまはまったく行き脚はなく、第一缶室とおぼしきあたりの火災もまだしずまっていない。

しかし、この方策はみごと図に当たって、敵機も沈没確実と見たのか、ついに視界外に去っていった。

さて、敵機の心配がなくなったので全艦あげての消火や、応急対策に専念できることになった。

よく調べてみると、爆弾は第一缶室(右舷)のすぐそばで爆発して、室内の機関員を全滅させ、となりの士官室一帯に大火災を発生させていた。

そのため処置に時間はかかるが、どうやら沈没の心配もなく、あるていどの航行も可能であることがわかった。

このあと、乗員の一致協力によって、かろうじて危機を脱した「五十鈴」は翌十六日、シヨートランド基地にたどりつくことができたのであるが、その直後に艦隊長官からおほめの言葉をいただいたときなどは、ホッとした気持と、うれしさのあまり、私は思わず涙ぐんでしまったが、これこそ「気転の煙幕、艦命を救う」の一幕であった。

戦争のさなか、もちろん危険はつきものであるが、また、ときには戦勝のよろこびに思わず万歳をさけんだこともある。

少しさかのぼって、昭和十七年十月中旬のことであった。ちょうど第二次ソロモン海戦の前々日の夜半であったが、戦艦「金剛」「榛名」を主力とするガ島飛行場への三十六センチ砲による強襲攻撃のさい、「五十鈴」も護衛として参加したのであったが、これは大変な成功をおさめた。

このときの目的は、ガ島飛行場にある敵機を戦艦の三十六センチ大口径砲弾で焼きはらい、わが陸上軍の攻撃を有利にみちびくことにあった。

わが攻撃部隊は夜半、ツラギ海峡を南下し、二隻の戦艦の主砲から五百発にもあまる三式弾（目標に当たるとこなごなに砕けて飛行機や建物を高熱の弾片で焼きつくす弾）を発射し、地上の敵機をつぎつぎに炎上させ、そのほとんどを全滅させてしまった。

このとき、大倍率の望遠鏡で飛行場を見つめていた私は、滑走路や駐機場にあった敵機が燃え上がり、飛行場や建物が火の海となった状況を目前にして、思わず万歳をさけんでいた。

しかもこの時は、予期していた敵の攻撃もなく、一時間以上にわたる勝ちいくさの醍醐味をあじわいつつ、ゆうゆうと帰途につくことができたのだったが、こんな愉快なことは前にも後にもただ一回の経験であった。

しかし、戦争は〝魔物〟で、この攻撃の成功で味をしめて計画された第二次攻撃隊が、深夜に飛行場攻撃に向かったものの、敵艦隊の待ち伏せ包囲攻撃にあって(第三次ソロモン海戦)、「比叡」「霧島」の二戦艦を失ってしまった。

7 艦底にのこる戦友悲し

こうしてガ島の輸送作戦において、致命的な打撃をうけたわが「五十鈴」は、右舷の艦腹に大きな穴をあけたまま昭和十八年十二月、苦心惨憺ののち、ようやくのこと母港である横須賀にたどり着いた。

もちろん損傷部の修理をして、負傷者や戦死者の交代人員を補充し、艦隊の戦列への復帰をいそいだ。

軍艦の乗員はこんな理由で、あまりほめられたことではないが、ときたま内地帰還のチャンスがある。かぎられた数の軍艦を一隻でも失うことは、それだけ戦力の低下になるので、どんな痛手をうけても内地の工廠で艦を修理して、ふたたび使えるようにすることは至上命令であった。

「五十鈴」が横須賀に入港すると、海軍工廠の検査官がすぐやってきて、ただちに修理工事の見積もりをはじめた。そして横浜の造船会社に工事を依託され、その工期も約六ヵ月ときまった。

このとき艦長は、ガ島をめぐる戦局の重大さを考えて一刻もはやく戦列に復帰しようと、工期のくり上げを強硬に要求し、そのため会社側の徹夜作業も何回となく行なわれ、工事完成を約半月もはやめたのであった。

さて、いよいよドックに入って「五十鈴」の右舷をあらためて見ると、全滅の第一缶室の姿が痛々しい状況で目にうつった。爆弾が命中したさいに噴き出した高熱の蒸気によって、在室の機関員は瞬時に戦死し、遺体はすでに現地ですべて収容されていたが、このときも、だれのものともわからぬ腕骨や掌骨の二、三片が船底から収容された。

弾丸が雨飛する戦場では、戦友の遺体も充分に葬っているひまもないが、静かな内地の港でこんな光景に出合うと、つくづく人間のはかなさを感じさせられる。そこで、戦死した同僚へのせめてものなぐさめにと、丁重に白木の箱におさめ、軍艦旗につつんで横須賀海軍墓地に送ったのであった。

缶室の内部は二ヵ月ちかくも海水につかっていたため、油や黒い焼けクズなどで最初は手のつけようもなかったが、それでも修理は順調にすすんでいった。そして、昭和十八年の五月にはいるころには、艦もほぼ元の姿にかえっていた。

また、その間に乗員の交代や補充も迅速に行なわれ、砲術、水雷、機関などの各術科にわかれての乗員の教育訓練もやすみなくつづけられた。

乗員の教育には、まず基礎学科を座学で教え、ついで基礎訓練、応用訓練、実射訓練と鍛えにきたえて、新乗艦者をなんとか役に立つまでにするのであるが、それには最小限、六ヵ月はかかるのがふつうであった。

しかし、修理が終わったらすぐにも戦列に復帰しなければならないので、平時のようにゆっくり教育するわけにはいかない。それに、高速で夜間に行なう訓練などはまずやりたくてもやれない。そこで砲術学校や水雷学校、航海学校などの陸上教材や練習艦などを利用してこの欠点をおぎなった。

そのような多忙な明け暮れをすごしていたわれわれであったが、正月休みや、休暇規則できめられた休みは完全にあたえられていたので、これらは乗員にとって何物にもかえがたいよろこびであった。

戦争のさなかに海軍服を着て故郷に帰り、南方の戦塵をしばらくの休暇にあらいながす姿は、その間の事情を知らない人には奇異に見えたかもしれない。

しかし、生死をかけて戦争に従事し、二度とふたたび家族に会うこともできないものとあきらめた艦船の乗員には、またと得られない天与の機会といえた。

独り者は郷里に帰って両親や親類友人などに戦争の話などして孝養友誼《ゆうぎ》をつくし、家族もちは妻子とともに団らんの一時を楽しむことは、戦争の厳粛さにたいする人間生活のよろこびである。そのよろこびが大きければ大きいほど、国家や国民を自分たちの手で守るんだ、という自覚がふかまってゆく。

8　天下一品だった操艦術

「五十鈴」が内地で損傷個所の修理をしていた昭和十八年の前半は、南方戦線における日本軍の戦勢が、悪化の一途をたどりはじめた時期でもあった。

すなわち、二月には太平洋戦争の天王山であったガダルカナル島を撤収し、その後、南方戦線の急速整備に狂奔した日本海軍と、南方海域の奪回につぎつぎと新手をくりだした米海軍との間に、ビスマルク海戦以下の海戦、航空戦を小規模ながら随所にくりひろげていた。

そして四月十八日には、連合艦隊司令長官山本五十六大将が、ブーゲンビル島上空で戦死するという悲報がもたらされ、国民は戦局の前途に暗いものがあることを予感せずにはいられなかった。

このようななかで、「五十鈴」の大修理が終わって、新しい陣容で南方洋上のトラック島に再進出したのは、たしか十八年の五月であったとおぼえている。

そのころ「五十鈴」はトラック島に司令部をおく第四艦隊に所属して、僚艦「長良」「鬼怒」とともに第十四戦隊を編成していた。

トラック島では南洋諸島の各地に散在する離島の部隊に兵器、弾薬、食糧を輸送したり、航路のあちこちで敵潜水艦の攻撃にあって立ち往生しているタンカーや、軍用船の救助にあたっていた。

これらは、はなやかな第一線の活動にくらべれば、むしろ後方の第二線的任務であったが、洋上航路の要点に待ち受けている敵潜水艦の監視の目をくらまして走りまわり、また夜中に物資をひそかに揚陸したり、あるいは困難な曳航作業を行なうことは、弾丸雨飛の前線で経験するものとはべつの意味の苦労があった。

そのおかげで泊地を出入するのに高度の操艦技術を必要とするトラック島、ヤルート島、ミレ島、クェゼリン島などを真っ暗な夜中に通峡することも平気でできるようになり、夜間の天体観測による艦の位置決定作業もなんらの不安もなく、迅速に海図上にプロットできるようになったほか、曳航作業なども一つの錯誤なしに、思うように実行できるだけの技術を身につけることができた。

これらのことは、その後の私の海上生活に大きな自信と勇気をあたえてくれたように思う。平時では時間もかかり、練習の機会も少ないこれらの技術を、命をまとの戦場でいや応なしにおぼえさせられることは、戦時のありがたさであるとともに、人間命をかけてやれば不可能なことはない、という教訓を如実にしめしてくれた。

戦争に参加した軍人は階級のいかんをとわず、大小の差こそあれ、これらの自信と人生哲学を身につけているものと思うが、これは個人的にはほんとうに尊いものであり、かずすくない戦争体験の〝余徳〟ともいえよう。たとえば、あの人は戦争を体験していると聞けば、だれでもいちおうの敬意をはらうものであるが、その意のよってくるゆえんは、以上のような点や、死生に対するまとまった、ある考えを持ったことにあるのではなかろうか。日本人は今度の戦争によって、物質的な損失ばかりにとらわれて、立ち上がる勇気まで失ったものも多かったが、戦争によって精神的にえたところを思えば、あえて悲観することもないと思う。

こういった明け暮れにすぎていた十八年十一月下旬のある日、第十四戦隊「長良」「五十鈴」の両艦(「鬼怒」は呉にあって修理中)に対し、クェゼリン環礁内にあるルオット航空基地の人員、物資をサイパン島に輸送せよ、という命令が下った。

米軍はすでに十一月二十一日には、第四艦隊の警備地域であるギルバート諸島のタラワ、マキン両島で、激戦のすえ圧倒的な兵力で日本軍守備隊を全滅させ、これを奪回して、つぎの攻撃目標はクェゼリン環礁にむけられるであろうことはほぼ決定的と思われていた。そこでルオット基地の人員、資材をサイパン島に転送することは貴重な航空要員、資材を確保するためにもきわめて重大な仕事であった。

十一月も末にちかいある日、僚艦「長良」とともにルオット基地沖に入港したとき、おりから作戦行動中の第二艦隊を主力とする大部隊が、その泊地を出港した直後であった。これらの艦隊はギルバート作戦支援のために、この方面を行動していたのであったが、米軍の作戦成功によってその任務をとかれ、撤退したものと考えられた。

こうなると、ギルバート作戦に参加した敵部隊が、いつホコ先をこのクェゼリンにむけるかわからない心配はあったが、われわれは必要最小限の警戒態勢で停泊しつつ、すぐにも輸送の準備をはじめた。

そして、艦長と陸上との打ち合わせも終わり、その晩はそのままの態勢で停泊することになったのであるが、ちょっとした警戒のゆるみが翌朝、「五十鈴」をまたも危機一髪の危地におとしいれる結果になろうとは、神ならぬ身の知るよしもなかった。

9 サンゴ礁と奇蹟の一瞬

やがて明け方、東天がかすかにしらみかけるころ、私が、眠るともなくベッドに横たわっていると突然、朝の静かな空気をついて、

「総員配置につけ!」

の非常ベルが全艦内に鳴りわたった。

防暑軍衣のまま寝ていた私は、スワッ一大事と艦橋にかけのぼった。と、当直将校が「敵機空襲」を口ばやに報告してくれる。

彼の指さす方向をながめると、数十機の敵艦上機が獲物に襲いかかる鷹のように旋回しつつあった。

これはまずいことになるかも知れない、と思った私は、独断でただちに、「機関全速力、即時待機、急げ!」「戦闘用意!」「前部員、出港用意!」「対空戦闘!」の号令を矢つぎば

やに下した。時刻をみれば、時計はまだ五時前をさしていた。

そのうちに艦長も艦橋に上がってきて、つぎつぎと号令をかけて戦闘の指揮をとる。

私は、とにかくできるだけ早く出港する必要があると判断し、機関室にエンジンが使用可能になる時機を問い合わせると、あと十五分はかかるとの返答である。

その間にも主砲や対空機銃はいっせいに火をふき、あたりはすさまじい轟音で耳もつんざくばかりである。

見張員からは、敵機の動静がこっこく艦橋に報告され、敵の先頭機がまさに急降下態勢に入ろうとしているようすが手にとるようにわかる。

航海長である私は、エンジンの準備状況がどうであれ、座して撃沈されるわけにはゆかないと、これまた独断で、

「両舷機、前進いっぱい！」

を令した。

そのとき錨は、もうすこしで揚がり終わる状況にあったが、私は、間に合わなければ前進下令とどうじに錨作業の人員を退避させ、ケーブルを自然に切断し、強引に出港する決意であった。

そして、一瞬の時間ももどかしく艦橋の速力計を見つめていると、喜ぶべし、エンジンは前進回転をはじめたではないか。これでよしとばかりホッと息をぬいたそのとたん、敵機の一弾が艦の後部に命中したらしく、船体に激しい震動を感じた。

しかし、その方は応急長にまかせ私は操舵に熱中した。なにぶんにもせまい環礁のなかのこと、全速力で走るわけにもゆかないので、私は、

「両舷機、前進強速！」

を令した。

後部からは被害の報告がまだこないが、あまり大きな被害でないことは、火災が起こっていないことからも判断された。しかし、艦の行き脚がつくにしたがい、舵が効いていないことがわかった。

と、その直後、艦はおなじ方向にグルグルまわりだした。私はすぐ、

「応急操舵、配置につけ！」

を下令するとともに、爆弾回避のためにはそのままの状況で動いている方が安全と考えて、泊地をグルグルまわっていることに決めた。

そのとき、ふと前方に視線をそそいだ私の目に、百四、五十メートルのゆくてに南洋特有の珊瑚礁《リーフ》が白く見えた。さあ大変である、舵は効かない、しかも空襲中である。そのうえ艦はサンゴ礁に向かっている、いまから機械を停止しても行き脚があるので座礁は必至である。

万事休す——私はついに艦とともに運命を決するときがきたことを覚悟し、艦長に、

「このまま乗り上げます！」

と報告するや、それでも被害を最小限にくいとめるため、

「両舷停止、後進いっぱい！」

と令したが、ときすでにおそく艦はリーフに乗りかかっていた。艦は微動すらしないで、そのとき座礁、沈没を覚悟していた私にたいし天佑か、神力か！　艦は微動すらしないでサンゴ礁を航過していたのである。つぎに私はただちに、

「両舷機、前進原速」

を下令する。と、ふたたび艦はまたもグルグルまわりだす。そしてひきつづき対空戦闘に従事したのである。

考えてみれば、そのサンゴ礁の水深は、艦の吃水《きっすい》よりも深かったが、南洋の海水は澄んでいるうえ、太陽光線が斜めに通過する朝方や、夕暮れどきは白く見える、という自然現象のいたずらに気がつかなかったまでのことだった。

こうして、約四十五分間にわたる対空戦闘もやっと切りぬけて、敵機が退散したあと、「五十鈴」の後部の被害を調査してみると、五百キロの敵爆弾が上甲板をつき抜け、舵取機械の軸に不発のまま命中して軸を切断していたほか、至近弾により約二十名の戦死者があったことがわかった。

みれば僚艦「長良」もぶじな姿を南洋の静かな海に浮かべていたが、やはり多少の被害はあったらしい。

また、つい二千メートルのところに停泊していた一万トン級とおぼしき弾薬運搬船の巨体は、不運にも一発の爆弾が火薬に命中して瞬時に轟沈したが、さいわいにして乗員の被害は皆無だった。

──というわけで、目的である基地物件の輸送作戦は、実施できなくなったため、「五十鈴」は応急手当をしたあと、「長良」とともに十二月上旬、トラック島に帰港したのであった。

海上作戦に従事していると、世にいう大作戦に何回か遭遇するが、ほんとうに死を覚悟しなければならないような激戦は、そうたびたびあるものではない。

このことは陸軍の場合の戦闘でも同じであろうと思うが、ルオット基地沖のこのときの対空戦闘は、私にとってきわめて激烈な、死をも覚悟しなければならなかった、忘れられない戦闘の一つであった。

また、この戦闘で幽明境をことにした戦友の遺体は、光輝ある軍艦旗につつまれ、「海行かば」のラッパの調べとともに、翌日、航海中のままに水葬に付された。

このクェゼリン、ルオットの両基地はその後、昭和十九年二月一日に米陸海軍の上陸攻撃を受けて、ついに全滅したのであるが、このときの記憶は、いつまでも私の脳裏からぬぐい去ることのできない痛恨事である。

10　新鋭防空巡との対面

ルオット沖で二度目の大きな痛手をうけた「五十鈴」は、乗員の奮闘により九死に一生をえて、十八年の年内には修理のため内地に帰還した。

だが、戦勢の不利を国民に知られることは、大本営の戦闘指導上きわめてぐあいが悪いというわけか、艦の損傷状況や、行動のようすなどはいっさい厳秘にふされ、乗員の家族にも知らされなかった。

そのころ逗子に寓居していた私も、妻に対しては作戦のつごうによって内地に帰還し、しばらく滞在すると知らせただけだったが、さいわいに妻もそれ以上のことは聞こうともしなかった。

こうして昭和十九年の正月はひさかたぶりに家族とすごすこととなった。田舎の長兄も弟の身を案じて見物かたがた上京し、二、三日をともにしてくれたりした。

南方では血を血であらう激闘が連日くりかえされているとき、ゆうゆうとした正月を家庭ですごすのには前回とおなじく、いささかちぐはぐなものがあったが、しかし一人の人間としては、やはりうれしいことであった。

そのうちにも艦の修理のほうも順調にすすんで、まもなく竣工するかと思われる三月二十一日、私には巡洋艦「摩耶」への転勤が発令されていた。

「摩耶」は約一年ほど前、ラバウル港に停泊しているとき、敵機の空襲を受けて大火災を起こし、このときたまたま横須賀で修理中だったが、完成もまじかいとのことであった。

とにかく私は、転勤が発令されたその日に出発することにした。なにはともあれ、迅速をとうとぶのは海軍の伝統であり、しかも熱望する艦隊重巡洋艦の航海長に発令されたことでもあり、足どりもかるく私は赴任したのであった。「五十鈴」における私の後任はさしあたって人がいないとのことで、必要な申し送りはすべて、在艦の先任将校に伝えておいた。

「摩耶」はとうじ艦隊の主力戦闘部隊にぞくし、第二艦隊司令長官の直率する第四戦隊の一艦であり、貴重な戦争経験の教訓から、対空戦闘力も画期的に改良増備され、もっとも期待された重巡であった。

私にとっても、日本海軍の決戦にそなえる主力部隊の重要任務にはせ参ずることでもあり、しかも日本海軍第一の防空力をそなえた大型巡洋艦に乗り組むことは、武人最大の名誉と考え、責任の重さをひしひしと感じつつ、私なりにけんめいになって働こうと決意を新たにした。

そして、その年の六月、おりから「あ号作戦」にそなえて、連合艦隊が訓練に日夜はげんでいたシンガポール南方のリンガ泊地に、「摩耶」とともに進出していったのである。

そのころアメリカ海軍では、ニミッツ提督のひきいる太平洋艦隊の主力である第三艦隊が、猛将ハルゼーの指揮下に太平洋正面作戦に従事しており、キンケード提督の第七艦隊は、マッカーサーの陸軍部隊とともに、南太平洋からフィリピンの奪回をねらう作戦方針をとっていた。

これに対する日本海軍は、連合艦隊司令長官豊田副武大将の指揮のもとに、小沢治三郎中将麾下の主力機動艦隊を軸として、潜水艦戦隊、航空艦隊、南西方面艦隊を配して、西太平洋に米艦隊を迎え撃つ計画であった。

そして私の乗艦「摩耶」は、この機動艦隊のなかの第二艦隊にぞくし、栗田健男司令長官の直率する第四戦隊の一艦であった。

また、すでに南太平洋の背後地域と、ニューギニア方面での主導権をにぎっていた米太平洋艦隊は、つぎの攻撃方面としてサイパン島にも指向していた。

このころわが方は、北は千島方面から、南はフィリピン、南太平洋方面にいたる線で米艦隊の進攻を迎え撃つ作戦計画に、「あ号作戦」という名称をつけ、決戦の日のくるのを待ちわびていた。

もちろん、米海軍も決戦を予期して準備をととのえつつあったが、戦局の帰趨を決する艦艇数、航空機数においては、米海軍がはるかに優勢であった。

そこで日本海軍の戦法としては、航空機による先制攻撃、陽動作戦による分撃、夜間における魚雷作戦によってまず米海軍を撃破するほか、上陸輸送船団を水際で撃沈する戦法などが研究されていた。

私が「摩耶」に転勤してはじめて参加した海戦は、昭和十九年六月十九日から二十日にわたるマリアナ沖海戦であるが、それまでの機動艦隊の訓練はリンガ泊地にあって、前記のような多様な作戦場面を想定して、連日はげしく行なわれたのであった。

もともと日米の海軍が四つに取り組んだ場合の砲撃戦と、暗夜に敵艦隊へ接近してこれを仕とめる魚雷戦においては、艦隊の将兵はひとしく絶対の自信を持っていたが、そのチャンスをつくり出すことは至難のワザと思われた。

そしてミッドウェー海戦につづくガ島作戦により失われた航空戦力をたてなおすことにいたっては、難業中の難業であったが、不幸にもその中途にして、サイパン作戦がはじまった、というのがいつわらざる日本海軍の姿であったといえる。

11 決戦直前の大失策

猛将南雲忠一中将の指揮する航空艦隊が展開しているサイパン島付近海面に、強力な米軍上陸部隊がおしよせてきたのは、昭和十九年の六月十五日のことであった。

太平洋の地図を見ればわかるとおり、サイパン島は日本列島を扇のかなめのように扼している要地で、ここからは米空軍の長距離爆撃機で日本を空襲できる位置にある。

それだけにフィリピンの奪回と並行してサイパン島を占領し、日本本土の都市を攻撃して戦時物資の補給源をたたくことは、戦争の終結を早めるための敵の主要戦略であった。

したがってサイパン島を死守することは、日本軍の至上の使命であり、これを敵軍にゆだねることは日本の敗北に通ずるくらいの理屈は、だれの目にも明らかだった。そこで日本軍は、陸軍機の主力を同島の基地に配備するとともに、陸海軍の大部隊がサイパン島に配備されていたのである。

やがて米軍の上陸第一報が連合艦隊にもたらされると、艦隊はただちにリンガ泊地を抜錨して、ボルネオの基地で重油を満載したうえ、サイパン方面に向け敵をもとめて進撃、今度こそは米太平洋艦隊を全滅し、戦勢を挽回すべく艦隊の士気はきわめてさかんなものがあった。

しかし、航空機の発達した現代の海戦において、艦隊と艦隊が砲火をまじえるチャンスはきわめてまれで、これまでにも勝敗の帰趨は、前哨戦である航空攻撃によってほとんどきまっていた。

それだけに、このたびのサイパン作戦にあたっては、いままでの大小さまざまの海戦で極度に消耗した航空戦力の低下がいかんともしがたく、日本軍にとっては頭痛のタネとなっていた。

六月十八日の午後、旗艦である空母「大鳳」の檣頭たかく「皇国の興廃この一戦にあり、各員一層奮励努力せよ」との信号が、三十九年まえの日本海海戦と同様にかかげられたときには、艦隊将兵の心には皇国の運命をわれらの手で護持しようとする決意がみなぎったが、その日はほとんど波瀾もなく夜に入った。そして真夏の南洋の海は、天気晴朗にして波きわめて静かなものがあった。

明くれば六月十九日、運命のマリアナ海戦の日はおとずれた。

その日は夜明け一時間も前から、「摩耶」の水上索敵機は他艦のそれとともに、カタパルトから発進して艦を離れていった。

私には、任務に飛び立つまえの搭乗員たちのひきしまった顔が、いまでも走馬灯のように印象づけられている。

その彼らも飛行機も、ついに二度と艦に帰ることはなかった。のちに敵艦上機のえじきとなったとの話を聞いたが、きのうまで艦の中で苦楽をともにし、愉快に勤務していた戦友が、文字どおり不帰の客となったことを知ったときの艦内の空気は、粛然としたものがあったのを今でもまざまざと思いだす。

午前八時すこし前、警戒航行中のわが艦隊は、小型機の大編隊を百四十キロの遠距離にレーダーで捕捉した。

話はすこしそれるが、太平洋戦争の帰趨を決したといわれるレーダーについては、日本でもはやくから研究がすすめられ、英米のそれには若干おくれてはいたものの、浜松高工の八木秀次博士の考案になる八木式アンテナと初歩のレーダー装置はそのころ戦艦、空母、重巡などの大型艦にはすでに装備されていて、相当の威力を発揮していた。

このレーダー室からの通報に接した艦内は、にわかに色めき立って、ただちに対空戦闘配備が下令された。

敵機とみられる編隊は、まもなく艦上の望遠鏡にも発見され、間髪を入れず砲撃が開始された。

たちまち、いんいんたる砲声と、豆をいるような機銃音がすみわたった南溟の海にこだまして、大海空戦の開幕を告げるやと思われたが、ふしぎなことに、約五十機をかぞえられる編隊の先頭機が翼をバンクさせながら、さかんに波状飛行をしているではないか。これは味方機であることをしめす特別信号である。

とっさに味方機と判断した艦隊の砲撃は、ただちに停止されたが、それにしても大変なミスをしたものである。

このとき艦隊の前途に一抹の不安を感じたのは私のみではなかったであろう。

さいわいにして味方機が撃ち落とされるような悲劇は起こらずにすんだものの、まさに冷汗三斗の思いであった。そのうち敵艦撃滅の闘志をみなぎらせて味方の大編隊は、東方に機影を没していった。

そして一、二時間の後にはめざす敵艦隊に到達して、かつてのハワイやマレー沖海戦のような大戦果を挙げることを期待して、艦隊のだれもが祈るような気持で編隊のきえた空を見つめたのであった。

12 消息をたった総旗艦

そうこうするうちに、わがレーダーはふたたび小型機の編隊をキャッチした。今度こそは敵機にちがいないと、「摩耶」の対空火砲、大小あわせて約八十門が全神経をこれに集中して待機するうち、敵の空母から発進したすでにおなじみのグラマンが、つぎつぎと視界内に現われて攻撃準備にはいってゆく。

このとき味方の戦艦、空母群の主力と別行動をとっていたわれわれ重巡部隊は、速力をあげながらこれを迎えうち、一斉に砲門を開いた。すると敵機は数手にわかれて四方八方から急降下攻撃にうつってきた。

このとき艦橋にあって、操艦に専念していた私は、見張員の報告によって彼我の態勢を頭のなかにえがきつつ、転舵回避の時機を待った。

そして、いよいよ敵の三機が本艦にたいして急降下にうつった瞬間、

「面舵いっぱい、両舷前進いっぱい！」

と号令を発していた。と、「摩耶」ははやくも回避運動をはじめる。あとは艦の対空砲火の威力と、投下爆弾のゆくえを待つのみである。

息をつめる一瞬がすぎて轟然一発——敵のはなった一弾が艦側に炸裂し、他の二機はもんどりうって海中に突入していた。壮絶悲愴——阿修羅の場面とはまさにこの瞬間をいうのであろう。

もちろん、他の各艦もおなじ状況にあるのかも知れないが、それをたしかめる余裕はまったくない。

交戦すること約一時間、第一波の攻撃が終わってわが被害の状況を調べてみると、艦側の至近距離で爆発した一発の爆弾により、左舷側に無数の小孔があき、機銃員十数人の死傷があったことがわかった。

また、舷側バルジに若干の浸水があって、二度ばかり左舷にかたむいてはいるが、戦闘航

海に支障をきたすほどではなかった。

そして、こんな対空戦闘が日暮れまでに三回ほどつづいて、ようやく十九日が終わったのであったが、はたして勝っているのかどうか、戦況はまったくはっきりしなかった。

わが水上部隊はさらに、味方の航空攻撃の成果と、敵艦隊の確実な所在を知るため、あらたな情報のくるのを今かいまかと待っていたが、小沢中将座乗の総旗艦「大鳳」からは、なんの音さたもない。

そのうち時間がたつにつれて、「大鳳」が敵潜水艦の攻撃をうけて沈没したらしい、という情報がつたわってきた。

これを聞いたとたんに私は、日本軍の戦勢がこれで完全に不利になったような気がしてならなかった。

そのうえわが航空攻撃もほとんど成果なく、大部分が敵艦上機のえじきになって撃墜されたらしい、という情報もあり、われわれ水上部隊は不安な気持のまま夜暗をむかえたのであった。

その後は、水上部隊をもって夜襲部隊を編成し、夜戦による決戦を企図して、東方約二百カイリにあると推定される敵艦隊をもとめて進撃を開始したが、いかにせん、きのういらいの戦闘行動で大部分の燃料を使いはたしていた艦隊にはそれもならず、やむなく作戦を中止して反転、涙をのんで基地に向かうほかすべがなかった。

全軍、粛として西進する暗夜の洋上には、味方油槽船が昼間の敵襲で攻撃をうけ、夜空をこがして炎々と燃え、哀れをとどめていた。

戦い利あらずして帰途についたものの、サイパン島の陸上戦闘もはかばかしい進展をみていない情報がこっこくとつたわっていたので、皇国の行く末を案じて、将兵の心はまことに暗澹たるものがあった。

サイパンを失えば、つぎはフィリピン、台湾であり、さらに日本本土があやうくなるくらいのことはだれにもわかっていたからである。

そして、つぎに来る作戦において一挙に敵を撃滅せねばならない——という悲愴な決心が、だれの心にもわいてくるのであった。

やがてこの傷心の艦隊が、沖縄の中城湾に重い足どりでたどりつき、投錨をおわったのは、たしか六月二十日の夕刻のことであったと記憶している。

13　暗雲ひくき日本本土

マリアナ海戦で船体の左舷側に無数の小破孔を生じた「摩耶」は、さっそく修理をうけるために艦隊とわかれ、南西海面から横須賀へと向かったのであった。私としては、「五十鈴」時代から通算三回目の内地帰還である。

いずれも敵の航空機の爆撃による被害で、危機一髪の難をのがれて内地に帰還している。

運がよいといえばそれまでであるが、爆撃回避運動にかんするかぎり、全責任を負わされている航海長の私としては、みずからのいたらなさもあるのではなかろうか、あるいは爆撃回避運動に対する新しい方法が考案されているかも知れない、などと考え、入港そうそうに航海学校や、砲術学校の意見を聞いたり、資料を集めたりして自分の腕に自信をつけようと、この修理期間をチャンスにして、いささかドロナワ式の観もあったが、猛勉強をやろうと計画した。

さいわいにして艦の損傷は比較的かるく、修理期間の予定もみじかくてすみそうだったが、相つぐ兵力の消耗によって、国内の生産資材の供給も思わしくないとみえ、修理用の材料になかなか手にはいらないものもあり、ともすれば工期もおくれがちであった。

このような状況で、修理完了をまちわびている間にも、サイパン、グアム、テニアンと表南洋の要衝はつぎつぎに米軍に占領されていき、新聞やラジオでわが守備隊全滅の報がつたわると、国民の声なき声はようやく日本陸海軍の敗色に気がつきはじめた。

しかし、厳重な言論統制下にある国内では、めったな口などきくこともできず、戦局の実情を知っている者は、ごく一部の階層でしかなかったのである。

ある日のこと、私は日曜日を利用して横浜に住む友人を訪ねたことがあった。ひと通りのあいさつがすんだとたん、その友人に、

「井上さん、日本は大丈夫でしょうか」

と聞かれて内心ゾッとした思い出がある。

国内資源の状況や、戦闘の経過を知らせることは、私にとってはたやすいことだ。だが、自分の乗艦がどんな行動をしているか、いつ戦闘をしたか、どんな損傷を受けたかなどのことを関係のない人にしゃべることは、もちろんいっさい厳禁されていた。そこで一瞬、返答にとまどった私は、つぎになにげなく、

「陸海軍の部隊が厳存するかぎり、日本は絶対に負けることはない。長い戦争のあいだには新聞に発表されているような、不利な状況になることもあるが、けっして心配することはありませんよ」

と答えたのであったが、友人は口では、

「なるほど……」

とうなずいていたものの、疑いの気持はおおうべくもなかった。

これは終戦後の話であるが、昭和二十一年の十月ごろ、私は小型空母「鳳翔」の航海長として、ラバウル方面から表南洋方面の復員輸送に従事していた。

その途中、たしかヤルートに停泊中のことであったと思うが、偶然にもアメリカの戦略爆撃調査団の一行と出合ったことがあった。

そこで、だまってやりすごすわけにもゆかないので、艦長といっしょに彼らの乗艦を儀礼的に訪問した。

そこでおぼつかない英語で話をしていたら、彼らのなかの一人が、

「日本海軍は、どの海戦をもっともよく戦ったと思うか?」

と質問してきた。私はそくざに、

「ガダルカナル海戦には日本海軍は全力を投入して戦ったので、これが一番はげしい戦いだったと思う」

と、なにげなく答えた。すると先方から、

「米海軍から見ると、ハワイ海戦とレイテ沖海戦がもっとも立派であった」

といわれて、内心そうだったかとギクリとさせられたものである。

私の返答は、日本海軍のもっとも苦心した海戦を意味していたのに、彼らの質問の趣意は、兵術的に日本海軍のよかったと思う海戦にあったことが、あとでわかったからである。

戦後、何年かたっておびただしい戦記物が各国から出版されるようになって、レイテ沖における日本海軍の作戦構想がきわめてりっぱなものであったことがわかって、なるほどとうなずいたようなしだいである。

その要旨をかいつまんで述べると、連合艦隊の主力はフィリピン方面の敵艦隊にたいして決戦をいどむとともに、小沢中将麾下の空母基幹の別働部隊は、米艦隊をフィリピン北東海面に牽制するため、豊後水道より南下して欺瞞行動をとる、ということにあった。この陽動作戦が大変な効をそうしたことが後ではっきりし、米海軍をして日本海軍の作戦構想を賛嘆させたのである。

それはさておき、話を本筋にもどそう。

レイテ沖海戦は昭和十九年十月二十日、米軍部隊がフィリピンのレイテ島に上陸して、フィリピンの奪回にとりかかったことにはじまった。

これより先、ペリリュー、モロタイの両島を手中におさめた米軍が、つぎの攻撃目標にえらぶ地点はフィリピンにあることが予期されていたので、わが陸海軍はなけなしの兵力をふりしぼって、いわゆる〝捷〟号作戦計画をたて、敵の来攻にそなえていた。

しかしながら、艦船や兵隊の頭数はそろっていても、燃料がない、弾丸がない、航空機がない、というないないづくめで、しかも外地における最後のトリデとして敵を一挙に撃滅しようとする作戦であったため、計画や準備に従事する将兵の覚悟には、言語につくせぬ悲愴なものがあった。

そのことは、肉弾とともに飛行機を敵艦にブツける特別攻撃が実行されたのが、このフィリピン作戦からであったことを思えば、なるほどとうなずかれるであろう。

このころ、敵艦隊はスルアン島にひきつづきレイテ島に上陸を敢行するもよう、との報告電報はこっこくとリンガ泊地の栗田艦隊にとどけられ、艦隊には大本営から時をうつさず、「捷号作戦開始」が命令された。

そこで、まずボルネオ北方のブルネイ湾で燃料を補給した艦隊は十月二十二日の早朝、敵をもとめてパラワン水道を経由して、シブヤン海、サンベルナルジノ海峡を通ってフィリピン東方海上に向かったのであった。

14　わが「摩耶」の断末魔

その前夜、十月二十一日の夕食は、決戦を目前にひかえての大盤ぶるまいであった。「摩耶」艦長の大江覧治大佐は、旗艦「愛宕」に司令長官栗田健男中将をたずね、最後のあいさつをかわすとともに訓示を受け、「摩耶」に帰艦したあと、総員を甲板上に集めて、祖国の存亡を決する大海戦にのぞむ各員の決心と覚悟をうながされた。このときは満場しゅくとして声なく、各員の覚悟はその眉宇にみなぎっていた。

やがて訓示が終わると、尾頭つきの鯛や肉料理で夕食がはじまり、酒やビールもふんだんに出された。この、明日の命も知れぬ将兵にたいする最後の御馳走に、すでに死を覚悟している乗員たちはなんら暗い表情もみせず、飲み、かつ騒いだあと、みなそうそうに寝についたのであった。

ブルネイ泊地を出撃したあとの航路、航行隊形、作戦方針などは計画書に詳細にきめられてあったので、諸作業はなんらの渋滞もなくつぎつぎとすすめられていった。

そして敵潜水艦のいそうな海面では、対潜警戒航行序列で、たてに長い隊形をとり、航空機の来襲しそうな海面では、対空警戒航行隊形をとったが、長年の訓練でこんな運動は自由自在に行なわれた。

私の乗艦「摩耶」は、その高速と対空対潜兵器の優秀性をみとめられて、つねに警戒航行序列の先頭部隊として行動していた。

こうして艦隊は、出撃した翌早朝には、はやくもパラワン水道の南口にかかった。この付近はもとより敵潜水艦の待ちぶせを受ける公算が大きかったので、艦隊は対潜警戒航行隊形のまま、未明から総員配置につけて見張りを厳重にしつつ、十八ノットの高速力で海峡を通りぬけようとしていた。

やがて、いまでも忘れることのできない〝魔の時刻〟——厳密にいって二十三日の午前六時三十分がやってきた。

そのとき艦隊左翼列の先頭を突っ走っていた旗艦「愛宕」に突如として敵の魚雷四本が命中、たちまちのうちに同艦は沈没してしまい、つづいて二番艦「高雄」にも二本が命中し、大破損を生じた。

と、たちまち翼列は大混乱におちいった。右翼列の先頭から三番目にあった私の乗艦「摩耶」も、「愛宕」や「高雄」の被雷状況からして、付近にはなお敵潜水艦が伏在していることは明白だ。そこでさらに厳重なる見張りで警戒していた。

ところが、はたせるかな午前六時五十三分、敵の魚雷四本がわれに襲いきたった。

これよりさき、艦隊は対潜防御の目的をもって之字運動を実施していた。

私は航海長として、「摩耶」艦橋で艦の操縦をしており、そのかたわらには艦長大江大佐が立って、全般の指揮をとっておられた。それだけに当時の悲惨なようすは、いまでもはっきりと回想することができる。

「愛宕」「高雄」の被雷後まもなく艦底にちかい水中聴音機室から、

「魚雷音、左三十度！」

の報告があり、つづいて艦橋見張員から、

「雷跡、左三十度！」

の報告がとどけられた。

と、いそぎその方面に視線を向けるよりはやく、艦長は、

「面舵いっぱい！」

を操舵員に命じた。

一瞬、私の目にも雷跡が白いすじをひきながら、左前方から近づいてくるのがみとめられた。舵はすでに面舵にいっぱいとられており、まさに艦首は右方に回りはじめようとしていた。しかし、左前方に雷跡を見て面舵にとると、艦は右に旋回して魚雷を艦の左舷側に、直角に撃ち込ませる結果になる。

艦長はと見れば、つぎつぎに潜水艦攻撃の号令をかけている。

私はとっさに情勢の非なるを見て、

「もどせ！　取舵いっぱい！　両舷機関前進いっぱい！」

を下令した。艦首はまだ面舵（右）に回りはじめてはいなかったが、私の命令で舵は「急速取舵」（左）にとられた。

雷跡は左前方からこっこくと近づいてくる。だが、艦首はいまだ左回頭をはじめようとしない。その間にも艦底の水中聴音機室からは、魚雷音の近接を悲痛な声で報告してくる。

このとき、ふと海面に目を走らせた私は、敵魚雷の航跡が四本であることを知った。進退ここにきわまる！　そこでいよいよ私は、最後のハラをきめた。艦橋後部にあった副長も、つぎの瞬間に起こる修羅場を考えてはやくも、

「防水！」

を令している。

間一髪！　第一魚雷は第二砲塔左舷に命中して、黒煙を天高くふき上げて爆発した。つづいて第二、第三、第四の魚雷が、艦橋から後方につぎつぎに命中しているらしくドスン、ドスンというにぶい音と、船体の身ぶるいする音が聞こえる、と思うまもなく艦は急速に左側にかたむいていった。すべてが一分以内の出来事で、なにをするひまもすべもない。

それでも艦は、第一魚雷爆発の黒い煙をかいくぐって進んでいく。弾薬庫にあたれば轟沈すること必定と覚悟を決めていたのに、さいわいにそのようすはなかった。

だが、轟沈はまぬがれたものの、艦は急速にかたむいて、こっこくと沈没しており、眼下にははやくも海水が見えだした。

これまでと思った私は、艦長をうながして離艦をすすめた。

後ろをふり返ると、大傾斜した艦側に乗員がすずなりに集まって、つぎつぎに海中にほうり出されてゆくのが見えた。

そのうちにも、いよいよ海水が艦橋付近にも襲ってきたので、私はとっさに靴を脱ぐと、泳ぎはじめた。艦長はと見れば、雨衣を着たまま、特長のあるひげづらで私の後につづいている。

とにかく私は、艦が沈没するさいのウズに巻き込まれるのをさけるため、大急ぎで舷側をはなれた。そしてけんめいに泳いだのち、ふと海面に頭を上げると、私の周囲には航海科の部下が数人、浮流物につかまって泳いでいる。

「摩耶」はと目をはしらせれば、艦尾を高く空中にあげて、まさに沈没しようとしていた。しかもシャフトの先に突き出ているスクリューは、断末魔のあえぎのように、まだゆるやかにまわっている。

とたんに私は、哀惜と悲愴の感にうたれ、消えようとする最後の勇姿に向かって大声で、

「軍艦『摩耶』万歳」

とさけんでいた。そばを泳いでいた数名の乗員が私の気持を察してくれたのか、私といっしょに唱和してくれる。

こうして重油と秋冷の海を泳ぐこと約三時間、つかれきった体を救助にきた駆逐艦のボートに助け上げられたときは、さすがにホッとしたが、いっしょに泳ぎはじめたころまで確認していた大江艦長の姿は、ついに二度と見ることはできなかった。

重油にまみれた私を救い上げてくれた駆逐艦は「岸波」であった。その艦上によじのぼって助けられたと思った瞬間、さすがの私もつかれが一時に出て、ともすればぐったりしがちであったが、むちうつようにして重油で痛む目をおさえつつ、乗員が心をつくしてわかしてくれた風呂にとっぷりとつかった。

こうしてやっと、人間らしい気持を取りもどしたが、「摩耶」と運命をともにした戦友たちのことを思い、艦隊にかせられた重責を考えると、やはり気が気ではなかった。

もちろん、一時の混乱はまったくおさまって、艦隊は陣形をととのえなおすとレイテ島に向かって、ふたたび驀進を再開していた。

暗くなったころ、救助された「摩耶」の乗員は、洋上で戦艦「武蔵」に乗りうつっていた。

かくて二十三日の夜は「武蔵」に乗ったまま、暗黒のシブヤン海に入った。この間にも艦隊は警戒航行隊形をつくって、とくに対潜水艦の見張りを厳重にして一路、足をはやめていった。

15 「武蔵」は健在なりや

午後九時ごろだったろうか、私が「武蔵」の艦橋に登ってみると、どうも艦隊の前路には敵の潜水艦が待ち受けているらしく、旗艦（「愛宕」沈没のあと「大和」）からの緊急電話指令によって、各艦はいそがしく回避運動を行なっていた。

暗夜の高速運転中のこととて、ちょっとでも舵をとりちがえると、いつ衝突の惨事をまねかないともかぎらないから大変である。しかし、わが海軍は平時から、この種の訓練をつんでいたので、大して気にすることもなかった。

それよりも、明二十四日に予期される対空戦闘を突破して、いかにしてレイテ島付近にとりつくかが問題であった。だが就寝をひかえた歴戦の士官たちは、それを気にしたふうもなく、士官室でくつろぎ、雑談に花を咲かせていた。

——明日の対空戦闘では、この大戦艦「武蔵」は、たとえ敵機の爆弾をタライに雨水がふりそそぐように受けながらも、その強力な対空砲火と鉄板の厚さにものいわせて、シブヤン海を突破するだろう、などと運用長までがおもしろおかしく話すのを聞いていると、おのずと頼もしくもなってくる。

いずれにしても、明早朝から起こるであろう激戦にそなえて、充分に睡眠をとることが大切であるので、私はその晩は十時ごろ、あき部屋のベッドでぐっすりと眠った。

明くれば十月二十四日、シブヤン海のまっただなかにはいった艦隊は、早朝から対空警戒航行隊形である輪型陣をつくって、十八ノットの速力で進撃をつづけていた。

やがて日の出前後の時間になると、はやくも水平線のかなたに敵の触接機が現われ、味方の動静を監視していた。

そして予期された空襲の第一波は、午前十時ごろにおとずれた。

雲霞のような小型機の大群は、まずわがレーダーに捕捉されたあと、ついで双眼鏡の視界にも出現した。もちろん艦隊は全機撃墜のかまえで、あらゆる対空砲火を準備して、手ぐすねをひいて待機している。山雨いたらんとして風楼に満つ――という言葉はまさにこの時のふんいきにピタリである。

敵機はこっこくに近づき、艦隊の砲火が一斉に発射されるころには分散隊形をとり、つぎつぎに攻撃態勢にうつった。

つぎの瞬間、そこに現出した場面はすさまじい決戦の修羅場であった。撃墜される敵機、全対空火器のはげしい発射音、急降下爆撃による命中音、艦橋にうずまく戦闘指揮の怒声、まさにこの世の地獄ともいえた。

だが、これも歴戦錬磨の艦隊将兵には、なれっこになってしまった風景で、そのために錯誤の起こることはまずないといってもよかった。

それでも恐ろしいものは敵機の急降下攻撃と、攻撃機の魚雷襲撃である。これは一発でも艦に命中すれば、駆逐艦などの小艦艇はフッ飛んでしまう威力を持っているからだ。

その第一波の攻撃が終わりをつげようとする十一時すぎ、一本の魚雷が「武蔵」の後部左側に命中した。しかし、十インチ以上もある防御甲鈑のため、ほとんど被害らしい被害もなく、艦は戦闘を続行していた。

こうして第一波の攻撃は約三、四十分くらいで終わったが、それでも艦内にはあちこちに小被害や犠牲者が出ていた。便乗中のわれわれはもちろん知るよしもないが、戦いの現実は、いつもきびしいものがあることはたしかだ。

第一波につづき第二波、第三波とつぎつぎに来襲する敵の攻撃はついに夕方までつづき、その最後がはたして第何波目であったかおぼえていないが、陽も西にかたむく午後五時ごろには、さすがの「武蔵」も満身創痍、致命的な被害を受けて艦は大きく右舷にかたむき、航行はもちろん不能、砲塔も旋回できず、上甲板には戦友の屍や被弾の痕があちこちに見られた。

後で知ったことであるが、そのころの「武蔵」は機械室に浸水し、魚雷は二十数本も命中しており、沈没寸前の姿であったという。

そして午後八時すぎ、大爆発とともにシブヤン海の夜空をこがして沈没していった。

幸か不幸か、「摩耶」生き残りの乗員たちは沈没の約二時間まえに、またも駆逐艦に移乗していたので、最後の難はのがれることができたのであったが、それでも「武蔵」救難のため、在艦を命じられた「摩耶」応急班員のなかには、「武蔵」と運命をともにした人が多数あったことは、いまも胸のいたむ悲しみのタネとなっている。

このような激戦のさなかにあって仕事もなく、便乗者よろしく「武蔵」に乗っていた私であったが、空襲がおわろうとする最後の爆弾の破片によって左顔面を負傷し、包帯で頭をグルグルまきにされて駆逐艦に移乗していた。

一夜明ければ、艦隊はシブヤン海を突破し、レイテ島めざしてサンベルナルジノ海峡から太平洋に出ていた。

この日も、早朝からの空襲を予期していたわが艦隊であったが、どうしたことか敵機はまったくといってよいくらいかかってこなかった。

この時期がちょうど、小沢治三郎中将の指揮する北方オトリ部隊に敵の機動部隊がマンマとつり上げられた時期であったが、そんなことなど知るよしもなく、栗田中将の残存艦隊はひたすらに西進していた。

おりしも味方艦艇は、水平線のかなたに空母を中心とする敵艦隊を発見した。砲戦にかんするかぎり絶対の自信を持っていた日本艦隊は、「大和」「長門」以下主力艦の大口径砲をもって三万五千メートルの大遠距離から砲撃、またたくまにこれを撃沈、または撃破してしまった。

このときばかりは、負傷の痛みで駆逐艦のベッドに寝ていた私も、快哉をさけばずにはいられなかった。

16 〝漁船艦隊〟とともに

レイテ作戦で、左眼から左顔面にかけて負傷のやむなきにいたった私は、他の「摩耶」乗り組みの人たちとともに、巡洋艦「利根」でいったん舞鶴に引き揚げ、神奈川県辻堂にあった海兵団宿舎に隔離された。

身分は横須賀鎮守府付である。はっきりおぼえていないが、十二月の中旬ごろであったと記憶している。

隔離——というと異様な感じをもたれる人もあるかと思うが、つまるところはフィリピン作戦の実態や、わが艦船の損害などが外部にもれることを防止するためであった。

私としては、自宅は目と鼻のさきの逗子にあるのだが、もちろん上陸外出はゆるされない。そんな悶々の数日をすごしていたある日のこと、はじめて外出が許可された。

だが、ひさしぶりに家でくつろぐ間もなく、「摩耶」の後始末で横須賀に行ったり、東京におもむいたりする毎日がつづいた。そして、仕事の合い間をぬっては、横須賀の海軍病院で負傷の治療をしていた。

そのころの一日、突然、空襲警報が横須賀市内に流れた。その日はちょうど海軍病院で治療を受ける日で、たまたま市内に居合わせたので、さっそく病院の防空壕に飛び込んだ。

さて、防空壕のなかで状況をうかがっていると、どうも敵機は一機だけで爆撃をくわえるようすもない。

そのうち空襲警報がとかれて地上に出た私は、すみきった横須賀の上空をB29が約一万五千メートルの高度で、後方に飛行機雲をひきながら東京の方に向かって北上しているのを見た。

砲台の高角砲はときおり発砲はしているものの、距離が遠くて弾丸がとどきそうにもない。いまいましいがどうしようもない。

このB29は、日本軍から奪ったサイパン基地から日本本土の爆撃を強行するため、最初に偵察にきたものであったことがわかった。

このときから終戦にいたる十ヵ月の間、どれだけ多くの国民が、また多くの住居や資源が、このB29に痛めつけられたかわからない。思えば恨み骨髄に徹する爆撃機ではある。

十二月に入ってからは負傷の治りもよくなり、いつまでも遊んではいられないと考えているうちに、第二十二戦隊司令部付に発令された。

第二十二戦隊というのは、遠洋漁船を百六十隻ちかくも保有しており、母艦に引きつれられて、交代で小笠原群島南方の海面に出動し、敵艦隊や内地空襲部隊の来攻をいちはやく大本営に報告する任務をもった哨戒部隊であった。

さきにものべたB29が何機、サイパンやグアム島の基地を出発して内地方面に向かったかを知ることは、国土防衛上からも大きな問題であったので、この漁船集団の哨戒はきわめて重要な意味をおびていた。

小笠原の南方海面で見張っていると、上空を通過するB29の編隊機数と進行方向は、確実に判定できる。これによって大本営は、空襲をうけるかも知れない都市の予想と、機数をラジオ放送で流し、被害を最小限度に食い止めるよう、国民を指導していた。それだけに効果は大きく、第二十二戦隊は部の内外から感謝されていたのである。

そのせいか昭和二十年に入ってから、アメリカの飛行機、潜水艦などの妨害がはげしくなり、多くの犠牲者を出すようになった。

しかし、こちらも負けていず、潜水艦を爆雷攻撃で撃沈したり、あるいはB24哨戒機を小さな機銃で撃墜したりして、敵の搭乗員を捕虜にし、横浜港までつれて帰ってきたものもあった。

私の任務は、これら漁船の乗組員にかんたんな天測法を教えて、艦位を計算することをおぼえさせることにあった。それも漁師あがりの船員であったので、仕事はそうヤッカイなものでもなかった。

第二十二戦隊司令部は、横浜港の中央突堤をまぢかにひかえたユナイテッドクラブを徴用して使い、兵舎はおとなりのイングランド銀行を利用していた。

だが、それでも手ぜまになったので、反対どなりのイギリス領事館を使うことを考えて外務省に交渉したら、領事館の外交特権をおかすものとして、こっぴどく叱られたこともあった。

17　火の玉となった巨人機

サイパン、グアムの航空基地を整備した米戦略空軍は、昭和十九年末から長距離重爆撃機B29をもって、大挙して日本の都市、軍事施設、軍需工場の爆撃を開始しはじめた。

その小手しらべはもちろん東京で、そのあと地方都市、軍需工場と随時、随所に、シラミつぶしに彼らは選定した目標に壊滅的な打撃をあたえていった。

最初こそは夜間の空襲が主であったが、硫黄島が玉砕してまもない昭和二十年の四月からは、掩護戦闘機とともに堂々と昼間の空襲を行なうようになった。

ふつうは二百機ないし三百機のB29の編隊に、長距離掩護戦闘機P51を四十機から五十機つけ、一挙に広範な市街地を焼野が原とかえてゆくすさまじさは、国民の士気をうちくだくことおびただしいものがあった。

もちろん、本土防空の任務を担当した陸海軍の戦闘機隊や防空砲台は死力をつくして敵に当たったが、そのころ生産力もようやく地におちていった軍需産業は、この頽勢を挽回するにはあまりに貧弱であった。

きのうは東京、きょうは名古屋と、新聞は毎日、毎夜の被害状況を報道しているものの、戦争指導の重責をになう政府や大本営の管制をうけて、その範囲にもみずから限度があり、実情はほとんど知らされていなかった。

このようにのべてくると、日本の本土はB29の跳梁にまかせていたように見えるが、本土防空部隊の戦果にも特筆にあたいするものが数々あった。

昭和二十年春ごろの日本の軍需生産は気息奄々として、前線にも、また本土の防御にも、充分な兵器を供給する力はほとんどなかったが、わずかに確保された陸海軍の防空砲台員と迎撃戦闘機の術力には、驚嘆に値するものがあった。

それは二十年五月のある夜のことであった。横浜中央突堤のちかくにあった第二十二戦隊司令部で、私はその事実をこの目でたしかめることができた。

その夜は静かで寒く、晴天であった。午後八時ごろになるといつものように哨戒隊から、B29の大編隊が北方に向かって進行中である、との作戦緊急信がとどいた。その数はおよそ三百機！

夜間は空中戦闘ができないので、護衛のP51戦闘機はついていない。

まもなくラジオやサイレンで、京浜工業地帯に空襲警報が発令され、第二十二戦隊司令部でも、

「戦闘配置につけ！」

の部署が発令される。

満を持して敵機の来襲にそなえ、町のランプはことごとく消されて、漆黒の暗夜と化していた。私は今夜こそ空襲の状況を見とどけてやろうと、屋上の望楼で十二センチ大型双眼鏡にしがみついて見張っていた。

麾下の哨戒部隊（漁船）から報告してくる爆撃機の針路を正確に図に入れてみると、今夜の攻撃目標は東京か、京浜工業地帯らしい。

B29の速力と哨戒部隊の配備地点がわかっているので、爆撃機隊が東京方面に到達する時刻は推定できる。

はたしてその時刻になると、伊豆七島や三浦半島、さては伊豆半島から東京にかけて配備されている各見張所が、敵機の通過状況をつぎつぎに報告してきた。

東京方面への空襲で敵機の通過する経路は、まず相模湾から平塚付近に侵入し、北東に針路をとって東京に向かうのが定石であった。

上空には数少ない海軍の夜間戦闘機「紫電」が厚木、横須賀の基地を中心にして待機している。この戦闘機はB29のものより口径の大きい機銃を装備して、もっぱら夜間の迎撃戦闘用に製作されていたので、その威力はB29を優に撃墜できるほどの新鋭機であった。

敵大編隊はまず相模湾ぞいの探照灯に捕捉されて、その大きな姿を夜空にクッキリと映し出す。間髪を入れず、わが高角砲が砲撃を開始する。

と、その間隙をぬってわが夜間戦闘機が近接し、弾道が閃光《せん》で視認できるようつくられた曳痕銃弾を撃ちこむ。

一連の攻撃が終わると、B29の燃料タンクの一部と思われる箇所に火がついて、パッと燃えあがる。火は急速に燃えひろがって、さすがのB29も火だるまとなって墜落してゆく――これを見ていた私は、思わず万歳をさけばずにはいられなかった。

このようなわが対空陣のバトンタッチ、すなわち洋上哨戒部隊↓陸上見張所↓探照灯↓高角砲台↓戦闘機とリレーされて敵機を撃墜してゆく一連の動作は、まったく首都防衛隊の精強さと、訓練の精到さを如実に証明してあまりあるものがあった。

昭和二十年の初頭といえば、前にものべたとおり日本軍の戦力はガタ落ちしていたが、それでも東京の周辺には、陸海軍の最強部隊が配備されているとうわさされたとおり、さすがとうなずかせるものがあった。

その夜は敵の攻撃機数三百機に対して、私の目で見たものだけでも、撃墜機数は二十六機をかぞえたのであった。

B29一機の乗員数は八名であるので、合計すれば二百八名の搭乗員が戦死した計算になる。思えば敵ながら大きな犠牲であり、ぎゃくに日本としては一矢をむくいたような一大痛快事であった。

18 あゝ八月十五日前後

昭和二十年三月十七日、ついに硫黄島守備軍は全滅し、四月七日には沖縄特攻の戦艦「大和」が撃沈され、つづいて六月二十一日の沖縄守備軍の全滅と、前線の悲報あいつぐころには、内地の主要都市はほとんど灰燼に帰し、戦局の前途は暗澹たるものになってきた。

そして三月には、小磯国昭内閣から鈴木貫太郎内閣にかわり、戦局の収拾をはかろうとする意図は、国民にもようやくみてとれた。

一方、連合国側は二月にヤルタに会し、イタリア脱落後の日独両国の処理方針を会議し、五月にドイツが無条件降伏するや、七月にはついにポツダム宣言を発して、日本に対して降伏をうながしてきた。

そのころ、どこからともなく、日本が連合国に対して降伏の意志表示をしたとか、しないとかのうわさが流れてきた。

政府および大本営としてはあくまで徹底抗戦をはかり、つぎにきたるべき本土決戦にそなえて、陸海空の特攻部隊をもって敵軍百万を上陸時の水ぎわにとらえ、全滅させるための作戦計画をたてて、国民とともに本土を死守する方針をきめたようである。

そして、特攻部隊や特攻兵器の温存には特別の施設をつくり、毎月のように猛訓練を実施していた。もちろん、軍人には敵に対する降伏などは論外のこととして無視され、軍の士気はきわめて旺盛なるものがあった。

そして、われわれも横浜の基地にあって、抜刀術や対戦車攻撃訓練などを受けつつ、本土決戦の成功をかたく信じて、毎日を送っていた。

昭和二十年もいよいよ盛夏をむかえて、暑い毎日がつづいていたある夜のこと、伊豆大島の見張所から全軍あてに、

『敵大輸送船団ミユ!』

という緊急電報が入電した。もちろん大本営、連合艦隊司令部からはただちに、

「決戦配備につけ」

の指令が飛んだ。

私は横浜の司令部にあって、いよいよきたるべきものが到来した、と最後の決意をかためていたが、どうしたことかその後、いっこうに情報がはいらない。それから約一時間もたったと思われるころ、大島見張所からの電報で、

「さきの船団は夜光虫の誤り！」

という報告があって、思わずホッとして苦笑しながら、警戒をといた記憶がある。

そのむかし、源平の合戦で、平家の軍勢が水鳥の飛び立つ音におびえて退却した話があるが、よくにた話である、とつくづく感じさせられた。

もっとも、大島付近は海流の流れがはげしく、夜光虫の繁殖する時期になると、前記のような笑えない話も起こりうることは、しばしばあの付近を航海した私にはわからぬことでもない。

いよいよ、追い詰められた観がしはじめたそのころ、国内の物資はますます底をつき、各部隊とも自給自足の対策に狂奔していた。

横浜港大桟橋の突端にも、横づけする船もなくなり、部隊では海水をわかして塩を作ったりしていた。また、山下公園の芝生は掘り越こされて、さつま芋の畠と化していた。

八月の上旬になると、兵隊たちのあいだにも、日本が連合国にたいし休戦の申し込みをした、といううわさが流れはじめた。が、私はあくまで流言にまどわされることのないよう、連日のように部下をいましめていた。

そのうちに、いよいよ八月十四日をむかえた。当日は朝からラジオを通じて、

「明日十二時に重大放送があるので、国民は一人のこらずそれを聞くように……」

という政府からの伝達が行なわれた。

そして十五日の正午――私は、第二十二戦隊司令部において司令官石崎昇中将以下、他の

戦友たちとともに、いまだかつて経験したこともない大元帥陛下の御肉声を、ラジオを通じて耳にしたのであった。
ついに骰子は投げられたのだ、万事休す、聞き終わった私は、ただぼうぜんとして落涙するのみであった。

（昭和四十五年「丸」十二月号収載。筆者は重巡「摩耶」航海長）

解説

高野　弘〈雑誌「丸」編集長〉

〔巡洋艦戦記〕——この巻では、いわゆる重巡、軽巡が乗艦の主役として登場してくるので、これらの艦についてその性能やら当時の各国巡洋艦陣の実態やら、実際の戦闘において、それぞれにたどった運命などをかんたんな数字を挙げて概観してみることにしよう。

軍艦の性能・戦力をくらべてみようとするとき、たとえそれが同じ艦種であっても、戦艦であれ空母であれ、あるいはまた駆逐艦であれ、その排水量（大きさ）や兵装（強さ）が余りにまちまちであることに気づく。ところが、一つだけ例外がある。それは重巡である。重巡というのはいわゆる一万トン巡洋艦、または二十センチ砲巡洋艦（これが重巡の資格であるが）を指しているので、一種の規格品であるからだ。そのうえ、わが国の重巡のはしりである「古鷹」でさえ一九二六年の完成で、くらべようもないひどい老齢艦は見当たらないからである。

重巡の性能を大きく分けると日本型、米国型、英国型（フランスその他をふくむ）の三型式に要約できる。

まず備砲門数からいえば、日本型は十門（古鷹型は六門、利根型は八門だが）、米国型は九門（ペンサコラ型は十門）、英国型は八門（七門と六門のものも数隻ある）ということになる。魚雷発射管は日本型が六十一センチ十二門、英国型は五十三センチ六〜八門である。米国型は発射管はまったく備えていないのが特徴である。

速力は日本型の平均三十五・五ノットに対し、米国型と英国型は三十二ノットであるが、イタリア重巡は三十七ノットという高速である。装甲は日本型と英国型は十センチ以下（八センチ）であるが、米国型の新型艦は十三〜十五センチとなっている。米国の低速重防御主義は重巡にも適用されており、日本と英国その他は高速軽防御の傾向がつよい。

ついで艦載機についていえば、米国型は平均四機、日本型とイタリア、フランスは二〜三機、英国型は一〜二機（ほとんど一機）というところである。通商保護を主とした英海軍が一機の偵察機しか搭載しなかったのは、相手のドイツ巡洋艦の数が少ないので、とくにその必要を痛感しなかったせいであろう。これに対しドイツ型は四機を搭載していた。

一般性能はおよそ以上のとおりであるが、各国は第二次大戦中、いったい何隻の重巡をもっていたか。多い順にならべてみると、つぎのとおりである。

米国四十三（二万七千五百トン級三隻をふくむ）、日本十八、英国十五、ソ連十、フランス七、イタリア七、ドイツ七（超巡シュペー級三隻をふくむ）、オーストラリア三、計百十隻（うち二十センチ砲重巡百四隻）、このうち米国だけが戦時中、二十五隻（ソ連も一隻）を建造し、ほかの国はいずれも戦前の建造だったわけであるが、米国の造艦能力の偉大さはここにもはっきりと表われている（戦前の保有隻数よりも開戦後の建造隻数の方が五十パーセントも多いのである）。

とにかく重巡は、第二次大戦をつうじてじつによく働いた。太平洋戦争では三十五回を数えた海戦中、主な海戦にはほとんど残らず参加している（十八回）。また、地中海や大西洋における諸海戦でも、フランスの重巡をのぞくと、英国とイタリア重巡の働きになかなかのものがある（二十一回の海戦中、十二回に参加）。

したがって、その沈没隻数も多く、約半数の四十八隻にも達したが、太平洋方面で二十七隻、残りは大西洋および地中海で沈んでいる。そのうち日本は十五隻、ドイツおよびイタリアは六隻を失ってほとんど全滅し、米国は七隻、英国は六隻、フランスとソ連は四隻を失っている。

沈没原因は、航空機による爆撃だけによるものが十隻で第一位、水上艦艇の雷撃によるものが七隻で第二位、第三位は砲弾によるもの六隻となっている。雷撃をふくめた航空機だけにやられたものは十三隻で、これは水上艦艇によるものと同数である。潜水艦により沈められたものは案外すくなく五隻にとどまっている。自沈五隻はほとんどフランス重巡である。

ちなみに第二次大戦においては、第一次ソロモン海戦時の重巡夜戦をのぞき、重巡同士の戦闘は起こらなかったから、いずこの国のどの重巡が実戦上でもっとも強かったか、という比較ができないのが残念である。

いっぽう、一九二二年のワシントン軍縮条約いらい、重巡という艦種が一躍、巡洋艦のチャンピオンとして登場し、いわゆる軽巡はすっかり影をうすくした観がある。駆逐艦がしだいに大型化をたどったこともあって、へたをすると備砲でも、魚雷力でもその差がちぢまり、逆にやられそうになったせいもある。

そうかといって、第二次大戦において軽巡は無用の長物であったわけでは決してない。ほとんどすべての海戦や、作戦にはことごとく参加する実績をしめし、黙々と地味ではあるが重要な任務をはたしている。この点では、あえてどの艦種にも劣らない軍艦であったと断言できる。とくに日本と英国の軽巡はめざましい活躍をしめした。

第二次大戦中、各国海軍の軽巡保有数は合計二百十三隻（重巡の約二倍）にも達し、その喪失数も八十隻にのぼっている。保有数は英国と米国がだんぜん多く、損失数は英国と日本が他をひきはなし、イタリアがこれにつづいている。保有隻数の順位を記してみよう。

英国八十二、米国六十、イタリア二十八、日本二十七、フランス十四、ドイツ六、オランダ五、オーストラリア四、ソ連三、ブラジル二、その他カナダ、ポーランド、ギリシャ、アルゼンチン等の諸国も保有していた。

つぎに損失の内訳を方面別、海戦別、原因別にわけてみよう。

方面別では、地中海と太平洋がほぼ同数で三十四隻（うち英国十五隻）と三十隻（うち日本は二十二隻）、大西洋その他では半分の十六隻（うち英国八隻）となっている。軽巡の参加した海空戦は全部で四十回、太平洋方面が二十七回、地中海方面が九回、大西洋方面が四回となっており、なかでも太平洋戦域がだんぜん多く、全海空戦の八十パーセントにわたって、どちらかの軽巡がかならず顔を出している。この一事だけをみてもいかに軽巡が重宝がられたかがわかろう。また、同時にその活躍の内容からみても大いに賛辞を呈せられるべきものがある。

それだけに数多い参加海空戦で、失われた軽巡は二十二隻にものぼり、海戦以外では四十四隻、自沈および事故などにより十四隻が失われている。

沈没原因別では、航空機によるものが第一位で二十五隻、ついで潜水艦によるものが二十二隻、水上艦によるもの十三隻となっている。相手の水上艦によるものが意外に多いのは、海戦における砲戦、魚雷戦がいかに激烈に行なわれたかをしめす好例といえよう。

さて、軽巡の運用法について日本、米国、英国に例をとって一言ふれてみたい。

日本海軍は他の海軍とまったく異なった用法をとっていたことである。日本はかならずといってよいほど水雷戦隊旗艦として軽巡をこれにあてていた。日米開戦時の六コの水雷戦隊には、六隻の軽巡がマストに司令官坐乗をしめす少将旗をかかげて、八隻から十六隻までの子隊の先頭にたち、秘密兵器九三式酸素魚雷を発射管に装塡して、伝統の肉薄襲撃を行なって相手側をおどろかせたが、英国をはじめ他の海軍国では、軽巡は独立した戦隊として行動し、日本海軍のような編成はとらなかった。もっとも日本も水雷戦隊旗艦以外は、もちろん軽巡戦隊としてまた異なった活躍をしたことはいうまでもない。

いっぽう、当面の最大敵であった米国は、戦時の建造艦としては軽巡と防空巡の二種に分け、防空巡は機動部隊の防空砲台として主用するにいたったが、このようなことは余裕のある大海軍国にしてはじめて可能なことであり、軽巡の一つの方向をしめしたものといえよう。
また英国は今次大戦では、相手のドイツ軽巡が六隻にすぎず、その点、通商保護には第一次大戦ほどの苦労はせずにすんだ。しかし、その隻数を維持するにはかなり力を入れたことは、戦時中の建造数が三十隻にも達したことをみてもわかろう。

生命ある限りを国に捧げて

「おかげで穴ふさぎに、内地帰港ができるぞ」——至近弾をうけながらも、軽巡「矢矧」は奇蹟的に内地へ帰投した。上部見張員の最先任として戦闘の終始を目撃した井上芳太兵曹の網膜にいまものこる比島沖海戦の実相は、想像を絶するものがあった。修理を終え、新艦長原為一大佐を迎えて「矢矧」にもふたたび士気が横溢してき、みずからも見張員長の新任務についた。

昭和二十年四月六日午後三時二十分、海上特攻隊——「大和」、第二水雷戦隊旗艦「矢矧」以下駆逐艦八隻は、沖縄をめざして、桜の咲きほこる瀬戸の山並みを見ながら壮途につく。

翌七日、上空直衛機が姿をけすやたちまち米機動部隊にとらえられた。攻撃目標は「大和」と「矢矧」に集中された。三十ノットに増速した「矢矧」はけんめいの対空戦闘をつづけたが、右舷機関室に魚雷をうけ主機械が全壊、航行不能となった。ついで敵の第二波が襲った。行き足のとまった「矢矧」はひとたまりもなかった。魚雷七本、爆弾十二発をうけて右舷に傾斜、乗組員四十六名とともに艦尾より沈んでいった。出撃した十隻のうち帰還できたのは、わずか三隻の駆逐艦のみであった。

重巡「那智」神技の砲雷戦を語れ

同型艦「妙高」「足柄」「羽黒」とともに「那智」は四隻で編成された第五戦隊の一艦であったが、このうち「足柄」は第三艦隊旗艦としてひき抜かれ、「妙高」を旗艦とする三隻編成となったが、まもなく「妙高」がダバオで空襲により被弾、かわって「那智」が旗艦となり、当初の半分、二隻の隊としてスラバヤ沖海戦にのぞむこととなった。

筆者の戦闘配置は主砲発令所長、そのほかに測的指揮官と照射指揮官を兼務するという一人三役である。

開戦まもなくの昭和十七年二月二十七日、高木少将ひきいる第五戦隊は東部ジャワ攻略部隊を支援しつつ、スンダ海を西航していた。その日の夕方、敵艦隊を発見した戦隊は二万二千〜二万五千メートルという遠距離ながら、同航しつつ猛砲撃をくわえた。

つづいて翌二十八日、ふたたび会敵した「那智」は前夜につづく砲撃をくわえつつ、同時に魚雷を放った。やがて、敵の方角に天に冲する火柱が立ちのぼり大爆発があいついだ。これこそ連合軍部隊旗艦オランダ軽巡デロイテルとジャワに九三式酸素魚雷が命中した瞬間であり、両艦はまもなく沈没し、日本側の勝利は決定的なものとなった。この二十七日から三月一日にかけての戦闘で「那智」は各砲約百発、合計千十五発の二十センチ主砲弾を放ったのであった。

われらが軍艦 重巡「熊野」の最期

重巡戦隊である第七戦隊の一翼をになう「熊野」は比島沖海戦に勇戦敢闘したが、サマール沖で米駆の魚雷を艦首にうけ単独でひき返す途中、空襲と米潜の攻撃にあいながらも、ぶじにマニラにたどり着いた。

ここでも空襲が激しく、やむなくやや北方のサンタクルーズ湾に回避したが、十一月二十五日早朝からの空襲は、ついに「熊野」の運命を決した。六十キロ爆弾が右舷寄りに二発、一番砲塔の左舷、飛行甲板左舷に各一発、計四発が命中したのだ。つづく雷撃機による魚雷が五本、これも左舷ばかりに連続して命中、「熊野」は急激に左へ傾斜していった。

そして、ついに傾斜は四十五度に達し射撃不能となり、ここにいたって艦長は総員退去を命じた。

この間、艦長人見錚一郎大佐は艦橋にて冷静沈着に乗組員を激励していたが、やがて艦と運命をともにする。全乗組員のうち五百九十五名が救助された。

筆者は当時、航海士として終始、艦長の身辺近くにあったが、艦長の最期を目にすることはなかった。

重巡「最上」出撃せよ

昭和十七年六月五日、ミッドウェー沖で空母四隻を失った日本海軍はその日の深夜、思わぬダブルパンチをあびた。ミッドウェー島砲撃中止の命令をうけた直後、第七戦隊旗艦「熊野」は、「浮上潜水艦発見!」を報じて、おりから単縦陣で航行中の「鈴谷」「三隈」「最上」の各艦に緊急一斉回頭を指令——運命のいたずらはこの直後に起こった。

第三戦速二十八ノットで突進する「最上」の右方にとつじょとして、黒山のような先行艦「三隈」がおおいかぶさるように接近したと思った瞬間、「最上」の艦首は「三隈」の左舷中部に激突、巨大な艦首は無残にもぎとられてしまった。

はたして責任はいずこにありや——「艦長自身が敵潜の状況に注意をうばわれ、艦全般に対する監視にぬかりがあったためで、だれの責任でもない、艦長自身に……この痛手があるからこそ、これまで『最上戦記』など手記する気持になれなかったのである」——まさにはじめて告白する慟哭の艦長手記である。

レイテ沖 この非情なる大海戦

最若年の教官として江田島で日米開戦の報を耳にした筆者の初の乗艦となったのが軽巡「五十鈴」、航海長兼分隊長が職掌であった。

南方に進出した直後の約一ヵ月はじつにのんびりした第一線暮らしであったが、ソロモン海の激戦に投入されてからは文字どおり死闘の連続であった。なかでもガダルカナル輸送作戦では危うく沈没寸前といううき目にもあった。

昭和十九年、第二艦隊長官の直率する第四戦隊の一艦である重巡「摩耶」に転勤するや「あ号作戦」にうちつづく比島沖海戦と日本海軍の命運を決する大海戦に投入されることになるが、この間の記述には総毛立つ戦場の修羅場をみる思いがする。そして、連合艦隊の事実上の消滅——筆者は第二十二戦隊司令部付となる。なんと遠洋漁船百六十隻の哨戒部隊であった。

単行本　平成二年二月「生命ある限りを国に捧げて」改題　光人社刊

NF文庫

重巡「最上」出撃せよ　新装版

二〇二〇年十一月二十二日　第一刷発行

編　者　「丸」編集部

発行者　皆川豪志

発行所　株式会社　潮書房光人新社

〒100-8077　東京都千代田区大手町一-七-二

電話／〇三-六二八一-九八九一㈹

印刷・製本　凸版印刷株式会社

定価はカバーに表示してあります
乱丁・落丁のものはお取りかえ
致します。本文は中性紙を使用

ISBN978-4-7698-3192-1　C0195

http://www.kojinsha.co.jp

NF文庫

刊行のことば

第二次世界大戦の戦火が熄《や》んで五〇年——その間、小社は夥しい数の戦争の記録を渉猟し、発掘し、常に公正なる立場を貫いて書誌とし、大方の絶讃を博して今日に及ぶが、その源は、散華された世代への熱き思い入れであり、同時に、その記録を誌して平和の礎とし、後世に伝えんとするにある。

小社の出版物は、戦記、伝記、文学、エッセイ、写真集、その他、すでに一、〇〇〇点を越え、加えて戦後五〇年になんなんとするを契機として、「光人社NF（ノンフィクション）文庫」を創刊して、読者諸賢の熱烈要望におこたえする次第である。人生のバイブルとして、心弱きときの活性の糧《かて》として、散華の世代からの感動の肉声に、あなたもぜひ、耳を傾けて下さい。

＊潮書房光人新社が贈る勇気と感動を伝える人生のバイブル＊

NF文庫

奇蹟の軍馬 勝山号　日中戦争から生還を果たした波瀾の生涯

小玉克幸

部隊長の馬は戦線を駆け抜け、将兵と苦楽をともにし、生き抜いた！　勝山号を支えた人々の姿とともにその波瀾の足跡を綴る。

世界の戦争映画100年　1920〜2020

瀬戸川宗太

アクション巨編から反戦作品まで、一気に語る七百本。大作、名作、知られざる佳作に駄作、元映画少年の評論家が縦横に綴る。

横須賀海軍航空隊始末記　医務科員の見た海軍航空のメッカ

神田恭一

海軍精鋭航空隊を支えた地上勤務員たちの戦い。飛行機事故の救助に奔走したベテラン衛生兵曹が激動する航空隊の日常を描く。

わかりやすい朝鮮戦争　民族を分断させた悲劇の構図

三野正洋

緊張続く朝鮮半島情勢の原点！　北緯三八度線を挟んで相互不信を深めた民族同士の熾烈な戦い。〝一〇〇〇日戦争〟を検証する。

秋月型駆逐艦　戦時に竣工した最新鋭駆逐艦の実力

山本平弥ほか

対空戦闘を使命とした秋月型一二隻、夕雲型一九隻、島風、丁型三二隻の全貌。熾烈な海戦を戦ったデストロイヤーたちの航跡。

戦犯　ある軍医の悲劇　冤罪で刑場に散った桑島恕一の真実

工藤美知尋

伝染病の蔓延する捕虜収容所に赴任、献身的治療で数多くの米比兵を救った軍医大尉はなぜ絞首刑にされねばならなかったのか。